在少女花影下

[法]普鲁斯特 著 桂裕芳 译

北京联合出版公司
Beijing United Publishing Co.,Ltd.

在商量请德·诺布瓦先生第一次来家吃饭时，母亲说，遗憾的是戈达尔教授目前在外旅行，她本人又完全断绝了与斯万的交往，否则这两位陪客会使那位卸任的大使感兴趣的。父亲回答说，像戈达尔这样的显赫上宾、著名学者，会使餐桌大增光彩。可是那位爱好卖弄、唯恐旁人不知自己结交了达官贵人的斯万，其实只是装模作样的庸俗之辈，德·诺布瓦侯爵会用"令人恶心"这个词来形容斯万的。对父亲的这个回答我得稍加解释。某些人可能还记得，戈达尔从前十分平庸，而斯万在社交方面既谦和又有分寸，含蓄得体。但是我父母的旧友斯万除了"小斯万"、赛马俱乐部的斯万之外，又增添了一个新头衔（而且不会是最后的头衔），即奥黛特的丈夫。他使自己素有的本能、欲望、机智服从于那个女人的卑俗野心，尽力建立一个适合于他伴侣的、由他们两人共有的新的地位，这个新地位大大低于他从前的地位。因此，他的表现判若两人。既然他开始的是第二种生活（虽然他仍然和自己的朋友单独来往。只要他们不主动要求结识奥黛特，他不愿意将她强加于他们），一种和他妻子所共有的、在新交的

人之间的生活，那么，为了衡量这些新友人的地位，也就是衡量他们的来访给自己的自尊心所带来的愉快，他所使用的比较尺度不是自己婚前的社交圈子中最杰出的人物，而是奥黛特从前的朋友，这一点也就不难理解了。然而，即使人们知道他乐于和粗俗的官员以及政府部门舞会上的花瓶——名声不好的女人来往，但他居然津津乐道地炫耀某办公室副主任的妻子曾登门拜访斯万夫人，这未免使人愕然，因为他从前（至今仍然）对特威肯汉城①或白金汉宫的邀请都曾潇洒地保持过缄默。人们也许认为昔日风流倜傥的斯万的淳朴其实只是虚荣心的一种文雅的形式，他们也许认为我父母的这位旧友和某些犹太人一样，轮流表现出他的种族所连续经历的状态，从最不加掩饰的附庸风雅，最赤裸裸的粗野，直到最文雅的彬彬有礼。然而，主要原因——而且这普遍适用于人类——在于这一点，即我们的美德本身并不是时时听任我们支配的某种自由浮动的东西，在我们的思想中，美德与我们认为应该实践美德的那些行动紧密相连，因此，当出现另一种类型的活动时，我们束手无策，根本想不到在这个活动中也可以实践同样的美德。斯万对新交无比殷勤，眉飞色舞地一一举出他们的姓名，这种态度好似那些谦虚或慷慨的大艺术家：他们在晚年也许尝试烹饪或园艺，为自己的拿手好菜或花坛沾沾自喜，只能听夸奖，不能听批评。但一旦涉及他们的杰作，他们是乐于倾听批评的；或者说，他们可以慷慨大方地赠送一幅名画，可是在多米诺牌桌上输了四十苏却满

① 此城是法国奥尔良王族流亡英国的居住处。

不高兴。

　　谈到戈达尔教授，我们将在很久以后，在拉斯普利埃宫堡维尔迪兰夫人府上再次和他长久相聚。此刻，关于他，只需首先提请注意一点。斯万的变化严格说来无法使我惊讶，因为当我在香榭丽舍大街看见希尔贝特的父亲时，这变化已经完成，只是尚未被我看透罢了。再说他当时没有和我讲话，不可能向我吹嘘他那些政界朋友（即使他这样做，我多半也不能立即觉察到他的虚荣心，因为长时期形成的对某人的看法使我们视而不见，听而不闻。母亲也是一样，在三年里，她竟然没有觉察到侄女嘴上的唇膏，仿佛它溶解在流体之中无影无踪了。直到有一天，过浓的唇膏或者其他什么原因引起了所谓超饱和现象，于是从前没有看见的唇膏结成晶体，母亲突然看见了缤纷的彩色，大叫可耻，如同在贡布雷一样，并且几乎断绝了与侄女的一切来往）。戈达尔的情况却相反，他在维尔迪兰家目睹斯万跨进社交界的那个时期已经相当遥远，而岁月的流逝给他带来了荣誉和头衔。其次，一个人尽可以缺乏文化修养，尽可以做愚蠢的同音异词的文字游戏，但同时仍可以具有一种任何文化修养所无法取代的特殊天赋，例如大战略家或杰出医生的天赋。在同行们眼中，戈达尔不仅仅是靠资历而由无名小卒终于变为驰名欧洲的名医。年轻医生中之佼佼者宣布——至少在几年内，因为标准既然应变化之需要而诞生，它本身也在变化中——万一他们染病，戈达尔教授便是他们唯一能以命相托的人。当然他们愿意和某些文化修养更深、艺术气质更重的主任医生交往，和他们谈论尼采和瓦格纳。戈达尔夫人接待丈夫的同事和学生，盼

3

望有朝一日丈夫能当上医学院院长。人们在晚会上欣赏音乐，戈达尔先生却无意聆听，而去隔壁的客厅里玩牌。然而他的好眼力、他诊断之敏捷、深刻、准确，令人赞叹不已。第三点，关于戈达尔教授对我父亲这种类型的人所采用的声调和态度，应该指出，我们在生活的第二部分所显示出的本质可能是第一本质的发展或衰败、扩大或减弱，但并不永远如此，它有时是相反的本质，是不折不扣的反面。戈达尔青年时代的那种迟疑的神情、过分的腼腆与和蔼曾使他经常受人挖苦，当然迷恋他的维尔迪兰家除外。是哪位慈悲为怀的朋友劝他摆出冷冰冰的面孔呢？由于他的重要地位，这样做是轻而易举的。在维尔迪兰家，他本能地恢复原貌，除此以外，在任何地方，他表现得冷若冰霜，往往是一言不发。而当他不得不说话时，他又往往采取断然的口吻，故意令人不快。他将这种新态度试用于求医者身上，既然求医者以前从未与他谋面，自然无法作比较。他们如果得知戈达尔并非生性粗鲁，准会大吃一惊。戈达尔极力使自己毫无表情。他在医院值班时，讲述同音异义的玩笑引得众人——从主任医生到新来的见习医生——捧腹大笑，而他的面部肌肉却纹丝不动。由于他剃去了胡须，他的面孔也完全变了样。

最后说说德·诺布瓦侯爵为何许人，战前[1]他曾任全权公使。五月十六日危机期间[2]他任大使。尽管如此，使许多人大为吃惊的是，他后来曾多次代表法兰西出使国外执行重要使命，甚至赴埃及出任债务

---

[1] 指 1870 年普法战争前，法兰西第二帝国时期。

[2] 指 1877 年 5 月 16 日法国内阁危机。

监督，并施展他非凡的财务能力，屡有建树，而这些使命都是由激进派内阁委任于他的。一般的反动资产者都拒绝为这个内阁效劳，更何况德·诺布瓦先生：他的经历、社会关系和观点都足以使他被内阁视为嫌疑分子。然而，激进派的部长们似乎意识到此种任命可以表明他们襟怀坦白，以法兰西的最高利益为重，说明他们不同于一般政客，而当之无愧地被《辩论报》称为国家要人。最后，他们可以从贵族姓氏所具有的威望及剧情突变式的出人意料的任命所引起的关注中得到好处。他们明白，起用德·诺布瓦先生对他们有百利而无一害，他们不用担心后者会违背政治忠诚，因为，侯爵的出身不仅没有引起他们的戒备防范，反而使他们放心。在这一点上，共和国政府没有看错。这首先是因为某一类贵族从童年时起就认为贵族姓氏是一种永远不会丧失的内在优势（他的同辈人，或者出身更为高贵的人对这种优势的价值十分清楚），他们知道自己大可不必像众多资产者那样费尽心机地（虽然并无显著效果）发表高见，攀交正人君子，因为这种努力不会给他们增添任何光彩。相反，他们一心想在身份比自己高的王侯或公爵面前抬高自己的身价，而要达到这一点，就必须往姓氏中添加原来所没有的东西：政治影响、文学或艺术声誉、万贯家产。他们无意在资产者所追求的、无用的乡绅身上浪费精力，何况得到一位乡绅的无实效的友谊并不会导致王侯的感激。他们将大量精力使用于能有助于他们担任使馆要职或参加竞选的政治家身上（即使是共济会会员也不在乎），使用于可以在自己的业务范围内帮助他们进行"突破"的、声誉显赫的艺术家或学者身上，简而言之，使用于一切促使他们扬

5

名，促使他们与富人结成姻亲的人们身上。

德·诺布瓦先生从长期的外交实践中吸收了那种消极的、墨守成规的、保守的精神，即所谓"政府精神"，这是一切政府所共有，特别是政府之下各使馆所共有的精神。外交官的职业使他对反对派的手段——那些多少带有革命性的，至少是不恰当的手段——产生憎恶、恐惧和鄙视。只有平民百姓和社交界中少数无知者才认为所谓不同的类型纯属空谈，但就大多数情况而言，不同类型的相互接近不是出于相同的观点，而是出于同血缘的精神。像勒古费这种类型的院士是古典派，但他却为马克西姆·杜冈或梅西埃对维克多·雨果的颂词①鼓掌，却不愿为克洛代尔对布瓦洛的颂词②鼓掌。同一个民族主义使巴雷斯③与他的选民接近——后者对他和乔治·贝里④先生并不细加区别——却无法使巴雷斯和法兰西学院的同事们接近，因为后者虽然与他政见一致但精神迥异；他们甚至不喜欢他而偏爱政敌里博先生和德沙涅尔⑤先生；忠诚的保皇派感到与里博和德沙涅尔十分接近，而与莫拉斯及莱翁·都德相当疏远，尽管这两人也希望王朝复辟。德·诺

---

① 即对浪漫主义的颂词。马克西姆·杜冈（1822—1894），法国作家；梅西埃（1829—1915）：文学批评家。

② 即对古典主义的颂词。克洛代尔（1868—1955）：法国作家；布瓦洛（1636—1711），法国诗人。

③ 巴蕾斯（1862—1923）：法国作家，宣传民族主义。

④ 乔治·贝里：法国人，先为保皇派、右翼议员，后接受进步思想。

⑤ 里博（1842—1923）：法国政治家，多次连任法国财政和外交部长；德沙涅尔，法国政治家，主张共和制，曾在1920年担任过几个月的共和国总统。

布瓦先生寡言少语，不仅出于谨慎稳重的职业习惯，还由于言语在此类人眼中具有更高的价值、更丰富的含义，因为他们为使两个国家相互接近而作的长达十年的努力，在演讲和议定书中，也不过归纳、表现为一个简单的形容词，它貌似平庸，但对他们却意味着整整一个世界。这位在委员会中以冷若冰霜著称的德·诺布瓦先生在开会时坐在我父亲旁边，因此人们纷纷祝贺父亲居然获得这位前大使的好感。父亲本人也感到惊奇，因为他脾气不太随和，除了一小圈知己以外，很少有人和他来往，他本人也确认不讳，他意识到外交家的殷勤是出于一种由本人决定好恶的完全独立的观点。当某人使我们厌烦或不快时，他的全部精神品质或敏感性就丧失作用，它们还不如另一人的爽直轻松能赢得我们的好感，虽然后者在许多人眼中显得空洞、浮浅、毫无价值。

“德·诺布瓦又请我吃饭，真是件大事。”委员会里大家都很吃惊，因为他和委员会里的任何人都没有来往。“我敢肯定他又会和我讲关于1870年战争的扣人心弦的事。”父亲知道德·诺布瓦先生也许是唯一一位提请皇帝注意普鲁士的军备扩张和战争意图的人；他知道俾斯麦对德·诺布瓦的智慧表示佩服。就在最近，在歌剧院为狄奥多西皇帝举行的盛大晚会上，报界注意到皇帝曾长时间接见德·诺布瓦先生。“我得打听皇帝的这次访问是否确实重要，”对外交政策颇感兴趣的父亲对我们说，“我知道诺布瓦老头守口如瓶，但他对我可无话不谈。”

在母亲眼中，大使本人也许缺少最能使她感兴趣的那种智慧。应

该说德·诺布瓦先生的谈话是某种职业、某个阶层、某个时期——对于这个职业和阶层来说，这个时期可能并未完全废除——所特有的古老的语言形式之大全，我未能将耳闻如实笔录下来，不免感到遗憾，否则我不费吹灰之力便能创造语言老朽这个效果，正如罗亚尔宫那位演员一样：有人问他从哪里找到那些令人惊奇的帽子，他回答说："不是找来的，是保存下来的。"总而言之，我感到母亲认为德·诺布瓦先生有点"过时"。就举止而言，他并未使她不快，但就思想而言——其实德·诺布瓦先生的思想是十分时新的——或许远不如说就语言表述而言，他在她心目中毫无魅力。不过她感觉到，如果她在丈夫面前对那位对他表示如此少有的偏爱的外交家称赞一番，丈夫定会暗暗得意。她肯定了父亲对德·诺布瓦先生的好评，同时也引导他对自己产生好评，她意识到这是在履行职责：使丈夫愉快，就好比使菜肴精美、使上菜的仆人保持安静一样。她不善于对父亲撒谎，因此就培养自己去欣赏大使，以便诚心诚意地称赞他。何况，她当然欣赏他那和善的神情、稍嫌陈旧的礼节（而且过分拘谨。他走路时，高大的身躯挺得笔直，但一见我母亲乘车驶过，便将刚刚点着的雪茄抛得远远的，摘下帽子向她致意），他那有分寸的谈吐——他尽可能不谈自己，而且时时寻找能使对方高兴的话题——以及其速度令人吃惊的回信。父亲刚寄出一封信就收到回信，父亲看见信封上德·诺布瓦先生的笔迹，第一个反应是莫非这两封信恰巧错过了。难道邮局对他特别优待，加班为他收发信吗？母亲赞叹他虽百事缠身，却复信迅速；虽交游甚广，但仍和蔼可亲。她没有想到这些"虽然"其实正是"因为",只是她未识别罢了,她没有想到(如同人们对老者的高龄、国王的不拘礼节、外省人的灵通信息感到吃惊一样)德·诺布瓦先生正是出于同一种习惯而既日理万机又复信迅速,既取悦于社交界又对我们和蔼可亲。再者,和所有过分谦虚的人一样,母亲的错误在于将与自己有关的事置于他人之下,即置于他人之外。她认为父亲这位朋友能即刻复信实属难能可贵,其实他每日写大量书信,这只是其中的一封,而她却将它视作大量信件中之例外。同样,她看不出德·诺布瓦先生来我家吃饭仅仅是他众多社交活动中之一项,因为她没想到大使昔日在外交活动中习惯于将应邀吃饭当做职责,习惯于表现出惯常的殷勤,如果要求他在我家一反常态地舍弃这种殷勤,那就未免太过分了。

德·诺布瓦先生第一次来家吃饭的那一年,我还常去香榭丽舍大街玩耍。这顿饭一直留在我的记忆中,因为那天下午我总算能看拉贝玛①主演的《费德尔》②日场,还因为与德·诺布瓦先生的谈话使我骤然以新的方式感到:希尔贝特·斯万及她父母的一切在我心中所唤醒的感情与他们在其他任何人心中所引起的感情是多么的不同。

新年假期即将到来,我也日益无精打采,因为希尔贝亲自告诉我,在假期中我再也见不到她。母亲大概注意到我的神气,想让我解解闷,有一天便对我说:"如果你仍然很想听拉贝玛的戏,我想父亲

①　拉贝玛与后文提到的贝玛大妈是同一个人。在某些人名字前加上"拉",是民间的一种习俗用法。
②　《费德尔》:17世纪古典主义剧作家拉辛的悲剧。

会同意的，外祖母可以带你去。"

这是因为德·诺布瓦先生曾对父亲说应该让我去听拉贝玛的戏，对年轻人来说这是珍贵的回忆，父亲才改变一贯的态度——他反对我在他所谓的无聊小事（这种看法使外祖母震惊）上浪费时间并冒生病卧床的危险，并且几乎认为既然大使劝我看戏，那么看戏似乎成了飞黄腾达的秘诀之一。外祖母一直认为我能从拉贝玛的戏中学到许多东西，但是，为了我她放弃看戏，为了我的健康她作出巨大牺牲。此刻，她无比惊异，因为德·诺布瓦先生的一句话便使我的健康成为微不足道的东西了。她对我所遵守的呼吸新鲜空气和早睡的生活习惯寄托于理性主义者的坚定希望，因此认为打破习惯便会招来灾祸，她痛心地对父亲说："您太轻率了！"父亲生气地回答说："怎么，您现在又不愿意让他听戏！多么荒唐，您不是口口声声说听戏对他有好处吗？"

德·诺布瓦先生在对我至关重要的另一件事上，改变了父亲的意图。父亲一直希望我当外交官，而我却难于接受。即使我在外交部内待一段时期，但总有一天我会被派往某些国家当大使，而希尔贝特并不住在那里。我愿意恢复从前在盖尔芒特家那边散步时所设想的、后来又放弃的文学打算。但父亲一直反对我从事文学，认为它比外交低贱得多，他甚至不能称它为事业。可是有一天，对新阶层的外交官看不上眼的德·诺布瓦先生竟对父亲说，当做家和当大使一样，受到同样的尊敬，施展同样的影响，而且具有更大的独立性。

"嗳！真没想到，诺布瓦老爹毫不反对你从事文学。"父亲对我说。父亲是相当有影响的人物，因此认为什么事情都可以通过和重要人物的谈话得到解决，得到圆满的解决，他说："过几天，开完会后我带他来吃饭，你可以和他谈谈，露一手，好好写点东西给他看。他和《两个世界评论》的社长过从甚密，他会让你进去，他会安排的，这是个精明的老头，确实，他似乎认为外交界，在今天……"

不会和希尔贝特分离，这种幸福使我产生了写篇好文章给德·诺布瓦先生看的愿望——而不是能力。我动手写了几页便感到厌烦，笔从我手中落下，我恼怒得哭了起来。我想到自己永远是庸才，想到自己毫无天赋，连即将来访的德·诺布瓦先生向我提供的永不离开巴黎的良机都没有能力利用。当我想到能去听拉贝玛的戏时，胸中的忧愁才有所排解。我喜爱的景色是海滨风暴，因为它最猛烈，与此相仿，我最喜欢这位名演员扮演的，是传统角色，因为斯万曾对我说，她扮演这些角色的艺术堪称炉火纯青。当我们希望接受某种自然印象或艺术印象从而获得宝贵的发现时，我们当然不愿让心灵接受可能使我们对美的准确价值产生谬误的、较为低劣的印象。拉贝玛演出《安德罗玛克》《反复无常的玛丽安娜》《费德尔》，这是我的想象力渴望已久的精彩场面。如果我能听见拉贝玛吟诵这段诗句："听说您即将离我们远去，大人……"[1]等，那我会心醉神迷；就仿佛在威尼斯乘小船去弗拉里教堂欣赏提香[2]的圣母像或者观看卡帕契奥[3]的系列

----

① 《费德尔》第五幕第一场的台词。
② 提香（1477—1576）：意大利画家。
③ 卡帕契奥（1455—1525）：意大利画家。

画《斯基亚沃尼的圣乔治》一样。这些诗句，我已经在白纸黑字的简单复制品中读过，但我将看见它们在金嗓子所带来的空气和阳光中出现，好比是实现了旅行的梦想，我想到这里时，心便剧烈地跳动。威尼斯的卡帕契奥，《费德尔》中的拉贝玛，这是绘画艺术和戏剧艺术中的杰作，它们所具有的魅力使它们在我身上富有生命力，使我感到卡帕契奥和威尼斯、拉贝玛和《费德尔》是融为一体的。因此，如果我在卢浮宫的画廊里观看卡帕契奥的画，或者在某出我从未听说的戏中听拉贝玛朗诵，我便不会再产生美妙的惊叹，不会再感到终于看见使我梦绕魂萦的、不可思议的、无与伦比的杰作，其次，既然我期待从拉贝玛的表演中得到高贵和痛苦的某些方面的启示，如果女演员用她卓越和真实的艺术来表演一部有价值的作品，而不是在平庸粗俗的情节上添点儿真和美，那么，这种表演会更加卓越和真实。

总之，如果拉贝玛表演的是一出新戏，我便难以对她的演技和朗诵作出判断，因为我无法将我事先不知道的台词与她的语调手势所加之于上的东西区别开，我会觉得它们和台词本是一体。相反，我能倒背如流的老剧本仿佛是特有的、准备好的广大空间，我能完全自由地判断拉贝玛如何将它当做壁画而发挥她那富有新意的创造力。可惜几年前她离开了大舞台，成为一个通俗剧团的名角，并为剧团立下了汗马功劳。她不再表演古典戏剧。我常常翻阅广告，但看到的总是某某时髦作家专门为她炮制的新戏。有一天，我在戏栏里寻找元旦那一周的日场演出预告，第一次看到——在压轴节目中，因为开场小戏毫无意义，她的名字显得晦暗，其中包含对我陌生的一切特殊情节——拉贝玛夫人演出《费德尔》中的两幕，还有第二天、第三天的《半上流社会》和《反复无常的玛丽安娜》。这些名字像《费德尔》名字一样，在我眼前显得晶莹可鉴、光亮照人（因为我很熟悉它们），闪烁着艺术的微笑。它们似乎为拉贝玛夫人增添光彩，因为在看完报上的节目预告以后，我又读到一则消息，说拉贝玛夫人决定亲自再次向公众表演往日创造的角色。看来艺术家知道某些角色的意义不仅限于初次上演使观众一新耳目，或再次上演而大获成功。她将所扮演的角色视作博物馆的珍品——向曾经欣赏珍品的老一代或未曾目睹珍品的新一代再次展示的珍品，这的确是十分有益的。在仅仅用来消磨夜晚时光的那些演出的预告中，她塞进了《费德尔》这个名字，它并不比别的名字长，也未采用不同的字体，但她心照不宣地将它塞了进去，仿佛女主人在请客人入席时，将他们——普通客人——的名字一一告诉你，然后用同样的声调介绍贵宾：阿纳托尔·法朗士先生。

给我看病的医生，即禁止我做任何旅行的那位，劝父母不要让我去看戏，说我回来以后会生病的，而且可能会病得很久，总之，我的痛苦将大于乐趣。如果我期待于剧院的仅仅是乐趣，那么，这种顾虑会使我望而却步，因为痛苦将会淹没乐趣。然而——正如我梦寐以求的巴尔贝克之行、威尼斯之行一样——我所期待于这场演出的，不是乐趣，而是其他，是比我生活的世界更为真实的世界的真理。这些真理，一旦被我获得，便再也不会被我那闲散生活中无足轻重的小事所夺去，即使这些小事使我的肉体承受痛苦。我在剧场中所感到的乐趣可能仅仅是感知真理的必要形式，但我不愿它受到影响和破坏，我盼

13

望自己在演出结束以后才像预料中的那样感到身体不适。我恳求父母让我去看《费德尔》，但是自从见过医生以后，他们便执意不允。我时时为自己背诵诗句："听说您即将离我们远去……"我的声调尽量抑扬顿挫，以便更好地欣赏贝玛朗诵中的不平凡之处。她的表演所将揭示的神圣的美如同圣殿中之圣殿一样隐藏在帷幔之后，我看不见它，但我时时想象它的新面貌。我想到希尔贝特找到那本小册子中的贝戈特的话："高贵的仪表，基督徒的朴素，冉森派的严峻，特雷泽公主及克莱芙公主①，迈锡尼的戏剧②，泽尔菲的象征③，太阳的神话。"这种神圣的美不分昼夜地高踞在我内心深处、永远烛火通明的祭坛之上，而我那严厉而轻率的父母将决定我能否将这位女神（她将在原来隐藏着她无形形象的地方显露真面目）的美吸进，永远吸进我的精神之中。我的目光凝视着那难以想象的形象，我整日与家庭的障碍搏斗，但是当障碍被扫平，当母亲——尽管这个日场戏正好是委员会开会，而会后父亲将带德•诺布瓦先生来家吃饭的那一天——对我说："唉，我们不愿意使你不高兴，如果你实在想去那就去吧。"当一直作为禁忌的戏院此刻只由我来决定取舍，我将不费吹灰之力便能实现夙愿时，我却反而犹豫不决，是该去还是不该去，是否除了父母的反对以外尚有其他否定的理由。首先，虽然他们最初的残酷让我讨厌，但此刻的允诺却使我觉得他们十分亲切。因此，一想到会使他们

---

① 指古典悲剧女主人公费德尔及小说人物克莱芙公主，这是两种不同的典型。

② 希腊初期文化。

③ 泽尔菲是古希腊城，有太阳神阿波罗的圣殿。

难过，我自己就感到难过，在这种情绪之下，生活的目的对我来说似乎不再是真理，而是柔情，生活的好与坏的标准似乎只是由我父母快活还是不快活而定。"如果这会使您不快活的话，我就不去了。"我对母亲这样说。她却反过来叫我不必有这种顾虑，这种顾虑会破坏我从《费德尔》中得到的乐趣，而她和父亲正是考虑到我的乐趣才解除禁令的。这样一来，乐趣似乎成为某种十分沉重的义务。其次，如果看戏归来病倒的话，我能很快痊愈吗？因为假期一结束，希尔贝特一回到香榭丽舍大街，我便要去看她。为了决定看不看戏，我将这全部理由与我对拉贝玛完美艺术的想象（虽然她在面纱下难以看见）作比较，在天平的一端我放上"感到妈妈忧愁，可能去不了香榭丽舍大街"，在另一端放上"冉森派的严峻，太阳的神话"，但是这些词句本身最后在我思想中变得晦暗，失去了意义，失去了分量。渐渐地，我的犹豫变得十分痛苦，我完全可能仅仅为了结束这种犹豫，一劳永逸地摆脱这种犹豫而决定去看戏。我完全可能任人领到剧院，但不是为了得到精神启示和完美艺术的享受，而是为了缩短痛苦；不是为了谒见智慧女神，而是谒见在女神面纱之下偷梁换柱的、既无面孔又无姓名的无情的神明。幸亏突然之间一切都起了变化。我去看拉贝玛表演的夙愿受到了新的激励，以致我急切和兴奋地等待这个日场，原因是那天当我像每日一样来到戏剧海报圆柱前时（我像柱头隐士那样伫立在那里，这种时刻近来变得更严峻），我看到了第一次刚刚贴上去的、仍然潮湿的、详尽的《费德尔》演出海报（其实其他演员并不具有足以使我作出决定的魅力）。这张海报使我原先犹豫不决的那

件事具有了更为具体的形式，它近在眼前，几乎正在进行之中——因为海报上落款的日期不是我看到它的那一天，而是演出的那一天，而落款的钟点正是开幕的时刻。我在圆柱前高兴得跳了起来。我想，到了那一天，在这个准确的钟点，我将坐在我的座位上，等着拉贝玛出台。我担心父母来不及为外祖母和我订两个好座位，便一口气跑回家，如痴如呆地望着那句富有魅力的话"正厅不接待戴帽的女士。两点钟后谢绝入场"，这句话取代了我脑中的"冉森派的严峻"和"太阳的神话"。

可惜，这头一场戏使我大失所望。父亲提议在去委员会时顺便将外祖母和我带到剧场。出门时他对母亲说："想法弄一顿丰盛的晚餐吧，你大概还记得我要带德·诺布瓦来吧。"母亲当然没有忘记。从前一天起，弗朗索瓦丝就沉浸在创造热情之中。她很高兴在烹调艺术上露一手，这方面她的确极有天赋。她听说来客是一位新客，更为兴奋，决定按她的秘方烹制冻汁牛肉。她对构成她作品的原料的内在质量极为关切，亲自去中央菜市场选购最上等的臀部肉、小腿肉和小牛腿，就好像米开朗琪罗当年为修建朱尔二世的陵墓而用八个月时间去卡拉雷山区挑选最上等的大理石。弗朗索瓦丝兴冲冲地出出进进，她那绯红的面孔不禁使母亲担心这位老女仆会累垮，就像美第奇陵墓的雕刻师[1]当年累倒在皮特拉桑塔石矿里一样。而且从前一天起，她便吩咐人将那粉红色大理石一般的、被她称为"内约"的火腿，裹上

---

[1] 指米开朗琪罗。

面包屑送到面包房去烤。她第一次听人谈到"约克"火腿时，便以为自己听错了，以为别人说的是她知道的那个名字——她低估了语言的丰富性，也不相信自己的耳朵，怎么可能同时存在"约克"和"纽约"呢？真令人难以相信。此后，每当她听见或在广告上看见"约克"这个名字时，她便认为是"纽约"，并将"纽"读作"内"。因此她一本正经地对打下手的厨娘说："你去奥莉达店买点火腿。太太一再嘱咐要'内约'火腿。"

如果说这一天使弗朗索瓦丝体验到伟大创造者的炽热信心，那么，我感受到的却是探索者的难以忍受的焦虑。当然，在听拉贝玛朗诵以前，我是愉快的。在戏院门前的小广场上，我感到愉快，两小时以后，路灯将照亮广场上栗树的细枝，光秃的栗树将发出金属般的反光。在检票员（他们的挑选、提升、命运全部取决于那位著名女演员，只有她掌握整个机构的管理权，而默默无闻地相继担任领导的经理只是有名无实的匆匆过客而已）面前，我感到愉快。他们索取我们的票，却不看我们，他们焦急不安；拉贝玛夫人的命令是否全部通知了新职工，他们是否明白决不能雇人为她鼓掌，是否明白在她上台以前不要关窗，而要在她上台以后关上所有的门，是否知道应在她身旁不引人注意的地方放上一罐热水以便控制舞台上的尘土。再过一会儿，她那辆由两匹长鬃马驾辕的马车将来到剧院门口，她将身着皮大衣由车上下来，不耐烦地回答别人的招呼，并且派一位随从去前台看看是否为她的朋友们保留了座位，并且打听场内的温度、包厢的客人、女引座员的服饰。在她眼中，剧场和观众仅仅是她将穿在外面的

第二件衣服，是她的天才将通过的或优或劣的导体媒介。在剧场里，我也感到愉快。自从我得知大家共用一个舞台时，与我幼稚的想象力长期所遐想的相反，我便以为，既然周围是人群，那么别的观众一定会妨碍你看得真切，然而，正相反，由于某种仿佛象征一切感知的布局，每个观众都感到自己处于剧场中心，这使我想起弗朗索瓦丝的话。有一次，我父母让她去看一出情节剧，座位在五楼，但她回来时说她的座位再好也没有了，她丝毫不感到太远，相反却感到胆怯，因为生动而神秘的帷幕近在咫尺。我开始听见从帷幕后面传来模糊的声音，音量越来越大，就像雏鸡在破壳而出以前发出的声响。此刻我更为愉快，因为虽然我们的目光无法穿透帷幕，但帷幕后面的世界正在注视我们。突然，来自帷幕后的声音显然向我们发出信号，它变成无比威严的三下响声，像火星上的信号一样动人心弦。幕布拉开，舞台上出现了十分普通的写字桌和壁炉，它们表明即将上场的不是我在一次夜场中所看见的朗诵演员，而是在这个家中生活的普通人；我闯入他们的生活中去，而他们看不见我。这时，我的乐趣有增无减，但它却被短暂的不安所打断，因为正当我屏息静气地等待开演时，两个男人走上了舞台，他们气势汹汹、大声吵嚷，剧院里的一千多观众听得十分清楚（而在小咖啡店里，要知道两个斗殴的人在说什么，必须问侍者）。这时，我惊奇地看到观众并不抗议，而是洗耳恭听，而且沉浸在一片寂静之中，偶尔从这里或那里响起笑声，于是我明白这两个蛮横无礼的人正是演员，明白那个称做开场戏的小戏已经开始了。接下来是长长的幕间休息，观众重新就座以后，不耐烦地跺起脚来。这使我很担心。每当我在诉讼案的报导中读到某位心地高尚者将一己的利益置之度外而为无辜者出庭辩护时，我总感到担心，唯恐人们对他不够和气，不够感激，不给他丰厚的酬劳，以致他伤心气馁而转到非正义的一边。在这一点上，我将天才与德行相比，因此也同样担心拉贝玛会对缺乏教养的观众的无礼感到气恼，我真盼望她在观众席上能满意地认出几位其判断颇有分量的名流，因而不卖劲，以表示对他们的不满和蔑视。我用哀求的目光看着这些跺脚的野人，他们的愤怒会将我来此寻求的那个脆弱而宝贵的印象打得粉碎。最后，《费德尔》的前几场戏给我带来愉快的时光。第二幕开始时，费德尔这个人物还不出场。然而，第一道幕，接着第二道红丝绒幕——它在这位明星的表演中加强舞台深度——拉开，一位女演员从台底上场，容貌和声音酷似人们向我描绘的拉贝玛。这么说，拉贝玛换了角色，我对忒修斯的妻子①的精细研究算是白费工夫了。然而又一位女演员上场与第一位对话，我把第一位当做拉贝玛显然是弄错了，因为第二位更像她，而且朗诵的声调惟妙惟肖。这两位都往角色中增加了高贵的手势——她们撩起美丽的无袖长衣，使我明显地注意到了这一点，并明白了手势和台词的关系——和巧妙的声调。它时而热情、时而讽刺，我明白了曾在家中读过但未加留心的诗句究竟何所指。但是，突然，在圣殿的红丝绒幕布的开启处（仿佛是镜框），出现了一个女人。于是我感到害怕，而这种害怕可能比拉贝玛本人还害怕。我害怕有人开窗从而使

---

① 即费德尔，下文中的希波托斯、奥侬娜、阿里西皆为《费德尔》中的人物。

她感到不适；害怕有人搓揉节目单从而破坏她的某句台词；害怕人们为她的同伴鼓掌而对她的掌声不够热烈从而使她不高兴。我产生了比拉贝玛本人的想法更加绝对的念头，认为从此刻起，剧场、观众、演员、戏以及我本人的身体都只是声音介质，只有当它们有利于抑扬顿挫的声音时才具有价值。这时我立刻明白我刚才欣赏片刻的那两位女演员与我专程前来聆听的这个女人毫无共同之处。然而我的乐趣也戛然中止。我的眼睛、耳朵、思想全部集中于拉贝玛身上，唯恐漏过任何一点值得我赞叹的理由，但一无所获。我甚至未在她的朗诵和表演中发现她的同伴们所使用的巧妙的声调和美丽的姿势。我听着她，就仿佛在阅读《费德尔》，或者仿佛费德尔正在对我讲话，而拉贝玛的才能似乎并未给话语增加任何东西。我多么想让艺术家的每个声音、每个面部表情凝住不动，长时间地凝住，好让我深入进去，努力发现它们所包含的美。我至少做到思想敏捷，在每个诗句以前准备好和调整好我的注意力，以免在她念每个字或作每个手势期间我将时间浪费在准备工作上。我想依靠这种全神贯注的努力，进入台词和手势的深处，仿佛我拥有长长的几个小时一样。然而时间毕竟十分短暂！一个声音刚刚传进我耳中便立刻被另一个声音所替代。在一个场面中，拉贝玛静止片刻，手臂举到脸部的高处，全身沉浸在暗绿色的照明光线之中，背景是大海，这时全场掌声雷动、然而刹那女演员已变换了位置，我想仔细欣赏的那个画面已不复存在。我对外祖母说我看不清，她便将望远镜递给我。然而，当你确信事物的真实性时，用人为的手段去观察它并不能使你感到离它更近。我认为我在放大镜中所看到的不再是拉贝玛，而是她的图像。我放下望远镜，但我的眼睛所获得的那个被距离缩小的图像也许并不更准确。在这两个拉贝玛中，哪一个是真实的？我对这段戏曾寄予很大希望，何况她的同伴们在比这逊色得多的片段中曾不断向我揭示巧妙的弦外之音。我料想拉贝玛的语调肯定比我在家中阅读剧本时所想象的语调更令人惊叹，然而，她甚至没有达到奥侬娜或阿里西所可能使用的朗诵技巧，她用毫无变化的单调节奏来朗诵那一长段充满对比的独白，那些对比是如此令人注目，以致一位不太聪明的悲剧演员，甚至中学生，都不可能不觉察它的效果。她念得很快，当她念完最后一句话时，我的思想才意识到她在前几句台词中所故意使用的单调语气。

终于，在观众狂热的掌声中，我最初的赞佩之情爆发了。我也鼓起掌来，而且时间很长，希望拉贝玛出于感激而更加卖力，那样一来，我便可以说见识过她最精湛的演技了。奇怪的是，观众热情激昂的这一时刻，也正是拉贝玛作出美妙创新的时刻（我后来才知道）。当某些超先验证的现实向四周投射射线时，群众是最早的觉察者。例如，发生了重大事件，军队在边境上处于危急之中或者溃败，或者告捷，这时传来的消息模糊不清，未给有教养者带来任何重要信息，但却在群众中引起巨大震动。有教养者不免对震动感到吃惊，但当他们从专家那里获悉真实的军事形势以后，就不能不佩服民众觉察这种"光晕"（它伴随重大事件，在百里之外也可被人看见）的本领。人们获悉战争捷报，或者是在事后，在战争结束以后，或者是在当时，从门房兴高采烈的神气中感知。同样，人们发现拉贝玛演技精湛，或者是

在看完戏一周以后从批评家那里得知，或者当场从观众的喝彩声中得知。然而，群众的这种直接认识往往和上百种错误认识交织在一起，因此，掌声往往是错误的，何况它是前面掌声的机械后果，正如风暴使海水翻腾，即使当风力不再增大，海浪也仍然汹涌一样。管他呢，我越鼓掌就越觉得拉贝玛演得好。坐在我旁边的一位普通妇女说："她可真卖劲，用力敲自己，满台跑，这才叫演戏哩。"我很高兴找到这些理由来证明拉贝玛技艺高超，但同时也想到它们说明不了问题。农民感叹说："画得多么好！真是妙笔！瞧这多美！多细！"这难道能说明《蒙娜丽莎》或本韦努托①的《珀耳修斯》吗？但我仍然醉饮群众热情这杯粗酒。然而，当帷幕落下时，我感到失望，我梦寐以求的乐趣原来不过如此，但同时，我需要延长这种乐趣，我不愿离开剧场从而结束剧场的经历——在几个小时里它曾是我的生活，我觉得直接回家好比是流放；幸亏我盼望到家以后能从拉贝玛的崇拜者口中再次听到关于她的事，这位崇拜者正是那位使我获准去看《费德尔》的人，即德·诺布瓦先生。

晚饭前，父亲把我叫进书房，将我介绍给德·诺布瓦先生。我进去时，大使站起来，弯下他那高大的身躯向我伸出手，蓝色的眼睛关注地看着我。在他作为法兰西的代表的任职期间，人们往往将过往的外国人介绍给他，其中不乏多少有点名气的人物，甚至有著名歌唱家。而他明白，有朝一日，当人们在巴黎或彼得堡提起这些人时，他

---

① 本韦努托（1500—1571）：意大利雕塑家。

便可以夸耀说曾在慕尼黑或索非亚和他们一同度过夜晚，因此他养成了这种习惯：亲切地向对方表示认识他有多么荣幸。此外，他认为，在外国首都的居留期间，他既能接触来往于各国首都的有趣人物，又能接触本地居民的习俗，从而对不同民族的历史、地理、风俗以及对欧洲的文化运动获得深入的、书本上所没有的知识，因此他在每个新来者身上应用尖锐的观察力，好立即弄清楚站在他面前的是什么人。长久以来，他不再被派驻国外，但每当别人向他介绍陌生人时，他的眼睛便立即进行卓有成效的观察，仿佛眼睛并未接到停职通知，同时他的举止谈吐试图表明新来者的名字对他并不陌生。因此，他一面和气地、用自知阅历颇深的、要人的神气和我谈话，一面怀着敏锐的好奇心，并出于他本人的利益而不停地观察我，仿佛我是具有异域习俗情调的、颇具教益的纪念性建筑物，或者是巡回演出的明星。因此他既像明智的芒托尔[①]那样庄严与和蔼，又像年轻的阿纳加西斯[②]那样充满勤奋的好奇心。

关于《两个世界评论》，他绝口不提为我斡旋，但对我过去的生活及学习，对我的兴趣，却提出了一系列问题。我这是头一次听见别人将发挥兴趣爱好作为合理的事情来谈论，因为在此以前，我一直认为应该压制兴趣爱好。既然我爱好文学，他便使话题围绕文学，并且无比崇敬地谈论它，仿佛它是上流社会一位可尊敬的、迷人的女

① 芒托尔：古希腊神话中的智者。

② 阿纳加西斯：公元前6世纪哲学家。此处指18世纪出版的《青年阿纳加西斯希腊游记》。

士。他曾在罗马或德累斯登与她邂逅而留下一段美妙的回忆，但后来由于生活所迫而很少有幸再与她重逢。他带着几乎放荡的神情微笑，仿佛羡慕我比他幸运、比他悠闲，能与它共度美好时光。但是，他的字眼所表达的文学与我在贡布雷时对文学所臆想的形象完全不同，于是我明白我有双重理由放弃文学。以前我仅仅意识到自己缺乏创作的天赋，而现在德·诺布瓦先生使我丧失创作欲望。我想向他解释我的梦想。我激动得战栗，唯恐全部话语不能最真诚地表达我曾感觉到、但从未试图向自己表明的东西。我语无伦次，而德·诺布瓦先生呢，也许出于职业习惯，也许出于要人们所通常具有的漠然态度（既然别人求教于他，他便掌握谈话的主动权，听任对方局促不安、使出全身解数，而他无动于衷），也许出于想突出头部特点的愿望（他认为自己具有希腊式头型，尽管有浓密的颊须），当你向他阐述时，他的面部绝对地静止不动，使你以为面前是石雕陈列馆里一座古代雕像——而且是耳聋的！突然间，就像拍卖行估价人的锤声或者代尔夫的神谕，响起了大使的回答，它令人激动，因为你从他那木然的脸上无法猜到他对你的印象或者他即将发表什么意见。

"正巧，"他不眨眼地一直盯着结结巴巴的我，突然下结论似地说，"我有一个朋友，他的儿子，mutatis mutandis①，和你一样。（于是他用一种安慰的口气谈起我们的共同倾向，仿佛这不是对文学，而是对风湿病的倾向，而他想告诉我——我不会因此丧生。）他放弃了父亲为他安排的外交仕途，不顾流言飞语投身创作。当然他没有什么

---

① 拉丁文，此处意为：基本上。

可后悔的。两年以前——他的年龄当然比你大得多——发表了一部作品，是关于对维多利亚—尼昂萨湖①西岸的'无限性'的感触。今年又写了一本小册子，篇幅稍短，但笔锋犀利，甚至尖刻，谈的是保加利亚军队中的连发枪。这两本书使他成为了不起的人物。他已经走了一大段路，不会中途停下来的。在伦理科学院里，人们曾两三次提到他，而且毫无贬责之意，虽然目前还未考虑提他为候选人。总之，他还不能算声誉显赫，但他的顽强搏斗已经赢得了优越的地位和成就。要知道成功并不总是属于那些骚动者、挑拨者、制造混乱者（他们几乎都自命不凡）。他通过努力一举成名。"

父亲已经看见我在几年以后成为科学院院士了，因此十分得意，而德·诺布瓦先生又将这种满意推向高峰，因为他在仿佛估计自己行动后果的片刻犹豫以后，递给我一张名片，并说："你去见见他吧，就说是我介绍的。他会给你一些有益的忠告。"他的话使我激动不安，仿佛他宣布了我次日就将登上帆船当见习水手。

我从莱奥妮姨母那里继承了许多无法处置的物品和家具，以及几乎全部的现金财产（她在死后表达了对我的爱，而在她生前我竟一无所知）。这笔钱将由父亲代管，直到我成年，因此父亲请教德·诺布瓦先生该向何处投资。德·诺布瓦先生建议购买他认为十分稳妥的低率证券，特别是英国统一公债及年息百分之四的俄国公债。他说："这是第一流的证券，息金虽然不是太高，但本金至少不会贬值。"至于

① 维多利亚—尼昂萨湖是赤道非洲的一个大湖。

其他，父亲简略地告诉客人自己买进了什么，客人露出一个难以觉察的微笑，表示祝贺。德·诺布瓦先生和所有资本家一样，认为财富是值得羡慕的东西，但当涉及他人的财产时，他认为以心照不宣的神气表示祝贺则更为得体。另一方面，由于他本人家财万贯，他便将远不如他阔气的人也看做巨富，同时又欣慰而满意地品味自己在财富上的优越地位。他毫不犹豫地祝贺父亲在证券的"结构"问题上表现出"十分稳妥、高雅、敏锐的鉴赏力"，仿佛他赋予交易证券的相互关系，甚至交易证券本身以某种美学价值似的。父亲谈到一种比较新的、罕为人知的证券，这时德·诺布瓦先生便说（你以为只有你读过这本书，其实他也读过）："我当然知道啦，有一阵子我注意它的行情，很有趣。"同时露出对回忆入迷的微笑，仿佛他是某杂志的订户，一段一段地读过那上面长篇连载的最新小说。"我不劝阻您购买将发行的证券，它很有吸引力，价格也很有利。"至于某些老证券，父亲已记不清它们的名称了，往往将它们与类似的证券相混淆，因此便拉开抽屉取出来给大使看。我一见之下大为着迷。它们带着教堂尖顶及寓意图像的装饰，很像我往日翻阅的某些富于幻想的古老书刊。凡属于同一时期的东西都很相似。艺术家既为某一时期的诗歌作画，同时也受雇于当时的金融公司。河泊开发公司发行的记名证券，是一张四角由河神托着的、饰有花纹的长形证券，它立即使我回忆起贡布雷杂货店橱窗里挂着那些《巴黎圣母院》和热拉尔·德·内瓦尔[①]的书。

① 热拉尔·德·内瓦尔（1808-1855）：法国著名作家。

父亲瞧不起我这种类型的智力，但这种蔑视往往被亲子之爱所克制，因此，总的来说，他对我做的一切采取盲目的容忍态度。他不加思索地叫我取来我在贡布雷散步时所写的一首散文短诗。当年我是满怀激情写的，因此，我觉得谁读到它都会感动不已。然而，德·诺布瓦先生丝毫未被感动，他交还给我时一言不发。

母亲一向对父亲的事务毕恭毕敬，此时她走了进来，胆怯地问是否可以开饭。她唯恐打断了一场她不应介入的谈话。此刻父亲确实在向侯爵谈到将在下一次委员会会议上提出的必要措施，他那特殊的声调使人想起两位同行——好比两位中学生——在外行面前交谈的口吻，他们由于职业习惯而享有共同的回忆，但既然外行对此一无所知，他们当着这些外行的面提起往事时只能采取歉然的口吻。

此刻，德·诺布瓦先生的面部肌肉已经达到了完美的独立，因此他能够以听而不闻的表情听人说话。父亲终于局促不安起来，"我本来想征求委员会的意见……"在转弯抹角以后，他终于说道。可是，从这位贵族气派的演奏能手的面孔上，从他那像乐师一样呆滞地静等演奏时刻的面孔上，抛出了这句话，他不紧不慢，几乎用另一种音色来结束已经开始的乐句："当然，您完全可以召集委员们开会，何况您认识他们每一个人，让他们来一趟就行了。"显然，这个结束语本身毫无新奇之处，但是，在它以前的那个状态使它显得突出，使它像钢琴上的乐句那样清脆晶莹，十分巧妙地令人耳目一新，就好比在莫扎特的协奏曲中，一直沉默的钢琴按规定的时刻接替了刚才演奏的大提琴。

"怎么样，对戏满意吗？"在餐桌前就坐时，父亲问我。他有意让我显露一番，认为我的兴奋会博得德·诺布瓦先生的好感。"他刚才去听拉贝玛的戏了，您还记得我们曾经谈起过。"他转身对外交家说，采取一种回顾往事的、充满技术性的神秘语调，仿佛他谈的是委员会。

"你一定会十分满意吧，特别是你这是第一次看她演出。令尊本来担心这次小小的娱乐会有损于你的健康。看来你不是十分结实，一个文弱书生。不过我叫他放心，因为现在的剧场和二十年前可是大不一样。座位还算舒适，空气也不断更换，当然我们还得大大努力才能赶上德国和英国，他们在这方面，以及其他许多方面都比我们先进。我没有看过拉贝玛夫人演《费德尔》，但我听说她的演技极为出色。你肯定很满意吧？"

德·诺布瓦先生比我聪明千倍，他肯定掌握我未能从拉贝玛的演技中悟出的真理，他会向我揭示的。我必须回答他的提问，请他告诉我这个真理，这样一来，他会向我证明我去看拉贝玛演出确实不虚此行。时间不多，应该就基本点提出疑问，然而，哪些是基本点呢？我全神贯注地思考我所得到的模糊印象，无暇考虑如何赢得德·诺布瓦的赞赏，而是一心想从他那里获得我所期望的真理，因此我结结巴巴地讲着，顾不上借用现成的短语来弥补用词之贫乏，而且，为了最终激励他说出拉贝玛的美妙之处，我承认自己大失所望。

"怎么？"父亲恼怒地叫了起来，因为我这番自认不开窍的表白会给德·诺布瓦先生留下不好的印象，"你怎么能说你没感到丝毫乐趣呢？外祖母讲你聚精会神地听拉贝玛的每一句台词，瞪着大眼睛，没有任何观众像你那样。"

"是的，我的确全神贯注，我想知道她的出类拔萃表现在什么地方。当然，她演得很好……"

"既然很好，你还要求什么呢？"

"有一点肯定有助于拉贝玛夫人的成功。"德·诺布瓦先生说。他特别转头看着母亲，一来避免将她撇在谈话之外，二来也是认真地对女主人表示应有的礼貌，"那就是她在选择角色时所表现的完美鉴赏力，正是鉴赏力给她带来了名副其实的成功，真正的成功。她极少扮演平庸角色，这一次扮演的是费德尔。再说，她的鉴赏力也体现在服装和演技中。她经常去英国和美国作巡回演出，并且大获赞赏，但是她没有染上庸俗习气，我指的不是约翰牛，那未免不够公允，至少对维多利亚时期的英国来说不够公允，我指的是山姆大叔。她从来没有过度刺目的颜色，从来没有声嘶力竭的叫喊。她那美丽的悦耳的声音为她增添光彩，而她对声音的运用竟如此巧妙，真可谓声乐家！"

演出既已结束，我对拉贝玛的艺术的兴趣便不再被现实所压制和约束，它越来越强烈，但我必须为它寻找解释。再说，当拉贝玛表演时，她对我的眼睛和耳朵提供的是在生活中浑然一体的东西，我的兴趣仅仅予以笼统的关注，而未加任何区分或分辨，因此此刻，它在这番称赞艺术家朴实无华和情趣高尚的颂词中高兴地发现一种合理解释，它施展吸引力，将溢美之词据为己有，正好比一位乐天的醉汉将邻居的行为据为己有并大发感慨一样。"是的，"我心里想，"多么美

妙的声音，没有喊叫，多么朴素的服装！挑了费德尔这个角色，又是多么明智！不，我没有失望。"

胡萝卜牛肉冷盘出现了。在我家厨房的"米开朗琪罗"的设计下，牛肉躺在如晶莹石英一般的、硕大的冻汁晶体之上。

"您的厨师是一流的，夫人，"德·诺布瓦先生说，"难得呀！我在国外时往往不得不讲排场，因此我明白找一个高超的厨师多不容易。您这真是盛宴。"

的确如此，弗朗索瓦丝兴高采烈地为贵宾准备美餐，好显显身手。她卖力地重新施展她在贡布雷时的绝技，没有客人来吃饭时她已经不愿意这样费心劳神了。

"这是在夜总会，我是指最高级的夜总会，所尝不到的。焖牛肉，冻汁没有糨糊气味，牛肉有胡萝卜的香味，真是了不起！请允许我再加一点。"他一面说，一面做手势表示还要一点儿冻汁，"我真想尝尝府上的法代尔①的另一种手艺，比方说，尝尝她做的斯特罗加诺夫②式牛肉。"

德·诺布瓦先生为了替餐桌增添情趣，给我们端上了他经常招待同行的那些形形色色的故事。有时他引用某位政治家演说中可笑的复合句（此人惯于此道），句子既冗长臃肿，又充满自相矛盾的形象。有时他又引用某位文体高雅的外交家的明捷快语。其实，他对这两种文体的判断标准与我对文学的判断标准毫无共同之处。对许多细

---

① 法代尔：法国 17 世纪大孔代亲王的著名膳食总管。
② 斯特罗加诺夫：为俄国财政家，以家族名字命名的这道菜是奶汁牛肉。

微区别，我毫不理解。他哈哈大笑，加以嘲弄的字句与赞不绝口的字句，在我看来，并无多大区别。他是另外一种人，关于我所喜爱的作品，他会说："你看懂了？老实说，我看不懂，我不在行。"而我也可以以其人之道还治其人之身，他在反驳或演说中所看到的机智或愚蠢、雄辩或夸张，我都无法领会。既然没有任何可以被感知的理由来说明此优彼劣，那么这种文学在我眼中就更为神秘，无比隐晦。我领悟到，重复别人的思想，这在政治上并非劣势的标志，而是优势的标志。当德·诺布瓦先生使用报刊上随手拈来的某些用语，并且配之以强调语气时，这些用语一旦为他所用就变为行动，引人注意的行动。

母亲对菠萝块菰色拉寄予很大期望。大使用观察者的深邃目光对这道菜凝视片刻，然后吃了起来，但保持外交家的审慎态度，不再坦露思想。母亲坚持要他再吃一点儿，德·诺布瓦先生又添了一次，但没有说出人们所期待的恭维话，只是说："遵命，夫人，既然这是您的命令。"

"报上说您和狄奥多西国王作过长谈。"父亲说。

"不错。国王对面孔有惊人的记忆力。那天他看见我坐在正厅前排便想起了我，因为我在巴伐利亚宫廷里曾经见过他好几次，当时他并未想到东部王位（您知道，他是应欧洲大会之请而登基的，他甚至犹豫了很久才同意，他认为这个王位与他那全欧最高贵的家族不太相称）。一位副官走来请我去见国王陛下，我当然乐于从命。"

"您对他这次访问的结果满意吗？"

"很满意！当初有人担心这位年轻君主能否在如此复杂的形势下摆脱困境，这种担心是可以理解的。至于我，我完全相信他的政治嗅觉，而且事实远远超过了我的希望。根据权威方面的消息，他在爱丽舍宫的致辞，从第一个字到最后一个字都是他亲自起草的，当之无愧地引起各方面的好感，这确实是高招。当然未免过于大胆，但事实证明这种胆略是对的。外交传统固然有其优点，但正是由于它，我们两国的关系笼罩在一种令人窒息的、封闭的气氛中，更换新鲜空气的办法便是打破玻璃窗，别人当然无法提出这种建议，只有狄奥多西可以这样做，而他确实这样做了。他那襟怀坦荡的态度令众人倾倒，他用词妥贴得体，不愧为母系是博学多才的王公贵族的后代。在谈到他的国家和法国之间的关系时，他用的是'亲缘关系'一词，这种用词在外交词汇中极为罕见，但在此却极为恰当。你瞧文学毫无害处，即使对外交、对君主而言，"他最后这句话是对我说的，"当然，此事早有迹象，两个强国之间的关系原来就大有改善，但毕竟由他嘴里说了出来。他的话正是人们所期望的，而且用词巧妙，所以效果惊人。我当然双手赞同啦。"

"您的朋友福古贝先生多年来致力于改善两国关系，他一定很高兴吧。"

"当然，何况国王陛下像往常一样，有意让他喜出望外。再说，从外交部长开始，人人都大吃一惊，无一例外。据说外交部长对此事不甚满意。别人问他时，他提高嗓门儿，好让周围的人听见他那直言不讳的回答'我既未被征求意见，也未收到通知'，以此明确表示他与此事毫不相干。当然，这件事引起纷纷议论，他狡黠地笑笑，然后又说：'无为，我不敢担保那些将奉为最高信条的同事不会因此坐立不安。'至于福古贝，你们知道他由于亲法政策而受到猛烈抨击，这使他很难过，何况此公心地善良，而且很敏感。这一点我可以作证。虽然他比我年轻许多，但我们是老朋友了，常有来往，我很了解他。再说谁不了解他呢？他的心灵清澈见底，这是他可以受指责的唯一缺点，因为外交家没有必要像他那样透明。现在有人提出派他去罗马，这当然是晋升，但也是'啃骨头'。我这是私下对您说，福古贝虽然毫无野心，但对新职不会不高兴，他绝不会拒绝这杯苦酒。他也许会干出奇迹。他是孔苏尔塔①所赞同的人。对这样一位艺术家，法尔内兹宫和卡拉什走廊②是最合适的地方了，至少不会有人恨他。而在狄奥多西国王周围、有一批依附于威廉街③的奸党，他们顺从地执行威廉街的意图，千方百计地给福古贝捣乱。福古贝不但要对付宫廷阴谋，还要对付一帮闲文人的辱骂。他们后来像所有被豢养的记者一样怯懦地求饶，但同时依然故我地刊登流氓无赖对我国代表的无理指责。在一个多月的时间里，敌人围着福古贝跳头皮舞④。"德·诺布瓦先生特别着重这最后一个词："不过，俗话说：'早有防范，免遭暗算。'他一脚踢开了诽谤辱骂。"他的声音更响亮，眼睛射出凶光，以致我

---

① 孔苏尔塔：意大利外交部所在地。

② 法尔内兹宫：法国驻罗马使馆，其内有由 16 世纪画家卡拉什装饰的走廊。

③ 威廉街是德国外交部所在地。

④ 这是印第安人的舞蹈，胜利者在割下战败者的头皮以前围着他跳舞。

们在片刻内停止了吃饭。"有一句漂亮的阿拉伯谚语：'任凭群犬乱吠，商队依然前进。'"德·诺布瓦先生抛出这条谚语后瞧着我们，观察它在我们身上产生什么效果，效果显著。我们熟悉它，因为那一年它在有身份的人中间流行，而另一句谚语："种蒺藜者得刺。"却被淘汰，不因为它精力不足，像"为人作嫁"那样永不疲劳、永葆活力。要知道这些社会名流的语言采取的是三年一换的轮种制。德·诺布瓦先生在《两个世界评论》的文章中，擅长使用此种类型的引文，其实它们在有根有据、信息可靠的文章中完全是多余的。德·诺布瓦先生根本不需要这些装饰，只需挑选关键时刻——他也正是这样做的——就行了，如"圣詹姆斯①已感危机在即"；或者"歌手桥② 群情激动，正不安地注视两头王朝的自私而巧妙的政策"；或者"蒙泰奇托里奥③发警报"；或者"乐厅广场④所永远惯用的两面手法"。即使是外行的读者，一看见这些用语便立即明白作者是职业外交家，并表示赞赏。但有人说他不仅仅是职业外交家，他的修养更为卓越，因为他对谚语的运用恰到好处，而其中最完美的典范是"正如路易男爵⑤所说，您给我良好政治，我给您良好财政。"（因为当时还未从东方传来日本谚语："在交战中，多坚持一刻者必胜无疑。"）正是这种名人学者的声誉，以及漠然的面具下所隐藏的名副其实的阴谋天才，使

---

① 指英国外交部。
② 指奥地利外交部。
③ 指沙俄外交部。
④ 指意大利议院。
⑤ 路易男爵是法王路易十八和路易菲力普的财政大臣。

德·诺布瓦先生成为伦理科学学院的院士，而且有人甚至认为他进法兰西学院也无不可，因为有一次，他在指出了和英国和解而与俄国联盟的必要性时，竟然写道："有一点应该让奥尔赛码头①的人明白，应该写进所有的地理课本中（这方面确有遗漏），应该作为中学毕业生获得业士学位的标准，那就是：如果说'条条大路通向罗马'，那么，从巴黎去伦敦必须经过彼得堡。"

　　"总之，"德·诺布瓦先生继续对父亲说，"福古贝这次大为成功，甚至超过他自己的估计。当然他预料会有一篇十分得体的祝酒词（在近年来的阴云以后这已算了不起了），但没有想到比那更胜演说艺术家，他的朗读、停顿都很有讲究，让听众对各种言外之意及微妙之处心领神会。我听人讲过一件很有趣的事，它又一次证明狄奥多西国王充满那种颇得人心的青春风采。'亲缘关系'一词可以说是演讲中的一大革新，您瞧，它将成为各个使馆长期议论的话题。国王陛下在吐出这个词时，大概想到会使我们这位大使欣喜异常——这是对他的努力、甚至他的梦想的公正的报偿，并且会使他获得元帅权杖——因此他半转身朝着福古贝，用奥丹尚家族那迷人的眼神盯着他，一个音节一个音节地说'亲缘关系'这个十分恰当的、新颖不凡的词。他的声调表明他使用这个词是十分慎重的，他对它的份量了如指掌。据说福古贝激动得不能自抑，在某种程度上，我认为我能理解他的心情。据十分可靠的消息说，宴会以后，国王陛下走近夹在人群中的福

---

　　① 指法国外交部。

古贝，低声对他说：'您对我这个学生满意吗，亲爱的侯爵？'显然，"德·诺布瓦先生又说，"这篇祝酒词的效力超过了二十年的谈判，它更加密切了两国之间的——用狄奥多西二世的生动语言来说——'亲缘关系'。这仅仅是一个词，可是您瞧着吧，它会平步青云，全欧洲的报纸都在重复它，它引起了广泛的兴趣，发出了新的声音。话说回来，这是国王的一贯作风。我不敢说他每天都能发现如此纯净的钻石，但是，在他精心准备的演讲中，或者在他的即兴谈话中，他少不了塞进一句俏皮话，作为自己的标志——或者说签名。在这一点上，我决无偏袒之嫌，因为我一向反对这种俏皮话，二十句中有十九句都是危险的。"

"是的。我想德国皇帝最近的电报一定不合您的口味吧。"父亲说。

德·诺布瓦先生抬眼看了一下天花板，仿佛在说："啊！这家伙！首先，这是忘恩负义，不仅仅是错误，而且是犯罪，可以说是骇人听闻的蠢事！其次，如果没有人加以制止，那么这个赶走了俾斯麦的人①很可能渐渐抛弃俾斯麦的全部政策，到了那时，谁也不知道会发生什么。"

"我丈夫告诉我，先生，说您可能在近两三年的夏天让他和您一道去西班牙，我真为他高兴。"

"是的，这是一个很诱人的计划。我很高兴，我很乐意和您一同旅行，亲爱的朋友。您呢，夫人，您打算怎样度假？"

---

① 即德国皇帝威廉二世，他迫使俾斯麦辞职与英国恶交。

"不知道，也许和儿子一同去巴尔贝克。"

"啊！巴尔贝克是好地方。几年以前我去过。那里正在兴建漂亮别致的别墅，我想您会喜欢那里的。不过，您能告诉我为什么看上这个地方吗？"

"我儿子很想看教堂，特别是巴尔贝克教堂。我最初有点担心，生怕旅途劳累，特别是吃住不便，会影响他的健康。不过最近听人说那里盖了一家很好的饭店，里面有他所必需的舒适设备，那么他可以住些时候。"

"啊！我得把这消息告诉一位对此很关心的女士。"

"巴尔贝克教堂很了不起吧，先生？"我问道，抑制心中的不快，因为在他眼中，巴尔贝克的魅力在于漂亮别致的别墅。

"不坏，确实不坏，不过，它毕竟无法和精雕细琢的真正珍宝相比，例如兰斯教堂、夏尔特教堂，以及珍品中之珍品——我最喜爱的巴黎圣教堂。"

"巴尔贝克教堂的一部分属于罗曼式吧？"

"不错，是罗曼式，这种风格本身就极为古板，比不上后来的哥特式建筑。哥特式优美、新颖，石头都精雕着花边。巴尔贝克教堂的确有点与众不同，你既然到了那里，这个教堂当然值得一游。如果哪天下雨你无处可去，可以进去看看图维尔①的墓。"

"您出席昨天外交部的宴会了吗？我脱不开身。"父亲说。

---

① 图维尔（1642—1701）：法国元帅。

"没去，"德·诺布瓦先生微笑着回答，"坦白地说，我没去，而是参加了另一个完全不同的晚会。我去一位女士家吃饭，你们大概听说过她，就是美丽的斯万夫人。"

母亲控制住一阵战栗，因为她比父亲敏感，她已经为他即将感到的不快而担忧。他的不快往往最先被她感知，就好比法国的坏消息最先在国外传播，然后才在国内被人知晓。但是，她想知道斯万夫妇都接待些什么人，于是便向德·诺布瓦先生打听他在那里遇见了谁。

"我的天……去那里的似乎主要是……男士们。有几位已婚男人，但他们的妻子身体不适，没有去。"大使用一种故作天真的微妙口吻说，而且环顾左右，他那柔和审慎的目光似乎想冲淡嘲弄，其实反而更巧妙地加强了嘲弄效果。

"应该说，"他继续说道，"公平地说，那里也有些女士，不过……她们属于……怎么说好呢，与其说属于斯万（他念成'斯凡'）的社交圈子，不如说属于共和派。谁知道呢？也许有一天那里会成为政治沙龙或文化沙龙，而他们似乎也很满意。我觉得斯万炫耀得未免过分，老说某某人和某某人下星期邀请他们夫妇，其实，和这些人的交往有什么值得夸耀呢？他表现得既不稳重，又无趣味，几乎连分寸也不懂，像他这样的雅士竟然如此，不能不令人吃惊。他不断说：'我们每晚都有宴请。'仿佛这很光彩，仿佛他成了新贵，其实他并不是。他以前有许多朋友，甚至许多女友。在这里我不想说得过头，也不想过于冒昧，但我认为在他的女友中，至少有一位（尽管不是全部或大部分女友）——而且身份显赫——是不会断然拒绝和斯万夫人结识的，那样一来，会有不少人成为帕尼尔热羊①，步其后尘。然而，斯万似乎未作过任何努力。噫，还有内塞尔罗德式布丁②！在这顿卢库卢斯③式的盛宴以后，我看得去卡尔斯巴德④疗养了。也许斯万感到阻力太大，无法克服。他这门婚事令人不快，这是肯定的。有人说那女士很有钱，这真是胡说八道。总之，这一切似乎叫人不大愉快。斯万有一位家产万贯而且声望极高的姑姑，她丈夫，就财富而言，可算实力雄厚。但是她不但拒绝接待斯万夫人，而且发起一场名副其实的运动，让她的朋友和熟人们都抵制斯万夫人。我这并不是说有哪一位有教养的巴黎人对斯万夫人有不尊敬的表示……不是！绝对不是！何况她丈夫是勇于决斗的人。总之，这位交游甚广，而且经常出入上流社会的斯万居然对这些至少可以称为三教九流的人们大献殷勤，未免古怪。我以前认识他，他是一位素有教养，在最高级的社交圈里也闻名一时的人物，但他如今竟然感恩涕零地感谢邮政部办公室主任大驾光临，而且询问斯万夫人'能否有幸'拜访主任夫人，这使我感到既吃惊又好笑。他大概不太自在，因为这显然是两个不同的世界。但是我认为他并不痛苦。在婚前的那几年里，那个女人确实玩了不少手腕来敲诈他。每当他拒绝她时，她便把女儿从他身边夺走。可怜，斯万这位雅士过于天真，他总是认为女儿的被劫持只是巧合，他不愿正视现实，而她还时时对他

---

① 法国 16 世纪作家拉伯雷小说中的故事，帕尼尔热羊即指盲目模仿。

② 以英国外交家内塞尔罗德命名的布丁（主要原料为栗子泥）。

③ 卢库卢斯为古罗马将军，以美食者著称。

④ 卡尔斯巴德：波希米亚地区疗养地。

大发雷霆，所以当时人们想，一旦她达到目的，成为他妻子以后，她会更肆无忌惮，他们的生活会成为地狱。然而恰恰相反！斯万谈论妻子的口吻往往成为人们的笑柄，甚至是恶意嘲笑的口实。你总不能要求隐约感觉到自己当了……（你们知道莫里哀的那个词①）的斯万大肆声张吧……不过，他把妻子说得那么贤慧，也未免过分。话说回来，这一切并不像人们想象的那么虚假，显然她对他是有感情的，只不过这是她所特有的、并非所有的丈夫都喜欢的方式。咱们这是私下说，既然斯万认识她多年，他又不是白痴傻瓜，他当然知道底细。我并不否认她水性杨花，可是斯万本人呢，按照你们不难想象的此刻满天飞的闲言碎语，他也喜欢寻花问柳。然而，她感激他为她做的一切，所以，和大家的担心相反，她变得像天使一般温柔。"

　　其实奥黛特的变化并不像德·诺布瓦先生所想象的那么大，她以前一直以为斯万不会娶她。她曾含沙射影地说某某体面人和情妇结了婚，这时斯万总是冷冰冰地一言不发。如果她直截了当地问他："怎么，他以这种方式回报为他奉献青春的女人，你不以为然，不认为了不起？"他最多只是冷冷地回答："我没说这不好。各人有各人的做法。"她甚至几乎相信，正如他在气头上说的，他会完全抛弃她，因为她曾听见一位女雕刻家说："男人什么都干得出来，他们无情无义。"奥黛特被这句深邃而悲观的格言所震动，并时时引用，奉为信条。她那失望的神气仿佛在说："没什么办不到的事，我要碰碰运

------

　　① 即莫里哀用的"王八"一词。

气。"而她以前所遵循的乐观主义的生活格言是："对爱你的男人你可以为所欲为，他们是白痴。"她的面部表情只是眨眼睛，仿佛在说："你别怕，他什么也不会摔碎的。"奥黛特的一位女友和一个男人同居，时间比奥黛特和斯万的同居期短，而且也没有孩子，但她竟让他娶了她，现在相当受人尊重，并被邀请参加爱丽舍宫的舞会。她对斯万的行为会作何想法呢？奥黛特为此很苦恼。如果有一位比德·诺布瓦先生思想更为深刻的医生，他大概会下诊断说奥黛特的乖戾来自这种屈辱和羞愧的感觉，她那穷凶极恶的外在性格并非她的本质，并非不治之症；她还会轻而易举地预言后来果然发生了的事，即一种新的关系——婚姻关系——将使这些难以忍受的、每日发生的、但决非气质性的冲突奇迹般地立即销声匿迹。值得惊奇的是，几乎所有的人都对这门婚事感到惊讶，他们大概不明白爱情这个现象具有纯粹的主观性，它是一种创造，它将我们本身的许多因素附加在社会中的某人身上，从而创造一个与这些名人毫不相似的人。人们往往感到不可理解：某人竟然在我们眼中如此举足轻重，其实他们和我们所见到的并非同一个人。然而，说到奥黛特，人们应该看出，虽然（当然）她对斯万的精神生活并未完全理解，但她至少知道他的研究题目及全部详情，她熟悉弗美尔①的名字如同熟悉她的裁缝的名字一样。她了解斯万的全部性格：这种男人的性格往往被世人忽视或嘲笑，只有在情妇或姐妹眼中它才具有真实的、可爱的形象。我们很珍惜自己的性格，甚至包

---

① 弗美尔（1632—1675）：荷兰画家。

括我们极想改正的性格，因此，当一个女人对此习以为常并采取宽容和善意打趣的态度（正如我们本人对它习以为常，我们的父母对它习以为常一样）时，老的爱情便像家庭感情一样温柔和强烈。当某人站在我们的角度来评论我们的缺点时，他和我们之间的关系便变得神圣了。在这些特点之中，有一些既涉及斯万的智力又涉及他的性格，而且，既然根源在于性格，奥黛特对它们最为敏感。她抱怨人们没有注意到：斯万在书信和谈吐中所表现的众多特点在他的创作和研究文章中也有所体现，她劝他进一步发挥这些特点。她之所以乐于这样是因为她在他身上所欣赏的正是它们，她爱它们是因为它们属于他，因此她自然而然地希望人们在他的作品中发现它们。也许她认为更为生动的作品能最后使他成名，并能使她实现她在维尔迪兰家所梦想的高于一切的事业：沙龙。

有些人认为这种婚姻荒唐可笑，他们设身处地地自问："如果我和德·蒙莫朗西小姐结婚，德·盖尔芒特先生会怎么想呢？布雷奥代会怎么说呢？"二十年前，斯万可能和他们具有同样的社会理想。他曾煞费苦心地加入赛马俱乐部，他曾盼望缔结一门显赫的婚事，以巩固自己的地位，并最终成为巴黎最知名的人士。然而，和任何形象一样，婚事在当事人眼中的形象也必须不断从外界得到滋补，才不会逐渐衰败直至完全消失。你最炽热的愿望是对冒犯过你的人进行侮辱，可是，如果你换了一个地方，从此听不见人们谈起他，那么这个敌人在你眼中将最终变得无足轻重。当初，你是为了某些人而渴望进赛马俱乐部或法兰西研究院，但是，如果你和他们二十年不见面，那么，进入这个机构的前景将失去一切魅力。长期的爱情，如同退休、生病或改宗一样，以新的形象替代旧形象。斯万与奥黛特结婚，这并不意味着他放弃社交野心，因为奥黛特早已使他脱离（从俏皮的意义上讲）那种野心，而且，如果他尚未脱离，那么他更令人敬重，因为一般说来，不体面的婚事最受人敬重（所谓不体面，并非指金钱婚姻：由买卖关系而结合的夫妻最终都被上流社会所接纳，或是由于传统，或是由于先例，为了一视同仁），因为它意味着放弃优越的地位以成全纯粹感情生活中的乐趣。此外，与不同种族的人，大公夫人或轻浮女人结成配偶，与显贵女士或卑贱女人结婚（像孟德尔①主义者所实行的或神话中所讲述的杂交一样），这可能给作为艺术家——甚至堕落者——的斯万带来某种快感。每当他考虑和奥黛特结婚时，他担心的只有一个人，就是德·盖尔芒特公爵夫人，而这并非出于附庸风雅，相反，奥黛特不把德·盖尔芒特夫人放在心上，她想到的不是居于广阔苍穹高处的那些人，而仅仅是直接在她头上的那些人。每当斯万遐想奥黛特成为他的妻子时，他总是想象如何将她，特别是女儿，引见给洛姆公主，后者在公公死后立即成为德·盖尔芒特公爵夫人。他不愿带她们去别的沙龙。他激动地幻想公爵夫人将如何对奥黛特谈到他，奥黛特又会说些什么。他幻想德·盖尔芒特夫人会喜欢希尔贝特，会溺爱她，会使他为女儿感到骄傲。他自得其乐地幻想引见的场面，连细节也十分精确，就好比买彩票的人仔细考虑万一中彩将如何

---

① 奥地利僧侣孟德尔（1822—1884）：曾对不同的植物杂交进行研究。

使用那笔由他主观臆想的款项一样。如果说人们在作出决定时所臆想的形象往往变成这项决定的动机的话，那么，可以说斯万之所以娶奥黛特正是为了将她和希尔贝特私下介绍给德·盖尔芒特公爵夫人（必要的话，永远没有别人知道）。下文中我们将看到斯万盼望妻子和女儿进入上流社会的这个唯一的雄心无法实现，并且遭到断然拒绝，因此，当斯万去世时，他以为公爵夫人将永远不会与她们结识。我们还将看到事实恰恰相反，正是在斯万去世以后开始了德·盖尔芒特夫人和奥黛特与希尔贝特的交往。他也许可以明智一些——在此暂不议论他对区区小事如此重视——无需对未来过于悲观，相信他所盼望的会见终将实现，只是他看不到这一天罢了。因果律最终能够产生几乎一切效果，包括原先被认为是不可能的效果，这个规律有时进展缓慢，由于我们的愿望——它竭力使它加快，结果适得其反——以及我们的存在本身而更加缓慢。因此，只有当我们停止希望，甚至停止生存时，它才得以实现。斯万从亲身经验中不是已经知道这一点了吗？他和奥黛特的这门婚事在他的生活中——预示在他死后将发生的事——好比是死后幸福。他曾狂热地爱她——如果说他并非一见钟情的话——而当他和她结婚时，他已不再爱她，他身上那个热切希望与奥黛特结成终身伴侣又如此绝望的人已经死去。

我提到巴黎伯爵，询问他是否是斯万的朋友，因为我不愿把话题从斯万身上扯开。"不错，是的。"德·诺布瓦先生转身对我说，蓝蓝的眼睛盯着我这个小人物，眼神中如鱼得水似地浮动着他巨大的工作才能和吸收能力。"哦，"他接着又对父亲说，"我给您讲一件有趣的事，这大概算不对我所敬重的亲王有所不恭吧（由于我的地位——虽然并非官方地位，我与他并无私人来往）。就在四年前，在中欧国家的一个小火车站上，亲王偶然看见了斯万夫人。当然，他的熟人中无人敢问殿下对她印象如何，那样未免太不成体统。不过，当她的名字偶尔在谈话中被提及时，人们从难以觉察但无可怀疑的迹象看出亲王对她的印象似乎不坏。

"难道不可能将她介绍给巴黎伯爵？"父亲问道。

"咳！谁知道呢？王公们的事情难说。"德·诺布瓦先生回答道，"显贵们擅长于索取报偿，不过，有时为了酬赏某人的忠诚而甘冒天下之大不韪。显然，巴黎伯爵一直赞赏斯万的忠诚，何况斯万确实颇有风趣。"

"那您自己的印象呢，大使先生？"母亲出于礼节和好奇心问道。

德·诺布瓦先生一反持重的常态，用行家的口吻热情地说："再好不过了！"

老外交家知道，承认对某位女人产生强烈的兴趣，并且以打趣的口吻承认这一点，这便是谈话技巧中最受人赞赏的形式，因此他忽然轻声笑了起来，笑声持续片刻，他的蓝眼睛湿润了，露着红色细纤维的鼻翼在翕动。

"她十分迷人！"

"一位名叫贝戈特的作家也是座上客吗，先生？"我胆怯地问，尽量使话题围绕斯万。

"是的，贝戈特也在。"德·诺布瓦先生回答说，同时彬彬有礼

地朝我这个方向点点头。他既然想对父亲献殷勤，便郑重其事地对待与父亲有关的一切，包括我这个年龄的（而且很少为他那个年龄的人所尊重）孩子所提的问题。"你认识他？"他用那双曾得到俾斯麦赞赏的、既深邃又明亮的眼睛凝视着我。

"我的儿子不认识他，但十分钦佩他。"母亲说。

"啊呀！"德·诺布瓦先生说（他使我对自己的智力产生了最严重的怀疑，因为我所认为的世上最崇高的、比我本人珍贵千倍的东西，在他眼中却处于赞赏等级的最下层），"我可不敢苟同。贝戈特是我所称做的吹笛手。应该承认他吹得委婉动听，但是过于矫揉造作。毕竟这仅仅是吹笛，价值不大。他那些作品松松垮垮，缺乏所谓的结构，缺乏情节，或者说情节过于简单，更主要的是毫无意义。他的作品从根基上有缺陷，或者干脆说缺乏根基。在我们这个时代，生活越来越复杂，我们很少有时间看书，欧洲形势发生了深刻变化，并且也许即将发生更大的变化，我们面临各种带有威胁性的新问题，在这种时代，你们会和我一样认为作家应该是另一种人，而不是学究，因为学究热衷于对纯粹形式的优劣作空洞无用的讨论，而使我们忽略了随时都可能发生的蛮族入侵，外部和内部蛮族的双重入侵。我知道这是在亵渎那些先生们所称做的'为艺术而艺术'学派，神圣不可侵犯的学派，可是在我们这个时代，有比推敲优美文字更为紧迫的事等着我们。贝戈特的文字相当有魅力，我不否认，可是总的说来太造作，太单薄，太缺乏男子气。你对贝戈特的评价未免过高，不过我现在更理解你刚才拿出来看的那几行诗。我看不必再提它了，既然你自己也承认这只是小孩子胡写的东西（我确实说过，但心里决不是这样想的）。对于过失，特别是年轻人的过失，要宽大为怀嘛！总之，种种过失，别人也有，在一段时期中以诗人自居的不仅仅是你。不过，你给我看的那篇东西表明你受到贝戈特的坏影响。你没学到他任何长处，我这样说想必你不会奇怪，因为他毕竟是某种风格技巧——尽管相当浮浅——的大师，而在你这个年龄是连它的皮毛也无法掌握的。但是你已经表现出和他一样的缺点——将铿锵的词句违反常理地先排列起来，然后才考虑其含意。这岂不是本末倒置吗！即使在贝戈特的作品中，那些晦涩难懂的形式，颓废文人的烦琐词句又有什么意思呢？一位作家偶尔放出几支美丽的焰火，众人就立即惊呼为杰作。哪有那么多杰作呢？在贝戈特的家当中没有任何一本小说是立意颇高的成功之作，没有任何一本书值得放进书橱以引人注目，我看一本也没有。而他本人，比起作品来，更为逊色。啊！一位才子曾说人如其文，这话在他身上可真是反证。他和作品相去十万八千里。他一本正经、自命不凡、缺乏教养，有时十分平庸，和人说话时像是一本书，甚至不是他自己写的书，而是一本叫人讨厌的书（因为他的书至少不叫人讨厌），这就是那个贝戈特。这是一个杂乱无比而又过分雕琢的人，是前人所称为的浮夸者，而他说话的方式又使他说话的内容令人反感。我不记得是洛梅尼①还是圣伯夫②曾说过，维尼③也以类

① 洛梅尼（1815—1878）：法国文学家。
② 圣伯夫（1804—1869）：法国文学家、文学批评家。
③ 维尼（1796—1863）：法国作家，写过《桑—马尔斯》及《红色封印》等小说。

似的怪癖令人不快，但是贝戈特却从来没有写出像《桑—马尔斯》及《红色封印》这样精彩的作品来。"

德·诺布瓦先生对我刚才给他看的那段文字所作的议论令我无比沮丧，我又想起每当自己构思文章或者作严肃思考时总感到力不从心，于是我再次感到自己本是庸才，毫无文学天赋可言。往日我在贡布雷时曾有过某些微不足道的感受，曾读过贝戈特的某部作品，大概正是它们使我进入一种似乎颇有价值的遐想状态，而我的散文诗正是这种状态的反映。大使是明察秋毫的，他刚才本可以立刻抓住我在完全骗人的幻影中所找到的美，并予以揭露，然而，他没有这样做，而是让我明白我是多么微不足道（我被一位最好心的、最聪明的行家从外部进行客观评价）。我感到懊丧，自我感觉一落千丈。我的思想好似流体，其体积取决于他人提供的容量，昔日它膨胀，将天才那支巨大容器填得满满的，今日它又缩小，骤然被德·诺布瓦先生关闭和限制在狭小的平庸之中。

"我和贝戈特的相识，"他又转头对父亲说，"对他，对我，都不能说是一件尴尬的事（也是另一种方式的趣事）。几年以前，贝戈特去维也纳旅行，当时我在那里当大使。梅特涅克公主将他介绍给我，他到使馆来并希望我邀请他。既然我是法兰西的驻外使节，既然他的作品又为法兰西增光——在某种程度上，或者更确切地说，在微不足道的程度上——我当然可以抛开我对他私生活的不满。然而他并非独自旅行，所以他要求我也邀请他的女伴。我这人不爱假正经，而且，既然我没有妻室，我完全可以将使馆的门开得大一些。然而我忍受不了这种无耻，它令人作呕，因为他在作品中却大谈德行，甚至干脆教训人。他的书充满了永无休止的甚至疲疲沓沓的分析，这是我们私下说，或者是痛苦的顾虑、病态的悔恨，以及由于鸡毛蒜皮的事而引发的冗长的说教（我们知道它值几文钱），而在另一方面，他在私生活中却如此轻浮，如此玩世不恭。总之我没有回答他。公主又来找我，我也没有答应。因此我估计此公对我不抱好感。我不知道他对斯万同时邀请我们两人的这番好意作何评价。或者是他本人向斯万提出来的，这也很难说，因为他实际上是病人，这甚至是他唯一的借口。"

"斯万夫人的女儿也在场吗？"我趁离开饭桌去客厅的这个机会向德·诺布瓦先生提出这个问题。这比一动不动地在饭桌上，在强烈的光线中提问更便于掩饰我的激动。

德·诺布瓦先生似乎努力追忆片刻："是的，一位十四五岁的姑娘吧？不错，我记得在饭前别人把她介绍给我，说是主人的女儿。不，她露面的时间不长。她很早就去睡了，要不就是去女友家了，我记不清楚。看来你对斯万家的人很熟悉。"

"我常去香榭丽舍街和斯万小姐玩，她很可爱。"

"啊，原来如此！的确不错，我也觉得她可爱，不过，说真心话，她大概永远也比不上她母亲，这句话不至于刺伤你热烈的感情吧？"

"我更喜欢斯万小姐的面孔，当然我也欣赏她母亲。我常去布洛尼林园，就是为了碰见她。"

"啊！我要告诉她们这一切，她们会很得意的。"

德·诺布瓦先生说这话时，态度与其他所有人一样（虽然为时

不长）。这些人听见我说斯万是聪明人，说他父母是体面的经纪人，说他家的房子很漂亮，便以为我也会以同样的口吻来谈论同样的聪明人、同样体面的经纪人、同样漂亮的房子。其实，这好比是神经正常的人在与疯子交谈而尚未发现对方是疯子。德·诺布瓦先生认为爱看漂亮女人是理所当然的事，认为某人对你兴奋地谈起某某女士时，你便应该佯以为他堕入情网，和他打趣，并答应助他一臂之力，因此，这位要人说要向希尔贝特和她母亲谈起我（我将像奥林匹斯山的神化为一股流动的气，或者像米涅瓦①一样化身为老者，隐身进入斯万夫人的沙龙，引起她的注意，占据她的思想，使她感谢我的赞赏，将我看做是要人的朋友而邀请我，使我成为她家的密友），他将利用自己在斯万夫人眼中的崇高威信来帮助我。我突然感到无比激动，情不自禁地几乎要亲吻他那双仿佛在水中浸泡过久的、泛白发皱的柔软的手。我几乎做出了这个姿势，以为觉察者仅我一人。对我们每个人来说，要对自己的言行举止在他人眼中的地位作准确判断确非易事。我们害怕自视过高，又假定人们生活中的众多回忆已经在他们身上占据极大的场地，因此我们举止言行中的次要部分几乎不可能进入谈话对方的意识之中，更不用说留在他们的记忆之中了。其实，罪犯的假定也属于这同一类型。他们往往在事后修改说过的话，以为别人无法对证。然而，即使对人类千年的历史而言，预言一切都将保存的哲学可能比认为一切将被遗忘的专栏作家的哲学更为真实。在同一家巴黎报

---

① 米涅瓦：罗马神话中的智慧女神。此处老者系指上文中提到的智者芒托尔。

纸上，头版社论的说教者就某件大事、某部杰作，特别是某位"名噪一时"的女歌唱家写道："十年以后有谁还记得这些呢?"而在第三版，古文学学院的报告常常谈论一件本身并不重要的事实，谈论一首写于法老时代的而且全文仍然为今人所知的、但本身并无多大价值的诗，难道不是这样吗? 对短暂的人生来说，也许不完全如此。然而，几年以后，我在某人家里见到刚巧在那里做客的德·诺布瓦先生，我把他当做我所可能遇见的最有力的支持，因为他是父亲的朋友，为人宽厚、乐于助人，何况他由于职业和出身而言语谨慎，但是，这位大使刚走，就有人告诉我他曾提到以前那一次晚宴，并说他曾"看见我想亲吻他的手"。我不禁面红耳赤，德·诺布瓦先生谈论我时的语气以及他回忆的内容，使我愕然，它们与我的想象相去万里! 这个"闲话"使我明白，在人的头脑中，分心、专注、记忆、遗忘，它们的比例多么出人意料，使我赞叹不已，就像我在马斯贝罗①的书中头一次读到人们居然掌握公元前 10 世纪阿苏巴尼巴尔国王邀请参加狩猎的猎手的准确名单!

"啊! 先生，"当德·诺布瓦先生宣布将向希尔贝特和她母亲转达我的仰慕之情时，我说，"您要是这样做，您要是对斯万夫人谈起我，那我一生将感激不尽，一生将为您效劳! 不过，我要告诉您，我和斯万夫人并不相识，从来没有人将我介绍给她。"

我说最后这句话是唯恐对方以为我在吹嘘莫须有的交情。可是话一出口，我便感到它毫无用处，因为我那热情洋溢的感谢词从一开始

① 马斯贝罗（1846—1916）：埃及学专家。

就使它降温。我看见大使脸上露出了犹疑和不满，眼中露出了下垂的、狭窄的、歪斜的目光（如同一张立体图中，代表某一面的远遁的斜线），它注视的仅仅是居于他本人身上的那位无形的对话者，而他们的谈话是在此以前一直和他交谈的先生——此处即为我——所听不见的。我原以为我那些话——尽管与我心中汹涌澎湃的感激之情相比软弱无力——可以打动德·诺布瓦先生，使他助我一臂之力（这对他轻而易举，而会令我欢欣鼓舞），但我立即意识到它的效果会适得其反，甚至任何与我作对的人的恶言恶语也达不到这种效果。我们和一位陌生人交谈，愉快地交换对过路人的印象，而且看法似乎一致，认为他们庸俗，但是突然在我们和陌生人之间出现了一道病理鸿沟，因为他漫不经心地摸摸口袋说："倒霉，我没带枪，不然他们一个也活不了。"和这种情景相仿，德·诺布瓦先生知道，结识斯万夫人，拜访她，这是再普通、再容易不过的事了，而我却视作高不可攀，其中必有巨大的难言之隐。因此，当他听见我这番话时，他认为在我所表达的貌似正常的愿望后面，一定暗藏着其他某种想法、某种可疑动机、某个以前的过失，所以至今才没有任何人愿意代我向斯万夫人致意，因为那会使她不高兴的。于是我明白他永远不会为我出这把力，他可以一年一年地每天与斯万夫人相见，也决不会——哪怕一次——提到我。不过，几天以后，他从她那里打听到我想知道的一件事，托父亲转告我。当然，他认为没有必要说明是为谁打听的。她不会知道我认识德·诺布瓦先生，也不会知道我热烈渴望去她家。也许这并不如我想象的那样倒霉。即使她知道这两点，第二点也不会增加第一点的效力，何况这个效力本身就是靠不住的，因为对奥黛特来说，既然她本人的生活和住宅引不起任何神秘的慌乱，那么，认识她并拜访她的人决不像我臆想的那样，是什么神奇人物。要是可能的话，我真想在石头上写上我认识德·诺布瓦先生这几个字，然后将石头扔进斯万家的窗子。我认为，尽管传递方式粗野，这个信息会使女主人对我产生敬重而不是反感。其实，如果德·诺布瓦先生接受我的委托的话，它也不会有任何效果，反而会引起斯万一家对我的恶感。即使我明白这一点，我也没有勇气收回这个委托（如果大使慨然允诺），没有勇气放弃乐趣（不论后果如何悲惨）：即让我和我的名字在对我陌生的希尔贝特的家和生活中与她陪伴片刻。

德·诺布瓦先生走后，父亲浏览报纸，我又想到拉贝玛。既然我看戏时所感到的乐趣远远少于我原先的估计，这个乐趣便要求被补充，并且无条件地吸收一切滋补。例如德·诺布瓦先生所赞扬的拉贝玛的优点，它被我一饮而尽，仿佛干旱的草地立刻吸收人们洒在上面的水一样。这时父亲将报纸递给我，指着上面一段小报道："《费德尔》的演出盛况空前，艺术界及批评界的名流前往观看。费德尔的扮演者、久负盛誉的拉贝玛夫人获得她那辉煌事业中前所未有的成功。此次演出不愧为轰动戏剧界的大事，本报将作详细报道，在此只需指出，有权威的评论家一致认为，此次演出使费德尔这个人物——拉辛笔下最美最深刻的人物之一——焕然一新，并且成为当代人有幸见到的最纯净、最杰出的艺术表演。""最纯净、最杰出的艺术表演"，这个新概念一旦进入我的思想，便朝我在剧场中所感到的不完

整的乐趣靠拢，并稍稍填补它的欠缺，而这种聚合形成了某种令人无比兴奋的东西，以致我惊呼道："她是多么伟大的艺术家呀！"人们可能认为我这句话不完全出自内心。我们不妨想想许多作家的情况：他们对刚刚完成的作品不满意，但是如果他们谈到一篇颂扬夏多布里昂的天才的文章，或者想到某位被他们引为楷模的大艺术家（例如他们哼着贝多芬的乐曲并将其中的忧郁与自己散文中的忧郁作比较），那么，这种天才的概念会充塞了他们的头脑，因此，当他们回顾自己的作品时，也将天才的概念加之于它们，从而感到它们不再是最初的样子，甚至确信它们的价值，并会自言自语地说："毕竟不坏嘛！"然而他们并未意识到，在使他们得到最后满意的全部因素中，还有他们对夏多布里昂的美妙篇章的回忆，他们将这些篇章与自己的作品相提并论，而前者并非出自他们之手。我们不妨想想那些虽一再被情妇欺骗但仍然相信她们忠贞不渝的人吧。还有一些人时而盼望一种无法理解的幸存——例如含恨终生的丈夫想到已失去的、仍然爱着的妻子，或者艺术家想到将来可能享受的荣誉——时而盼望一种使人宽慰的虚无——因为他们回想起过失，如果没有虚无，他们在死后必须赎罪。我们不妨再想想那些旅游者，他们对每天的日程感到厌烦，但对旅行的总体美却兴奋异常。我们不妨问一问，既然各种概念共同生活于我们头脑里，那么，在使我们幸福的概念之中，有哪一个不是首先像寄生虫一样从邻近的不同概念索取自己所缺乏的力量呢？

父亲不再提我的"外交官职业"，母亲似乎不太满意。我认为她感到遗憾的不是我放弃外交，而是我选择文学，因为她最关心的是用一种生活规律来约束我那喜怒无常的情绪。

"别说了，"父亲大声说，"干什么事首先要有兴趣。再说他不再是孩子，他当然知道自己喜欢什么，恐怕很难改变。他明白什么是他生活中的幸福。"将来的生活幸福还是不幸福，暂且不谈，当晚我便由于父亲这番让我自己做主的话而感到烦恼。父亲突如其来的和蔼往往使我想扑过去亲吻他胡子上方红润润的脸颊，仅仅怕惹他不快我才不这样做。我好比是一位作者，他认为自己的遐想既然出于本人之手，似乎价值不大，但出版商竟然为它们挑选最上等的纸张，并且可能采用最佳字体来印刷，这不免使他惶惶然。我也一样，我问自己我的写作愿望确实如此重要，值得父亲为此浪费这么多善意吗？他说我的兴趣不会改变，我的生活将会幸福，这些话在我身上引起两点十分痛苦的猜想。第一点就是我的生活已经开始（而我每天都以为自己站在生活的门槛上，生活仍然是完整的，第二天凌晨才开始），不仅如此，将来发生的事与过去发生的事不会有多大差别。第二点猜想（其实只是第一点的另一种形式），就是我并非处于时间之外，而是像小说人物一样受制于时间的规律，而且正因为如此，当我坐在贡布雷的柳枝棚里阅读他们的生平时，我才感到万分忧愁。从理论上说，我们知道地球在转动，但事实上我们并不觉察，我们走路时脚下的地面似乎未动，我们坦然安心地生活。生活中的时间也是如此，小说家为了使读者感到时间在流逝，不得不疯狂地拨快时针，使读者在两分钟内越过十年、二十年、三十年。在一页书的开始，我们看见的是满怀希望

的情人，而在同一页的结尾，他已是八旬老翁，正步履蹒跚地在养老院的庭院里作例行的散步，而且，由于丧失了记忆，他不理睬别人。父亲刚才说"他不再是孩子，他兴趣不会变了"等，这些话使我突然间看到时间中的我，使我感到同样的忧愁，我虽然尚不是养老院里智力衰退的老头，但仿佛已是小说中的人物。作者在书的结尾用极其残酷的、冷漠的语调说："他越来越少离开乡间，终于永远定居乡间。"

这时，父亲唯恐我们对客人有所指责，便抢先对妈妈说："我承认诺布瓦老头，用你的话说，有点迂腐。他刚才说对巴黎伯爵提问会不成体统，我真怕你会笑出来。"

"你说到哪里去了，"母亲回答说，"我很喜欢他，他地位这么高、年龄这么大，还能保持这种稚气，这说明他为人正直又颇有教养。"

"不错。不过，这并不影响他的机警和聪明，这一点我最清楚，他在委员会上判若两人。"父亲抬高嗓门，他很高兴德·诺布瓦先生能受到母亲的赞赏，并且想证明他比她想象的还要好（因为好感往往抬高对方，揶揄往往贬低对方），"他是怎么说的……'王公们的事情难说……'"

"对，正是这样。我也注意到了，他很敏锐，显然他的生活经验很丰富。"

"奇怪，他居然去斯万夫人家吃饭，而且还在那里遇见了正派人，公职人员。斯万夫人是从哪里弄来这些人的呢？"

"你没注意他那句俏皮话吗？'去那里的似乎主要是男士们。'"

于是两人都努力追忆德·诺布瓦说这话的声调，仿佛在回想布雷桑或迪龙①在表演《女冒险家》②或《普瓦里埃先生的女婿》③时的语调。然而，诺布瓦先生的用词所受到的最高赞赏却来自弗朗索瓦丝。多年以后，每当人们提起大使称她为"第一流的厨师头"时，她还"忍俊不禁"。当初母亲去厨房向她传达这个称呼时，俨然如国防部长传达来访君主在检阅后所致的祝词。我比母亲早去厨房，因为我曾请求爱好和平但狠心的弗朗索瓦丝在宰兔时不要让它太痛苦，我去厨房看看事情进行得如何。弗朗索瓦丝对我说一切顺利，干净利索，"我还从来没遇见像这样的动物，一声不吭就死了，好像是哑巴。"我对动物的语言知之甚少，便说兔子的叫声比鸡小。弗朗索瓦丝见我如此无知，愤愤然地说："先别下结论。你得看看兔子的叫声是否真比鸡小，我看比鸡大得多哩。"弗朗索瓦丝接受德·诺布瓦先生的称赞时，神态自豪而坦然，眼神欢快而聪慧——尽管是暂时的——仿佛一位艺术家在听人谈论自己的艺术。母亲曾派她去几家大餐馆见习见习烹调手艺。那天晚上，她把最有名的餐馆称做小饭铺。我听了甚为高兴，如同我曾发现戏剧艺术家的品质等级与声誉等级并不一致时那样高兴。母亲对她说："大使说在哪里也吃不到你做的这种冷牛肉和蛋奶酥。"弗朗索瓦丝带着谦虚而受之无愧的神情表示同意，但大使这个头衔并未使她受宠若惊。她提到德·诺布瓦先生时，用一种亲切

---

① 布雷桑、迪龙均为著名演员。
② 法国剧作家奥吉埃（1820—1889）的作品。
③ 奥吉埃与桑都合写的五幕喜剧。

的口吻说："这是一个好老头，和我一样。"因为他曾称她为"头"。他来的时候，她曾经想偷看，但是，她知道妈妈最讨厌别人在门后或窗下偷看，而且会从别的仆人或门房那里得知弗朗索瓦丝偷看过（弗朗索瓦丝看见处处是"嫉妒"和"闲言碎语"，它们之作用于她的想象力，正如耶稣会或犹太人的阴谋之作用于某些人的想象力：这是一种无时无刻不在的、不祥的作用）因此她只是隔着厨房的窗瞟了一眼，"免得向太太解释"，而且，当她看见德·诺布瓦先生的大致模样和"灵巧"的姿势时，她"真以为是勒格朗丹先生"，其实这两个人毫无共同之处。"谁也做不出你这样可口的冻汁来（当你肯做的时候），这来自什么原因？"母亲问她。"我也不知道这是从哪里变来的。"弗朗索瓦丝说（她不清楚动词"来"——至少它的某些用法——和动词"变来"究竟有什么区别）。她这话有一部分是真实的，因为她不善于——或者不愿意——揭示她的冻汁或奶油的成功诀窍，正如一位雍容高雅的女士之与自己的装束，或者著名歌唱家之与自己的歌喉，她们的解释往往使我们不得要领。我们的厨娘对烹调也是如此。在谈到大餐厅时，她说："他们的火太急，又将菜分开烧。牛肉必须像海绵一样烂，才能吸收全部汤汁。不过，以前有一家咖啡店菜烧得不错。我不是说他们做的冻汁和我的完全一样吗？不过他们也是文火烧的，蛋奶酥里也确实有奶油。""是亨利饭馆吧？"已经来到我们身边的父亲问道，他很欣赏该隆广场的这家饭馆，经常和同行去那里聚餐。"啊，不是！"弗朗索瓦丝说，柔和的声音暗藏着深深的蔑视，"我说的是小饭馆。亨利饭馆当然高级啦，不过它不是饭

馆，而是……汤铺！""那么是韦伯饭馆？""啊，不是，我是指好
饭馆。韦伯饭馆在王家街，它不算饭馆，是酒店。我不知道他们是否
侍候客人用餐，我想他们连桌布也没有。什么都往桌子上一放，马马
虎虎。""是西罗饭馆？"弗朗索瓦丝微微一笑，"啊，那里嘛，就风
味来说，我看主要是上流社会的女士（对弗朗索瓦丝来说，上流社会
是指交际花之流）。当然哪，年轻人需要这些。"我们发觉弗朗索瓦
丝虽然神情淳朴，对名厨师来说却是令人畏惧的"同行"，与最好
嫉妒的、自命不凡的女演员相比，她毫不逊色。但我们感到她对自己
这门手艺有正确的态度，她尊重传统，因为她又说："不，我说的那
家饭馆以前能做出几道大众喜欢的可口菜。现在的门面也不小。以前
生意可好了，赚了不少的苏（勤俭的弗朗索瓦丝是以'苏'来计算
钱财的，不像倾家荡产者以'路易'来计算）。太太认识这家饭馆，在
大马路上，靠右手边，稍稍靠后……"她以这种公允——夹杂着骄傲
和纯真——口吻谈到的饭馆，就是……英吉利咖啡馆。

　　元旦来到了。我和妈妈去拜访亲戚。她怕累着我，事先就按照爸爸
画的路线图把将要去的人家按地区、而不是按亲疏的血缘关系分成几
批。我们去拜访一位远房表亲（她住得离我们不远，所以作为起点），可
是我们一踏进客厅，母亲便惊慌不安，因为一位好生疑心的叔叔的好友
正在那里吃冰糖栗子或果仁夹心栗子，他肯定会告诉叔叔我们最先拜访
的不是他，而叔叔的自尊心会受到伤害，因为他认为我们自然应该从玛
德莱娜教堂到他住的植物园，然后是奥古斯坦街，最后再远征医学院街。

　　拜访结束以后（外祖母免除了我们的拜访，因为那天我们要去

她那里吃饭），我一直跑到香榭丽舍大街那家商店，请女老板将一封信转交给每星期来买几次香料蜜糖面包的斯万家的仆人。自从希尔贝特使我十分难过的那一天起，我就决定在元旦给她写信，告诉她我们旧日的友谊与过去的一年一同结束了。我的抱怨和失望已成往事。从元月一日起，我们要建立一种崭新的友谊，它将异常牢固，任何东西也无法摧毁，它将十分美好，我希望希尔贝特殷勤照料它，使它永葆美丽，而且，万一出现任何威胁它的危险时，她必须及时告诉我，正如我答应要告诉她一样。在回家的路上，弗朗索瓦丝让我在王家街的拐角处停下，那里有一个露天小摊，她挑了几张庇护九世和拉斯巴耶①的照片作为新年礼物，而我呢，我买了一张拉贝玛的照片。女演员的这张唯一的面孔，与她所引起的形形色色的赞誉相比，似乎显得贫乏，它像缺乏换洗衣服的人身上的衣服一样，一成不变而又无法持久。上嘴唇上方的那个小皱纹、扬起的眉毛，以及其他某些生理特征，它们总是一成不变，而且随时有被烧和被撞的危险。单凭这张面孔并不使我感到美，但我却产生了亲吻它的念头和欲望，因为它一定接受过无数亲吻，还因为它在"照片卡"上似乎用卖弄风情的温柔眼光及故作天真的微笑在召唤我。拉贝玛一定对许多年轻人怀有她在费德尔这个人物的掩饰下所供认的种种欲念，而一切——甚至包括为她增添美丽，使她永葆青春的显赫声誉——能使她轻而易举地满足欲望。黄昏降临，我在剧场海报圆柱前停住，观看关于拉

---

① 庇护九世为罗马教皇；拉斯巴耶（1794—1878）为法国著名记者及政治家。

贝玛元月一日演出的海报。微风湿润而轻柔，这种天气我十分熟悉。我感到、预感到，元旦这一天和别的日子并无区别，它并非新世界的第一天——在那个新世界里，我将有机会重新认识希尔贝特，如同创世时期那样，仿佛过去的事都未发生，仿佛她有时使我产生的失望及其预示未来的迹象统统不存在了。在那个新世界中，旧世界的一切消失得无影无踪……除了一点：我希望得到希尔贝特的爱。我明白，既然我的心希望在她周围重建那个未曾使她得到满足的世界，那就是说我的心并未改变，因为我想希尔贝特的心也不可能改变。我感到新友谊与旧友谊并无区别，正如新年和旧年之间并不隔着一道鸿沟。我们的愿望既无法支配又无法改变岁月，只好在岁月毫无所知的情况下对它换一个称呼。我想将新的一年献给希尔贝特，将我对元旦的特殊想法刻印在元旦这一天上——好比将宗教重叠于盲目的大自然规律之上——这都是徒劳和枉然的。我感到它并不知道人们称它元旦，它像我所习惯的那样在黄昏中结束。微风吹着广告圆柱，我认出，我又感到往昔时光的那共同的永恒物质，它那熟悉的湿气和它那懵懂无知的流动性。

我回到家中，我刚刚度过了老年人的元旦；老年人与年轻人的不同，不仅仅在于他们得不到新年礼物，而是在于他们不再相信新年。新年礼物，我倒是收到一些，但没有那件唯一能使我高兴的礼物——希尔贝特的信。不过，我毕竟还很年轻，我居然给她写了一封信，向她讲述我孤独的热情之梦，希望引起她的共鸣，而衰老的人们的可悲处在于他们根本不会写这种信，因为他们早已知道毫无用处。

我躺下了，街道上一直持续到深夜的节日喧嚣使我无法入睡。我想到所有将在欢乐中度过这一夜的人们，想到拉贝玛的情人或者那一群放荡者，他们一定在演出（即我在海报上看见的当晚的演出）以后去找拉贝玛。这个想法使我在不眠之夜更为激动不安，为了恢复镇静，我想对自己说拉贝玛也许并未想到爱情，但我说不出口，因为她所朗诵的仔细推敲的诗句，显然处处提醒她爱情是多么美妙，而她也深有感受，所以才表演出人所熟知的——但具有新威力和意想不到的柔情——慌乱心情而使观众赞叹不已，其实每位观众对此都有切身体会。我点燃熄灭的蜡烛，好再看看她的面孔。此刻她大概正被男人们亲抚，他们给予她并从她那里得到非凡而模糊的快乐（而我无法阻拦），这个臆想使我产生一种比色情更为残酷的激动，一种思念，它在号声（如同狂欢之夜及其他节日之夜里往往听到的号声）中更显得深沉。号声来自一家小酒店，毫无诗意，因而比"傍晚，在树林深处……"①更为忧郁。此时此刻，希尔贝特的信也许不是我所需要的。在紊乱的生活中人们的种种愿望互相干扰，因此，幸福很少降临在恰恰渴望它的愿望之上。

　　天气晴朗时，我仍然去香榭丽舍大街。街旁那些精致的粉红色房屋展现在多变而轻盈的天空之下，因为当时水彩画展览风靡一时。如果我说当时我就认为加布里埃尔②的建筑比四周的建筑更美，而且属

① 法国诗人维尼（1797—1863）的诗《号角》。
② 加布里埃尔（1698—1782）：著名建筑师，此处所指的建筑修建于18世纪下半叶。

于不同时代，那这是撒谎。我那时认为工业大厦，至少特罗卡德罗宫①更具特色，也许更为悠久。我的少年时光浸沉在激荡不定的睡眠之中，因此它在睡眠中所见到的这整个街区都仿佛是梦幻，我从未想到王家街居然有一座18世纪的建筑。如果我得知路易十四时代的杰作圣马丁门和圣德尼门与这些肮脏街区里最新的建筑属于不同时期，那我会大吃一惊。加布里埃尔的建筑只有一次使我凝视良久，那时夜幕已经降临，圆柱在月光下失去了物质感的轮廓，仿佛是纸板，使我想到轻歌剧《俄耳浦斯游地狱》②中的布景，使我第一次感受到美。

希尔贝特一直未回到香榭丽舍大街，而我需要看见她，因为，我甚至连她的面貌也记不清了。我们以一种探索的、焦虑的、苛求的态度去看我们所爱的人，我们等待那句使我们对第二天的约会抱有希望或不再抱希望的话语，而在这句话来到以前，我们或同时或轮流地想象欢乐和失望，正因为如此，当我们面对所爱的人时，我们的注意力战战兢兢，无法对她（他）获得一个清晰的形象。这是一种由各种感官同时进行的、但又仅仅是试图通过视力来认识视力以外的东西的活动，它对一个活生生的人的千种形式、味道和运动也许过于宽容。的确，当我们不爱某人时，我们往往使她（他）静止。我们所珍爱的模特儿时时在动，我们的记忆中永远只有拍坏了的照片。我的确忘记了希尔贝特的面貌，除了她向我舒展笑颜的那神奇的瞬间——因为我只

---

① 工业大厦是为1855年博览会修建的；特罗卡德罗宫是为1878年博览会修建的，两者皆已拆毁。

② 作曲家奥芬巴赫的两幕四场轻歌剧。

记得她的微笑。既然见不到那张亲爱的面孔，我便极力回忆，但也枉然，我恼怒地找到两张无用而惊人的面孔，它们精确之极地刻在我的记忆中：管木马的男人和卖麦芽糖的女贩。一个人失去了亲爱者，连在梦中也永远见不到她（他），却接连不断地梦见那么多讨厌鬼，更觉气恼，因为清醒时看见他们就已经难以容忍了。既然没有能力描绘痛苦思念的对象，人们便谴责自己不感觉痛苦。我也如此，既然我想不起希尔贝特的面貌，我几乎相信我忘记了有她这个人，我不再爱她。

她终于回来了，几乎天天和我一起玩。我每天都希望明天能获得——新东西。从这个意义上讲——从她那里获得——我的爱情在日日更新。但突然又有一件事改变了每日下午两点钟我的爱情方式。是斯万先生发现了我写给他女儿的信，还是希尔贝特为了让我多加提防才将早已存在的情况告诉我呢？有一次，我对她说我十分钦佩她的双亲，她露出一种含糊的、有保留的、秘密的神气——在谈到她该做什么、买什么、拜访什么人时，她常常是这种神气——突然说：“你知道，他们可看不上你！”然后像滑溜溜的水晶一样（这是她的习惯）大笑起来。她的笑声往往与话语极不协调，像音乐一样在另一平面勾画出另一个看不见的表层。斯万先生和夫人没有要求希尔贝特不再和我玩耍，但他们希望——她认为——这件事根本没有发生。他们不喜欢她和我来往，认为我品德不高尚，对他们的女儿只能产生坏影响。斯万认为我属于那类厚颜无耻的青年。在他的概念中，这种人憎恶自己所爱恋的少女的父母；虽然当面大献殷勤，背后却和她一起嘲笑他们，怂恿她将他们的话当耳边风，而等少女到手以后，甚至不许再与父母见面。与此种形象（最可鄙的人也决不会这样看待自己的）形成鲜明对比的，是我心中的感情。我对斯万充满了强烈的感情，我相信，如果他稍有觉察，定会懊悔对我判断失误，仿佛这是一桩错案！我大着胆子将我对他的这番感情写进一封长信，请希尔贝特转交给他。她答应了。可是，唉！出我意料，他竟以为我是一个更大的伪君子。我在十六页信纸中如此真实描述的感情竟受到他的怀疑。我那封热情而真诚的信，如同我对德·诺布瓦先生所讲的热情而真诚的话一样，毫无效果。第二天，希尔贝特将我领到小径上的一大丛月桂树后面，那里很僻静，我们每人挑一张椅子坐下，她告诉我她父亲看信时耸肩说："这一切毫无意义，反而证明我看得准。"我自信动机纯洁、心地善良，因此更为恼怒。我的话居然未触及斯万的荒谬错误的一根毫毛！他当然是错误的、我深信不疑。既然我对自己的慷慨感情的某些不容置疑的特点作了如此精确的描述，而斯万仍然不能立即根据这些特点来辨认我的感情并请求我宽恕他的错误，那么一定是因为他本人从未体验过如此崇高的感情，所以也无法理解别人会有这种感情。

也许仅仅因为斯万知道慷慨只是我们自私的感情在未被分类定名以前所经常采取的内部形式，也许他认为我对他的好感只是我对希尔贝特的爱情的简单效果（及热情的肯定），而我将来的一切行为将不可避免地取决于这个爱情，而不取决于由此派生的、我对他的崇拜。我不可能同意他的预言，因为我还不能将我的爱情与自我分开，还不能从实验的角度估计后果。我灰心失望。我得离开希尔贝特片刻，因为弗朗索瓦丝在叫我。我得陪她去那间带有绿色金属网纱的小亭，它

65

很像废置不用的、老巴黎征收入市税的哨亭，不久以前在它的内部修设了被英国人称做的盥洗室，而法国人一知半解地追求英国时髦，称它为"瓦泰尔克洛泽"①。我在门廊里等待弗朗索瓦丝，潮湿而陈旧的墙壁散发出清凉的霉味，使我立刻将希尔贝特转达的斯万的话所带来的忧虑抛在脑后，并使我充满了乐趣，这不是那种使我们更不稳定的、难以被我们挽留和驾驭的乐趣，而是一种相反的、我可以信赖的、牢固的乐趣，它美妙、温静、包含丰富而恒久的真实，它未被说明，但确凿无疑。我真希望像往日去盖尔芒特那儿散步一样，努力探求这种强烈感受的魅力，一动不动地待在那里去审询这古老的气息，它邀请我深入它未揭示的真实之中，而不要我享受它附加给我的乐趣。可就在此刻，小亭子的老板娘，一位满脸脂粉、戴着红棕色假发的老妇对我说话了。弗朗索瓦丝说她"家庭蛮不错"，因为她的女儿嫁给了弗朗索瓦丝口中的"富家子弟"，他与工人有天壤之别，正如圣西门认为公爵与"出身下层"的人有天壤之别一样。当然，这位老板娘在干这一行以前大概命运多舛，但弗朗索瓦丝肯定说她是侯爵夫人，属于圣费雷奥家族。这位侯爵夫人叫我别待在凉处，甚至为我打开一扇门说："您不想进去？这间很干净。不用给钱。"她这样做也许是和古阿施糖果店的小姐一样，每次我们去订东西，她们总是从柜台上的玻璃罩下面取出一块糖递给我，可惜妈妈不许我接受。她也许还像那位卖花的、别有用心的老妇人，当妈妈为"花坛"挑选鲜花时，这位

---

① 即英文 Water-Closet 的法语发音。

女人一面给我送秋波，一面递给我一枝玫瑰花。总之，如果说"侯爵夫人"喜欢男童，向他们打开男人们像狮身人面像一样蹲着的石墓小间的门的话，那么，她在这种慷慨之举中寻求的不是腐蚀的尝试，而是寻求向所爱者乐善好施而不图回报的乐趣，因此，我在她那里从未见过别的主顾，只有一个年老的公园看守。

片刻以后，我和弗朗索瓦丝一起向"侯爵夫人"告别，然后我又离开弗朗索瓦丝去找希尔贝特。我发现她正坐在月桂花丛后面的椅子上。这是为了不被她的同伴看见，她们正在玩捉迷藏。我走去坐在她身旁。她将头上的软帽拉得很低，几乎遮住了眼睛，仿佛在"窥视"。我第一次在贡布雷看见她时，她就是这种梦幻的、狡猾的眼神。我问她有没有办法让我和她父亲当面谈谈。她说她曾向父亲提过，但他认为毫无必要。

"拿着，"她接着说，"拿走你的信，我得去找同伴了，既然她们找不到我。"

如果此时此刻，在我尚未拿到信（如此诚恳的信居然未能说服斯万，简直不可思议）以前，斯万突然来到，我也许会看到他的话不幸而言中。希尔贝特在椅子上仰着身子，叫我接信却不递给我，于是我凑近她，我感到她身体的强烈吸引力，我说："来，你别让我抢着，看看谁厉害。"

她把信藏在背后，我的手掀起她垂在两肩的发辫，伸到她颈后。她披着垂肩的发辫，也许因为这适合她的年龄，也许因为母亲想延长女儿的童年，好使自己显得年轻。我们搏斗起来，弓着身子。我要把她

拉过来，她在抵抗。她那张由于用力而发热的脸颊像樱桃一样又红又圆，她笑着，仿佛我在胳肢她。我将她紧紧夹在两腿之间，好似想攀登一株小树一样。在这场搏斗之中，我的气喘主要来自肌肉运动和游戏热情，如同因体力消耗而渗出汗珠一样，我渗出了我的乐趣，甚至来不及歇息片刻以品尝它的滋味。我立刻将信抢了过来。于是，希尔贝特和气地对我说："你知道，你要是愿意，我们可以再搏斗一会儿。"

也许她朦胧地感到我玩这个游戏有另一层未言明的目的，不过她没有看出我的目的已经达到。我唯恐她有所觉察（片刻以后她作了一个廉耻心受到冒犯的、收缩而克制的动作，可见我的害怕不无道理），便答应继续玩搏斗，免得她认为我并无其他目的，而信既已抢到手，我便只想安安静静地待着。

在回家的路上我突然看出，突然想起，那间带金属网纱的小亭子的凉爽、略带烟臭味的气息使我接近了一个在此以前隐藏的形象，而并未使我看到它或识辨它。这个形象便是阿道夫叔公在贡布雷的那间小房，它也散发着同样的潮气。然而对这样一个无足轻重的形象的回忆何以使我如此快乐？我不明白，暂时也不想弄明白。此时，我感到德·诺布瓦先生对我的蔑视的确有理，一来我所认为的作家中的佼佼者在他看来仅仅是"吹笛手"；二来我所感受的真正的激情不是出自某个重要思想，而是出自一种霉味。

一段时间以来，在某些家庭中，每当客人提到香榭丽舍大街这个名字，母亲们便露出不以为然的神气，仿佛站在她们面前的是一位著名的医生，而她们曾多次见他误诊，因此无法再信任他。据说香榭丽舍公园对儿童不吉利，不止一次孩子嗓子疼、出麻疹，许多孩子发烧。妈妈的几位女友对她继续让我去香榭丽舍大惑不解，她们虽然没有对她的母爱表示公开怀疑，但至少对她的轻率感到惋惜。

　　神经过敏者也许是极少"倾听内心"的人，虽然这和一般的看法相反。他们在自己身上听见许多东西，后来发觉不该大惊小怪，从此便听而不闻。他们的神经系统往往大喊"救命！"仿佛生命垂危，其实仅仅是因为天要下雪或者他们要搬家，久而久之，他们习惯于对警告一概不予理睬，就好比一位奄奄一息的士兵在战斗热情的驱使下，对警告置之不理，继续像健康人一样生活几天。有一天，我带着惯常的种种不适的感觉（我对它们持续的内部循环与对血液循环一样，始终不予理睬），轻快地跑进饭厅，父母已坐在餐桌旁了，于是我也坐下——我像往常一样对自己说，发冷也许并不意味着应该取暖，而是因为受到呵责；不感饥饿表示天要下雨，而并不表示不需进食——可是，当我咽下第一口美味牛排时，一阵恶心和眩晕使我停下来，这是刚刚开始的病痛的焦躁的回答。我用冷冰冰的无动于衷以掩盖和推迟病兆，但疾病却顽固地拒绝食物，使我无法下咽。这时，在同一瞬间，我想到如果别人发现我病了便不会让我出门，这个念头（像伤员的本能一样）给予我勇气，我蹒跚地回到卧室，量出我高烧四十度，然后收拾打扮一下便去香榭丽舍大街。虽然我的肉体表层有气无力、十分虚弱，但我的思想却笑吟吟地催我奔往和追求与希尔贝特玩捉人游戏的甜蜜快乐。一小时以后，我的身体支持不住了，但仍然感到在她身边的幸福，仍然有力量来享受快乐。

一到家，弗朗索瓦丝便对众人说我"身体不舒服"，肯定是得了"冷热病"并马上请来了医生。医生宣称，"倾向于"肺充血所引起的"极度的"和"病毒性"的高烧，它仅仅是"一把稻草火"，将转化为更"阴险"、更"潜在"的形式。很久以来我感到窒息，外祖母认为我酒精中毒，可是医生不顾她的反对，劝我在快发病时除了服用能够疏畅呼吸的咖啡因以外，还应该适当喝点啤酒、香槟酒或白兰地酒。他说酒精所引起的"欣慰现象"会防止哮喘发作。因此，为了向外祖母讨酒，我无法隐瞒，不得不尽量显示我呼吸困难。每当我感到即将犯病，而对病情又无法预料时，便忧心忡忡，我身体——也许因为太虚弱而无力独自承担疾病的秘密，许因为害怕别人不知我即将发病而要求做某些力所不及的或者危险的事——使我感到，必须将我的不适精确地告诉外祖母，而这种精确性最后变成一种生理性的需要。每当我在自己身上发现一种尚未识辨的症状时，我必须告诉外祖母，否则我的身体会惶惶不安。如果她假装不理睬，那么我的身体会令我坚持到底。有时我走得太远，于是，在那张不再像往日一样能克制自己的、亲爱的面孔上，出现怜惜的表情和痛苦的挛缩。见她如此痛苦，我十分难受，便扑到她怀中，仿佛我的亲吻能够抹去她的痛苦，我的爱能够像我的幸福一样使她欢悦。既然她已确知我如何不适，我便如释重负，我的身体也不再反对我去安慰她。我再三说这种不适并不痛苦，她完全不用可怜我，我向她保证说我是快乐的，我的身体只是想得到它所应该得到的怜惜，只要别人知道它右边疼痛就够了，它并不反对我说这疼痛不算病因而不能构成对我的快乐的障碍，它并不以哲学自炫，哲学与它无缘。在痊愈之前，几乎每天我的窒息都要发作几次。一天晚上，外祖母离开我时我还平安无事，可是她在夜深时又来看我，却见我呼吸急促，她大惊失色地叫道："啊！我的天，你多受罪呀！"她马上走了出去，大门一阵响动，不久她便拿着刚出去买的白兰地酒进来，因为家里没有酒了，很快我便感到轻松。外祖母脸色微红，神情不大自在，目光中流露出疲乏和气馁。

"我还是走开，让你轻松轻松吧。"她说，并且突然离开我，但我仍然亲吻了她并且感到她那清新的面颊有点湿润，莫非这是她刚才穿越的黑夜空气所留下的湿气？我无从得知。第二天，一直到天黑她才来到我的卧室，据说她白天不得不出门。我觉得她在对我表示冷淡，但我克制自己不去责备她。

充血的毛病早已痊愈，但我仍然感到窒息，这是什原因呢？于是父母请来了戈达尔教授。对这种情况下被请的医生来说，仅仅有学问是不够的。他面对的症状可能属于三四种不同的疾病，最终要靠他的嗅觉和眼力来判断是哪一种病，虽然表象几乎相同。这种神秘的天赋并不意味着在别的方面具有超群的智力。一个喜欢最拙劣的绘画、最拙劣的音乐、没有任何精神追求的、俗不可耐的人也完全可以具有这个天赋。就我的情况而言，他所观察到的具体症状可能有多种起因：神经性痉挛、刚刚开始的肺结核、哮喘、伴有肾功能不全的肠道毒素性呼吸困难、慢性支气管炎，或者由这其中好几个因素构成的综合症，对付神经性痉挛的办法是别把它当回事，而对付肺结核则必须精细从事，采取过度饮食疗法，而过度饮食对哮喘之类的关节性疾病十

分不利，对肠道毒素性呼吸困难则极端危险，而肠道毒素性呼吸困难所要求的饮食对肺结核病人来说又是致命的。然而，戈达尔只犹豫片刻便以不容反驳的口气宣布处方："大泻强泻。几天以内只能喝奶。禁肉、禁酒。"母亲喃喃说我急需滋补，我已经相当神经质了，这种大泻和饮食会使我垮掉的。戈达尔的眼神焦虑不安，仿佛害怕误了火车，我看出来他在自问刚才的话是否过于出自他温顺的天性，他的努力回顾刚才是否忘记戴上冰冷的面具（仿佛人们寻找镜子来看看是否忘了打领带）。他心存疑虑，想稍加弥补，便粗声粗气地说："我一向不重复处方，给我一支笔。只能喝牛奶。等我们解决了呼吸困难和失眠以后，你可以喝汤，我不反对再吃点土豆泥，不过一直要喝奶，喝奶。这会使你高兴的，既然现在西班牙最时髦，啊莱！啊莱！①（他的学生很熟悉这个文字游戏，因为每次当他在医院里嘱咐心脏病人或肝病人以牛奶为主食时，他总是这样说。）然后你可以逐渐恢复正常生活。不过，只要再出现咳嗽和窒息，你就再来一遍：'泻药、洗肠、卧床、牛奶。'"他冷冷地听着母亲最后的反对意见，不予理睬，不屑于解释为什么采取这种疗法便告辞而去。父母认为这种疗法不仅治不了我的病，而且无谓地大伤我的元气，因此不让我试用。当然他们尽量不让教授知道我们没有按他的话去做，而且，为了万无一失，凡是可能与教授相遇的社交场所，他们一概不去。后来，我的病情日趋严重，他们才决定不折不扣地执行戈达尔的处方。三天以后，我便不

①　西班牙语，斗牛时高呼的"加油"，按谐音为法语的"喝奶"，此为同音异意的文字游戏。

再气喘，不再咳嗽，呼吸也通畅了。于是我们明白，戈达尔看出我的主要病因是中毒（虽然他后来说，他认为我也有哮喘，特别是有点"疯癫"）。他冲洗我的肝和肾，使我的支气管畅通无阻，从而使我恢复呼吸、睡眠和精力。于是我们明白这个傻瓜是一位了不起的医生。我终于起床了，但是他们不再让我去香榭丽舍大街玩耍，据说那里空气不好。我认为这只是不让我见到斯万小姐的借口，所以我强迫自己时时刻刻念着希尔贝特的名字，就像是被俘者努力保持母语，以免忘记他们将永远不能重见的祖国。母亲有时用手摸着我的额头说："怎么，小儿子不再把烦恼告诉妈妈了？"

弗朗索瓦丝每天走近我时都说："瞧瞧先生的气色！您没照镜子吧，像死人！"如果我只是得了感冒，弗朗索瓦丝也会摆出同样哀怜的面孔。这种忧伤更多地是由于她的"等级"，而并非由于我的病情。当时我分辨不出弗朗索瓦丝的这种悲观是痛苦还是满足，我暂时认为它具有社会性及职业性。

有一天，邮递员来过以后，母亲将一封信放在我床上。我将信拆开，漫不经心，因为它里面不可能有唯一能使我快乐的签名——希尔贝特的签名，我和她除了在香榭丽舍大街见面以外没有任何来往。在信纸的下方有一个银色印章，里面是一位戴着头盔的骑士以及下面排成圆形的格言——Pre viam rectam①。信中的字体粗大，每一句话似乎都用了加强号，因为"t"字母上的横道不是划在中间，而是划在上

---

① 拉丁文，意即：正直无欺。

面，等于在上一行对应的字下面划了一道。在信的下方我看到的正是希尔贝特的签名。不过，既然我认为在我收到的信中不可能有她的签名，我不相信我的眼睛，也未感到欣喜。霎时间，这个签名使我周围的一切失去真实性。这个令人不可思议的签名以令人目眩的速度与我的床、壁炉、墙壁玩四角游戏。我眼前的一切摇晃起来，仿佛我从马背上跌落下来，我在思考莫非存在另一种生活，它与我们所熟悉的生活迥然不同、甚至恰恰相反，但它却是真实的，当它突然向我显现时，我满心犹豫，仿佛雕刻家的《末日审判》中那些站在天堂门口的死而复生的人一样。信里说："亲爱的朋友：听说你曾得了重病，并且不再来香榭丽舍了。我也不去那里，因为那里有许多病人。我的女友们每星期一和星期五来我家喝茶。妈妈让我告诉你，欢迎你病好以后来，我们可以在家里继续在香榭丽舍大街有趣的谈话。再见，亲爱的朋友，但愿你的父母能允许你常来我家喝茶。谨致问候。希尔贝特。"

在阅读这封信时，我的神经系统以奇妙的敏捷性接收了信息，即我遇见了喜事。然而我的心灵，即我本人——主要的当事人——并不知晓。幸福，通过希尔贝特获得幸福，这是我一直向往的、纯粹属于思想性的事，正如莱奥纳尔说绘画是 Cosa mentale[①]。满篇是字的信纸不能马上被思想吸收。然而当我读完信以后，我想到它，它便成为我遐想的对象，成为 Cosa mentale，我爱不释手，每隔五分钟就得再读一遍，再亲吻一次。于是，我认识了我的幸福。

---

① Cosa mentale：莱奥纳尔，即达·芬奇（1452—1519）。

生活里充满了这种爱恋者永远可以指望的奇迹。这次奇迹也可能是母亲人为地制造的，她见我最近以来感到生活索然无味，便托人请希尔贝特给我写信。我记起我头几次的海水浴，那时我讨厌海水，因为我喘不过气来，母亲为了引起我对潜水的兴趣，便悄悄地让我的游泳老师将异常美丽的贝壳盒和珊瑚枝放在水底，让我以为是我发现它们的。何况，在生活中，在各种不同的生活情况中，凡涉及爱情的事最好不必试图理解，因为它们时而严峻无情，时而出人意料，仿佛遵循神奇的法则，而非理性的法则。一位亿万富翁——虽然有钱，但人很可爱——被与他同居的、貌不出众的穷女人所抛弃，他在绝望之际，施展金钱的全部威力和人世间的一切影响以求得她回心转意，但白费力气，在这种情况下，我们最好不要用逻辑来解释他的情妇为什么顽固不化，而应认为他命中注定要受到这个打击，命中注定要死于心病。情人们往往必须与障碍搏斗，他们那由于痛苦而变得极度兴奋的想象力猜测障碍在哪里，而障碍有时仅仅在于他们无法使之回心转意的女人身上的某个特殊个性，在于她的愚蠢，在于他们所不认识的某些人对她所施加的影响或她所感到的恐惧，在于她暂时对生活所要求的乐趣，而这种乐趣是情人本人或情人的财富所无法给予的。总之，情人无法了解这些障碍的性质，因为女人玩弄手腕向他隐瞒，也因为他的判断力受到爱情的蒙骗而无法进行准确评价。这些障碍好比是肿瘤，医生终于使它消退，但并不了解起因。和肿瘤一样，障碍始终神秘莫测，但却是暂时的。不过，一般说来，它们持续的时间比爱情长。既然爱情并非一种无私的激情，那么，在爱情减退以后，情人

们也就不再思考为什么那位曾被自己爱过的、贫穷和轻浮的女人竟然长时间地、顽固地拒绝他的供养费。

在爱情问题上，奥秘使我们看不到灾难的起因，也使我们无法理解突如其来的圆满结局（例如希尔贝特的信所带来的结局）。对这种类型的感情而言，任何满足往往只是使痛苦换一个地方，因此只能称为貌似圆满的结局，而并无真正的圆满结局可言。有时，我们得到暂时的喘息，于是在一段时间内便产生了痊愈的幻觉。

弗朗索瓦丝不相信那是希尔贝特的名字，因为字母"G"十分花哨，倚在后面省略去一点的字母"i"之上，看上去像字母"A"，而最后的音节拉得很长，形成锯齿状的花缀。如果一定要对信中所表达的、并使我满心欢喜的这种友好态度寻找逻辑解释的话，那么也许可以说，在某种程度上应归功于这次生病（相反，我原来以为它会使我在斯万一家的思想中永远失宠）。在这以前不久，布洛克曾来看我，当时戈达尔教授正在我的卧室里（我们采用了他的饮食治疗法，便又将他请了回来）。看完病以后，戈达尔没有走，被父母挽留下来吃饭，这时布洛克走进我的卧室。我们正在聊天，布洛克说他头天晚上曾和一位女士共同进餐，此人与斯万夫人过从甚密。他听说斯万夫人很喜欢我，我很想说他一定弄错了，而且告诉他我并未结识斯万夫人，从未和她说过话，以澄清事实，正如我当初为了问心无愧，为了不被斯万夫人当做说谎者而对德·诺布瓦先生讲的那番话一样，然而我没有勇气纠正布洛克的错误，我明白他是故意的，他之所以臆造斯万夫人所不可能说的话正是为了表明他曾和斯万夫人的女友共同进餐（他认为这很体面，但这是虚构的）。当初，德·诺布瓦先生听说我不认识斯万夫人并且希望认识她，便拿定主意在她面前绝口不提我，而戈达尔则相反，他从布洛克的话中得知斯万夫人熟悉我并赞赏我，便打定主意下次见到她时（他是她的私人医生）要告诉她我是一个讨人喜欢的孩子，我们常有来往。这些话对我毫无益处，却能为他脸上增光，正是出于双重原因，他决定一有机会见到奥黛特便将谈到我。

于是我结识了那套房子。斯万夫人所用的香水的气味一直弥漫在楼梯上，但芳香更主要来自希尔贝特的生活所散发的特殊而痛苦的魅力。无情的看门人变成慈悲为怀的欧墨尼德斯①。当我问他能否上楼时，他总是欣然地掀掀帽子，表示答应我的祈求。从外面看，窗户好似一种明亮、冷淡和浮浅的目光（正如斯万夫妇的眼神）将我与并非为我准备的室内珍宝隔开。在风和日丽的季节，我和希尔贝特整个下午待在她的房间里，有时我亲手开窗换换空气。每逢她母亲的接待日，我们甚至可以俯在窗口观看客人们到来。他们下车时往往仰起头向我招招手，把我当做女主人的某位侄子。在这种时刻，希尔贝特的发辫碰着我的脸颊。这些十分纤细（既自然又超自然）的、富有艺术性曲线的发丝，在我看来，简直是举世无双的、用天堂的青草做成的作品。最小一段发辫都值得我当天国之草供奉起来。但是我不敢有此奢望，我只想得到一张照片，它会比达·芬奇所画的小花的复制照片珍贵百倍！为了得到这样一张照片，我对斯万家的朋友、甚至对摄影

---

① 欧墨尼德斯：希腊悲剧《俄瑞斯忒斯》中的复仇神，后变成慈悲神。

师卑躬屈膝，但我并未弄到手，反而招惹了一些讨厌的人。

希尔贝特的父母曾长期不允许我和她见面，而现在——我走进那阴暗的候见厅，在那里时时可能与他们相遇；如果与往日人们在凡尔赛宫觐见国王相比，这种等待更为可怕，更为急切。我在那里撞上了一个像圣经中的烛台①一般的、有七个分枝的巨大衣帽架，接着便糊里糊涂地向坐在木箱上的身穿灰色长袍的仆人致敬，因为在阴暗中我把他当做了斯万夫人——每当我去时，他们两人中的一位从那里过，便微笑着（而无丝毫不快）和我握手，并且说："您近来可好？（他们说这句话时，从不将字母 t 作联诵，所以，你们可以想象，我一回家便快活地做这种取消联诵的练习）希尔贝特知道您来了吗？好，你们自己玩吧。"

希尔贝特为女友们所举行的茶会长期以来似乎是使我们不断分离的、不可逾越的障碍，此刻却成为我们相聚的机会。她常常写便条通知我（因我们仍然是新交），而每次的信纸都不一样。有一次，信纸上印着一只蓝色鬈毛狗，下面有一段英文写的幽默文字，后随一个惊叹号；另一张信纸上印着一个船锚，或者是"G. S."这两个字母，它们拉得很长，形成长方形占据信纸的整个上部。还有一次，在信纸一角用金色字体印着希尔贝特这个名字，仿佛是她的签名，然后是一个花缀，顶上印着一把打开的黑伞。另一次，这个名字被围在形似中国帽子的花式字体之间，所有的字母都用大写，但你一个字母也认不出来。然而，希尔贝特所拥有的信纸虽然品种繁多，但必有穷尽之时。因

---

① 指圣经启示录中七个金烛台（代表七个教会）。

此过了几个星期以后，我又见到她第一封信所用的信纸，上面有一个失去光泽的银色印章，戴头盔的骑士及下方的警句。当时我以为信纸是根据某种习俗、按照不同的日期挑选的，现在看来她这样做是好记住哪些信纸她已用过，免得对通信者——至少对她愿意讨好的人——寄去同样的信纸，即使不得不重复，也得尽量晚一些。希尔贝特请来喝茶的女友，由于上课时间各不相同，这些人刚到，那些人就告辞，我在楼梯上就听见候见室里传出的隐约的话语声，它在我（一想到即将参加的庄严场面，我便激动万分）踏上这一层楼以前便猛然割断了我和往昔生活之间的联系，使我将走进温暖的房间该摘下围巾、看钟点，免得误了回家之类的事忘得精光。楼梯全部是木制的，在当时仿亨利二世风格的某些房屋里常见，而亨利二世风格曾是奥黛特长期追求、但不久即将抛弃的理想。楼梯口有一个牌子写着："下楼时禁止乘电梯。"在我眼中，这楼梯如此奇妙，以致我对父母说它是斯万先生从远方运来的古物。我如此酷爱真实，即使我知道这个信息是假的，我也会毫不犹豫地告诉父母，因为只有这样才能使他们像我一样尊敬斯万家这座显贵的楼梯。这就好比在一位不知名医的天才为何物的愚昧者面前，最好不要承认这位名医治不了鼻炎。况且，我没有任何观察力，往往说不出眼前物品的称呼或类型，只知道它们既然与斯万一家有关，便不同寻常，因此，我并不认为在谈这个楼梯的艺术价值和遥远的产地时我一定在撒谎。不一定是撒谎，但很可能是撒谎，因为父亲打断我时，我脸上发红。他说："我知道那些房子，我去看过一所，它们的结构都一样，只不过斯万家住的是好几层楼，这都是贝

利埃①盖的。"他还说他曾想租一套，后来放弃了，因为设计不太合理，门厅太暗。这是他的话。但是，我的本能告诉我，我应该为斯万家的魅力和我自己的幸福牺牲思想，因此，我对父亲的话充耳不闻，我遵从内心的命令，将这个毁灭性的思想（即斯万家住的不过是我们原先也可能住进的不足为奇的房子罢了）义无反顾地抛得远远的，正如虔诚的信徒摒弃勒南②所写的《耶稣传》一样。

每次去喝茶时，我一级一级地爬上楼梯，来到散发着斯万夫人香水气味的地区。我已失去思维和记忆，仅仅成为条件反射的工具。我仿佛已经看见那威严的巧克力蛋糕，以及它四周那一圈盛小点心的盘子及带图案的灰色缎纹小餐巾，这都是斯万家所特有的规矩。但是这固定不变的一切，有如康德的必然世界，似乎取决于一个最高的自由行动，因为当我们都在希尔贝特的小客厅时，她突然看看钟，说道："呀，我的午餐开始消失了，晚餐得等到八点钟。我很想吃点什么。你们看怎么样？"

于是她领我们走进客厅，它像伦勃朗画的亚洲庙宇内殿一样阴暗，那里有一个模仿建筑物结构的大蛋糕，它威严、温和、亲切，仿佛出于偶然、随便地耸立在那里，只等希尔贝特心血来潮去摘下它的巧克力雉堞，拆除那黄褐色的陡峭壁垒，这些陡坡是在烤炉内制造的，仿佛是大流士③宫殿中的支柱。希尔贝特不仅根据自己的饥饿

---

① 贝利埃（1843—1911）：法国工程师。

② 勒南（1823—1892）：法国作家，曾著《基督教发源史》，其中《耶稣传》为第一册。

③ 大流士：古波斯国王，在位期为公元前521年至前485年，以显赫战功与大兴土木闻名。

程度来决定是否应该摧毁这个如尼尼微①一般的蛋糕，她还问我饿不饿，一面从倒坍的建筑内取出嵌着鲜红果实的、闪着光泽的、具有东方风格的一大堵墙递给我。她甚至问我，我父母什么时候用晚餐，仿佛我还有时间概念，仿佛我那失魂落魄的慌乱并未使饥饿的感觉、晚餐的概念、家庭的形象彻底地从我那空虚的记忆和瘫痪的肠胃中消失似的。不幸的是这种瘫痪只是暂时的。我麻木地吃蛋糕，过一会儿就该进行消化了。不过为时尚早。这时，希尔贝特递给"我的茶"，我不停地喝着，其实一杯茶就足以使我在二十四小时内失眠。因此母亲常说："真麻烦，这孩子，每次从斯万家回来就生病。"然而，当我在斯万家时，我明白自己喝的是茶吗？即使我明白，我也会照样喝，因为就算我在刹那间恢复了对现在的辨别能力，我也恢复不了对过去的回忆和对将来的预见。我的想象力无法达到遥远的时间——只有到那时我才能产生睡觉的念头和睡眠的需要。

　　希尔贝特的女友们并不都处于这种无法作出理智决定的兴奋状态之中。有几位居然不喝茶！希尔贝特用当时十分流行的话说："当然啦，我的茶不成功！"她将餐桌旁的椅子摆乱，好冲淡庄严的气氛，说道："我们好像在庆祝婚礼似的，老天爷，这些仆人真蠢！"

　　她侧身坐在斜靠餐桌的一张 X 形椅脚的椅子上啃蛋糕。片刻以后，斯万夫人送走客人——她的接待日和希尔贝特的茶会往往是同一天——便快步走了进来。

她有时穿着蓝丝绒，经常穿的是饰有白色花边的黑缎裙衣。她表示诧异（仿佛女儿没有经她同意便可能有这么多小点心）地说："噫，你们吃得多香呀，看见你们吃蛋糕，连我也馋了。"

　　"好呀，妈妈，我们请您也来。"希尔贝特回答说。

　　"哦，不行，宝贝，我的客人会怎么说呢。那儿还有特龙贝夫人、戈达尔夫人、邦当夫人，你知道，亲爱的邦当夫人从来不作短暂的访问，而她刚刚来。这些好人们看见我不回去会怎么说呢？等她们走了，要是没有新客人，我就来和你们聊天（这对我有趣得多）。我想我有权利稍稍安静一下，我已经接待了四十五位客人，而其中竟有四十二人谈到谢罗姆①的画！"接着她又对我说："您哪天来和希尔贝特喝茶，她会做您喜欢的茶，您在小工作室②里常喝的那种茶。"她一面说，一面走开去招待她的客人。她似乎认为我也意识到我走进这个神秘的世界是寻找什么习惯（即使我喝茶，那能算是有喝茶的习惯吗？至于"工作室"，我不知道自己有没有）？她又说："您什么时候再来？明天？我们给您做 toast（烤面包），味道和哥伦贝糕点店的一样。您不来？您真坏。"她自从有了沙龙，便处处模仿维尔迪兰夫人，说话带着娇嗔。不过我既未见识过 toast，也未见识过哥伦贝糕点店，所以，她最后的那点许诺并未使我动心。奇怪的是，当她夸奖我家的 nurse（保姆）时，我最初竟不知道这是指谁，其实大家都用这个词，也许如今在贡布雷仍然通用。我不懂英语，但我不久就明白她

---

　　① 谢罗姆（1824—1904）：法国画家。

　　② 原文英语，斯万夫人说话爱夹几个英文字。

是指弗朗索瓦丝。在香榭丽舍大街，我曾担心弗朗索瓦丝给人留下不好的印象，但是我从斯万夫人口中得知，正是由于希尔贝特讲了那么多有关我的 nurse 的事，斯万夫妇才对我产生好感。"可以感觉到她对您忠心耿耿，她多么好。"（我立即完全改变了对弗朗索瓦丝的看法。由于反作用，我不再认为身穿雨衣、头戴羽饰的家庭教师是非有不可的了。）斯万夫人禁不住议论了几句布拉当夫人，说她确实为人善良，但是她的来访令人畏惧，于是我明白她们之间的关系并不如我想象的那样对我有利，它丝毫不能改善我在斯万家中的地位。

如果说我已经带着尊敬和欢乐的战栗探索这个出人意外地向我敞开大门（昔日是关闭的）的仙境的话，那么我的身份仅仅是希尔贝特的朋友。接纳我的王国本身又处于更为神秘的王国之中：斯万夫妇在那里过着超自然的生活。他们在候见厅里与我对面相遇时，与我握握手，然后又走向那个神秘的王国。但是，不久以后我也进入圣殿内部了。例如当希尔贝特不在家而斯万先生或夫人碰巧在家时，他们问谁在按门铃，听见是我便让仆人请我进去谈一谈，希望我在这方面或那方面，这件事或那件事上对他们的女儿施加影响。我回忆起以前写给斯万的那封信，它如此全面、如此具有说服力，而他竟认为不值一提。我不禁感慨起来：思想、推理、心，都没有能力导致任何交谈，没有能力解决任何困难，而生活，在你根本不知是怎么回事的情况下，却轻而易举地解决了困难。我得到了希尔贝特的朋友这个新身份，有能力对她产生好影响，因此我享受优待，就好比我与国王的儿子同学，在学校中又一直名列榜首，由于这种偶然性我便可以常去王宫，并且

在御座大厅谒见国王。斯万和蔼可亲地让我走进他的书房，仿佛他并不急于处理那许多光荣与体面的工作。他留给我一个小时。我过于激动，因此对他的话根本听不懂，只好结结巴巴地回答，时而胆怯地保持沉默，时而鼓起一瞬即逝的勇气，前言不搭后语地应付。他指给我看他认为会使我感兴趣的艺术品和书籍，虽然我毫不怀疑它们比卢浮宫和国立图书馆的收藏品要精美得多，但是我却看不见它们。如果他的膳食总管此刻让我将表、领带别针、高帮皮鞋都给他，并签署文件承认他为继承人的话，我也会欣然同意的，因为，用一针见血的民间俗语来说：我昏头转向（民间俗语与著名史诗一样，没有留下作者姓名，但与沃尔夫①的理论相反，它确实有过作者，那是些随时可以见到的、富有创造性的谦逊的人，正是他们发明了诸如"往一张脸上贴名字"②之类的说法，而他们自己的姓名却从不泄露）。访问在继续，我惊奇的是在这神奇的房子里度过的时光竟然使我一无所获，没有得到任何圆满结果。我之所以失望并不是因为他给我看的杰作有任何缺陷，也不是因为我无法用漫不经心的眼光去端详它们，而是因为我坐在斯万书房中所体验的神奇感觉并非由于事物本身的内在美，而是由于附属于这些事物——它们可能是世上最丑的——之上的特殊感情，忧愁和甜蜜的感情。多年以来我便将感情寄托于这间书房，至今它仍浸透在书房的每个角落。与此相仿的是另一件事。一位穿短裤的

---

① 沃尔夫（1759—1824）：德国哲学家，认为史诗《伊利亚特》和《奥德赛》是各时期的史诗汇合而成。

② 即记起某人的名字。

跟班对我说夫人要见见我，于是我便穿过蜿蜒曲折的走廊小道（那里充满从远处梳洗间不断飘来的珍贵的香气），去到斯万夫人的卧室，三位美丽而庄严的女人，她的第一、第二、第三侍女正微笑着为她梳妆打扮。我在那里停留片刻，自惭形秽，又对她感恩戴德，而这些感受与那一大堆镜子、银刷以及出自她的友人一著名艺术家之手的帕多瓦的圣安托万①雕像或画像毫无关系。

　　斯万夫人回到她的客人那里去，但我们仍听见她谈笑风生，因为即使她面前只有两个人，她也像面对众多"同伴"那样提高嗓门谈话，就像往日在小集团中"女主人引导谈话"时那样。人们喜欢——至少在一段时间内——使用新近从别人那里学来的表达法，斯万夫人也不例外，她时而使用丈夫不得不介绍她认识的高雅人士的语言（她模仿他们的矫揉造作，即在修饰人物的形容词前取消冠词或指示代词），时而又使用很俗的语言（例如她一位女友的口头禅"小事一桩"），而且尽量用于她喜欢讲述的故事中（这是她在"小集团"中养成的习惯），然后又说："我很喜欢这个故事。""啊！你得承认这故事很美吧！"而这种语言是她通过丈夫从她所不认识的盖尔芒特那里学到的。

　　斯万夫人离开了饭厅，她那位刚到家的丈夫又来到我们面前。"希尔贝特，你母亲是一个人在那里吧？""不，她还有客人，爸爸。""怎么，还有客人，已经七点钟了！真可怕，可怜她一定累得半死。真可

---

　　① 圣安托万（1195—1231）：葡萄牙传教士。

恶（odieux 这个字我在家里也常常听见，但"O"发长音，而斯万夫妇则发成短音）。"接着他转身对我说："您看看，从下午两点钟起一直到现在！加米尔说在四五点钟之间，来了足足十二位客人，不，不是十二位，他说的大概是十四位，不，是十二位，我也糊涂了。我刚进来的时候，看见门口停着那么多车，我忘了是她的接待日，还以为家里在举行什么婚礼呢。我在书房里待了一会儿，门铃响个不停，闹得我真头疼。她那里客人还多吗？""不，只两位。""是谁？""戈达尔夫人和邦当夫人。""啊，公共工程部办公室主任的妻子。""我知道他丈夫是某个部的职员，但不知道他到底干什么。"希尔贝特用孩子似的口吻说。

"怎么，小傻瓜，你这话像两岁孩子说的。你说什么？部里的职员？他可是办公室主任，是那个单位的头头。我的天，我怎么糊涂了，跟你一样心不在焉，他不是办公室主任，他是秘书长。"

"我可不知道。那么说秘书长是很重要的人物了？"希尔贝特回答，她从不放弃任何机会对父母所炫耀的一切表示冷漠（她也许认为，假装不把如此显贵的朋友放在眼里会使这种关系更引人注目）。

"怎么，是不是很重要！"斯万惊呼说。他使用的不是使我疑惑茫然的语气，而是明确清楚的语言："部长之下就是他！他甚至比部长还重要，因为凡事都要由他经办。而且据说他很有才干，是出类拔萃的第一流人才。他得过荣誉勋位四级勋章。他很有趣味，而且一表人才。"

他的妻子不顾众人反对嫁给了他，因为他是"充满魅力"的人。他蓄着柔软光滑的淡黄色胡须，五官端正，说话时带鼻音，呼吸浊重，戴一只假眼，这一切足以构成罕见而微妙的整体。

"我告诉您，"斯万先生对我说，"这些人进入当今的政府的确是件有趣的事，他们是邦当－谢尼家族中相当典型的、教权主义的、思想狭隘的、反动的资产阶级。你那可怜的祖父对老头谢尼很熟悉，至少听说过，见过面。这老头当时很有钱，可是给车夫的小费只是一个苏。还有那位布雷奥－谢尼男爵。总联合公司①的股票暴跌使他们倾家荡产，您那时还太小，不知道这些事。后来，当然啦，他们竭尽全力重振家业。"

"他有一位外甥女，她总来我们学校上课，比我低一班，有名的'阿尔贝蒂娜'。她将来一定很 fast（放荡），现在的模样有点古怪。"

"我女儿什么人都认识，真奇怪。"

"我知道她，并不相识。我只是看见她走过时，这儿有人喊阿尔贝蒂娜，那儿也有人喊阿尔贝蒂娜。不过，我认识邦当夫人，对她也没有好感。"

"你这就完全错了。邦当夫人很讨人喜欢，她漂亮、聪明，而且颇有风趣。我这就去向她问好，打听他丈夫对战争会不会爆发、狄奥多西国王可靠不可靠的看法。他深知诸神的隐秘，对这些事肯定了解的，对吧？"

斯万以前可不是以这种口吻说话的。但是难道你没见过头脑简单

---

① 此处指 1876 年成立的企业，1882 年破产倒闭。

的公主（她与随身男仆私奔，十年以后又想回到上流社会，但感到没人愿意与她来往）自发地像讨厌的老太婆一样说话吗？听见别人谈论一位闻名一时的公爵夫人时，她便急忙说"她昨天还来看过我哩"，或者"我现在是深居简出了"。因此我们要了解风俗，根本不需要观察，根据心理规律来推断便足够了。

斯万夫妇也属于这种很少有客人来访的反常人物。稍稍有点身份的某人的来访、邀请、甚至简单一句话，对他们来说，都是应该被广为宣传的大事。奥黛特举行了一次比较成功的晚宴，不巧的是维尔迪兰夫妇正在伦敦，但这个消息居然通过他们一位共同的朋友以电报的形式传到海峡彼岸的维尔迪兰夫妇那里。就连奥黛特收到的恭维信或电报，斯万夫妇也一定会让众人分享快乐。他们告诉朋友们，并让大家传阅。因此，斯万的沙龙很像是张贴着电讯新闻的海边旅馆。

此外，有些人不仅像我一样认识社交生活以外的旧斯万，还认识社交生活中，特别是盖尔芒特圈子中（在那里，除了殿下和公爵夫人以外，其他人必须具有头等情趣和魅力，即使是杰出的人物，如果被认为庸俗或令人讨厌，也被排斥出来）的旧斯万，他们要是看到斯万在谈到朋友时不再像以前那样含蓄，择友时也不再如此苛求，准会大吃一惊。像邦当夫人如此平庸、如此乖戾的人竟然不使他讨厌？他竟然说她可爱？对盖尔芒特小圈子的回忆似乎应该阻止他这样做，可实际上却促使他这样做。和四分之三的社交圈子不同，盖尔芒特小圈子是具有鉴赏能力的，甚至高雅的鉴赏力，但也有附庸风雅之习气，而它往往使鉴赏力暂时无法发挥。如果涉及的是某位并非为小集团所不可缺少的人物，例如外交部长（有点自命不凡的共和派）或某位饶舌的法兰西学院院士，那么，他会受到鉴赏力的一致否定。斯万很同情德·盖尔芒特夫人，为她不得不与这类人在某大使馆同桌吃饭。任何一位高雅之士也比他们强一千倍，所谓高雅之士是指盖尔芒特圈里的人，他一无所长，只是具有盖尔芒特精神，属于同一宗派。然而，如果某位大公夫人或王族血统公主来德·盖尔芒特夫人家吃饭的话，她会成为这宗派的一员，尽管她并无这个权利，尽管她根本不具备盖尔芒特精神。上流社会的人异常天真。既然这位贵族女士并非因可爱而被接待，而她又已经被接待了，于是人们便极力说她可爱。当殿下离去以后，斯万为盖尔·芒特夫人解围说："她毕竟不坏，甚至还不缺乏幽默感。当然，我想她并不掌握《纯粹理性的批判》，但她并不叫人讨厌。"

"我完全同意您的看法，"公爵夫人回答说，"她刚才稍有胆怯，将来会讨人喜欢的。""比起那位给您列举二十本书的XJ夫人（饶舌的学院院士的夫人，颇有才华的女士）来，她叫人高兴得多，根本没法比。"谈论这些事，诚诚恳恳地谈论这些事，这种能力是斯万从公爵夫人那里学到的，并且保持至今，又用于他本人所接待的客人身上。他尽力去识辨他们身上的品质，而当我们怀着善意的偏见而不是带着挑剔的厌恶情绪去观察人时，人人都具有这些品质。斯万强调邦当夫人的优点正如往日强调帕尔玛公主的优点一样。如果某些贵人进入盖尔芒特小集团不是出于优待，如果人们认真考虑的果真只是情趣和魅力，那帕尔玛公主早被开除了。斯万从前也表现出这种兴趣（只

是现在他持久地加以发挥而已），那就是以自己的社交地位去换取在某种情况下对自己更为合适的另一种地位。有种人在观察事物时，没有能力对乍一看来似乎不可分的事物进行分解，因此相信地位与人是连成一体的。其实同一个人，在生活的不同时期，会处于不同等级的社会阶层之中，而这等级并不一定越来越高。每当我们在生活的另一时期与某一阶层来往（或重新来往）并感到备受疼爱时，自然而然地，我们便攀附于这个阶层，并在那些人中扎了根。

至于邦当夫人，既然斯万一再提到她，我想他不会反对我将邦当夫人对斯万夫人的拜访告诉我父母。斯万夫人一步一步地结识了谁，父母对此颇感兴趣，但毫无赞赏之意。母亲听见特龙贝夫人的名字时说："啊！这可是位新成员，她会领些别人去的。"

接着，妈妈似乎将斯万夫人广为交友的那种简便、迅速和猛烈的方式比作殖民战争说道："现在特龙贝归顺了，邻近的部落不久也会投降。"

有一次她在街上遇见了斯万夫人，回家便对我们说："斯万夫人处于战争状态。她大概在对马塞诸赛人、僧伽罗人、特龙贝人发动胜利的攻势吧。"

我告诉她在那个拼凑的、人为的环境中我都看见了哪些新来者（她们本属不同的社会圈子，被煞费苦心地吸引到这里来），母亲立刻猜出她们的来处，仿佛这是高价购买的战利品："这是去某某家征战的缴获品。"

斯万夫人居然有兴趣吸收戈达尔夫人这位不甚高雅的小市民，父亲不禁愕然。他说："当然，教授是有地位的人，但我仍然不明白她是怎么想的。"可是，母亲却很明白。她知道，当一个女人走进与原先的生活截然不同的圈子时，会感到愉快，如果她不能让旧友们知道如今的新交是多么体面的人物，这种乐趣会大为减色。要做到这一点，就必须让一位见证人钻进美好的新圈子，仿佛一只嗡嗡叫的、见异思迁的昆虫钻进花丛，然后，见证人在每次拜访以后便散布（至少人们希望如此）消息，暗暗播下羡慕和赞赏的种子。戈达尔夫人正适合于这种角色，她是特殊类型的客人，妈妈（她继承外祖父的某种气质）称之为"异乡人，去告诉斯巴达"①型的客人。此外——除了另一个多年以后才为人所知的理由以外——斯万夫人在"接待日"邀请这位和蔼的、稳重的、谦虚的女友，至少不必担心她是叛徒或竞争对手。斯万夫人知道，这位戴着羽饰、拿着名片夹的积极的工蜂，一个下午便能拜访为数众多的市民花蕚。斯万夫人了解她的扩散能力，并且，根据对或然率的计算，她有把握让维尔迪兰家的某位常客第三天就得知巴黎地方长官常去斯万夫人家留下名片，或者让维尔迪兰先生本人知道赛马会主席勒奥·德·普雷萨尼先生常带领她和斯万参加狄奥多西国王的盛会。她认为维尔迪兰夫妇只会获悉这两件对她很光彩的事，仅仅这两件事，因为我们所臆想和追求的光荣往往具有很少几种特殊表现形式，这应归咎于我们的精神缺陷——它没有能

---

　　① 斯巴达国王莱翁里达斯及三百士兵为阻挡波斯人进攻而全部战死（公元前80年）。在昔日战场的岩石上刻着这句话："异乡人，去告诉斯巴达，我们为它而死！"

力同时想象我们所期望（大致期望）于光荣的一切同步的表现形式。

斯万夫人只是在所谓"官界"中获得成功。高雅女士不与她来往，但这并不是因为她那里有共和派名流。在我年幼时，凡属于保守社会的一切均成为社交风尚，因此，一个有名望的沙龙是决不接待共和分子的。对这种沙龙的人来说，永远不可能接待"机会主义者"，更不用说可怕的"激进分子"了，而这种不可能性将像油灯和公共马车一样永世长存。然而，社会好似一个万花筒，它有时转动，将曾被认为一成不变的因素连续进行新的排列，从而构成新的图景。在我初领圣体的那年以前，高雅的犹太女士便已出入社交场合从而使正统派的女士们吃惊。万花筒中的新布局产生于哲学家称做的标准所发生的变化。后来，在我开始拜访斯万夫人家以后不久，德雷福斯事件产生了一个新标准，于是万花筒再一次将其中彩色的菱形小块翻倒过来。凡属犹太人的一切都落到万花筒的底部，连高雅女士也不例外，取而代之的是无名的民族主义者。当时，在巴黎最负盛名的沙龙是一位极端天主教徒——奥地利亲王的沙龙。如果发生的不是德雷福斯事件，而是对德战争，那么，万花筒会朝相反的方向转动，犹太人会表现爱国热忱而使众人吃惊，他们会保持自己的地位，那样一来，就再没有人愿意去拜访奥地利亲王，甚至没有人承认去拜访过。虽然如此，每当社会暂时处于静止状态时，生活于其中的人总是认为不可能再发生任何变化，正如他们看到电话问世，便认为不可能再出现飞机，与此同时，新闻界的哲学家们对前一时期进行抨击，他们不但批评前一时期中人们的乐趣，斥之为腐朽已极，甚至还抨击艺术家和哲学家的作品，斥之为毫无价值，仿佛它们与附庸风雅、轻浮浅薄的各种表现形式密不可分。唯一不变的似乎是每次人们都说"法国发生了一点变化"。我初去斯万夫人家时，德雷福斯事件尚未爆发，某些犹太显贵还很有权势，而其中最大的是鲁弗斯·以色列爵士，他的妻子以色列夫人是斯万的姨母。她本人并没有外甥那样高雅的社会交往，外甥也并不喜欢她，从未认真与她联络感情，虽然他很可能是她的继承人。然而，在斯万的亲戚当中，只有这位姨母意识到斯万的社交地位，而其他人在这方面与我们一样（长期地）一无所知。在家族中，当一个成员跻身于上流社会时——他以为这是独一无二的现象，但在十年以后，他会看到在和他同时成长的青年中，以不同的方式和理由完成这个现象者大有人在——他在四周画出一圈黑暗区域 terra incognita[1]，居住其中的人对它了如指掌，而未得其门而入者虽然从它旁边走过，却不觉察它的存在，还以为是一片黑暗、一片虚无。既然没有任何通讯社将斯万的社会交往通知他的亲戚，因此，他们在饭桌上（当然在可怕的婚事以前）谈到斯万时，往往露出屈尊的微笑，讲述他们如何"高尚地"利用星期日去探望"夏尔表亲"，而且把他看做心怀嫉妒的穷亲戚，借用巴尔扎克小说的标题，风趣地称他为"傻表亲"[2]。鲁弗斯·以色列夫人与众人不同，她很明白与斯万慷慨交往的是些什么人，而且十分眼红。她丈夫的家族与罗特希尔德家族一样有钱，而且好几代以来便为奥尔良王公们经营事务。以色

---

① 拉丁文，意为：未知地域。
② 小说《贝姨》法文为 Cousine Bette，Bete 与 Bette 同音。

列夫人既然腰缠万贯，当然很有影响，并且利用自己的影响来劝阻她认识的人接待奥黛特，只有一个人偷偷地违背了她，那就是德·马桑特伯爵夫人。那天奥黛特去拜访德·马桑特夫人，不巧以色列夫人几乎同时到来。德·马桑特夫人如坐针毡。这种人什么都做得出来，所以她竟然背信弃义地不和奥黛特说一句话，奥黛特自然不再将入侵向前推进了，何况这个阶层决非她希望被接纳的阶层。圣日耳曼区对奥黛特丝毫不感兴趣，仍旧将她看做与有产者完全不同的、毫无修养的轻佻女人（有产者精通家谱中的每个细节，而且，既然现实生活并未向他们提供贵族亲友，他们便如饥似渴地阅读回忆录）。另一方面，斯万似乎继续是情人，在他看来，这位往日情妇的一切特点似乎仍然可爱或者无伤大雅，因为我常常听见他妻子说一些难登大雅之堂的话，而他却无意纠正（也许是因为对她尚有柔情，也许是对此掉以轻心，或者懒于帮她提高修养），这也可能是另一种形式的单纯。在贡布雷，我们曾长期被他的单纯所蒙蔽，而且就在现在，虽然他继续结交体面人物（至少为他自己着想），却不愿他们在他妻子的沙龙的谈话中占有重要地位，何况对他来说，他们的重要性确实大为减少，因为他生活的重心已经转移。总之，奥黛特在社交方面十分无知。当人们先提到德·盖尔芒特公爵夫人，后提到她表亲德·盖尔芒特公主时，她竟然说："噫，这些人是王公，那么说他们晋升了。"如果有谁在谈到夏尔特尔公爵时用"亲王"一词，她马上纠正说："是公爵，他是夏尔特尔公爵，不是亲王。"关于巴黎伯爵的儿子德·奥尔良公爵，她说："真古怪，儿子的爵位比父亲高。"作为英国迷，她又接着说："这些royalties（王族）真叫人糊涂。"有人问她盖尔芒特家族是哪省人，她回答说："埃纳省。"

斯万在奥黛特面前是盲目的，他既看不见她教养中的缺陷，也看不见她智力上的平庸。不仅如此，每当奥黛特讲述什么愚蠢的故事时，斯万总是殷勤地、快活地，甚至赞赏地（其中可能掺杂着残存的欲念）聆听，而如果斯万本人说出一句高雅的、甚至深刻的话时，奥黛特往往兴趣索然、心不在焉、极不耐烦，有时甚至厉声反驳。人们因而得出结论说，精华受制于平庸在不少家庭中是司空见惯的，因为，反过来，也有许多杰出女性竟被对她们的睿智横加指责的蠢人所蛊惑，并且被极度慷慨的爱情所左右而对蠢人的俗不可耐的玩笑赞叹不已。说到当时妨碍奥黛特进入日耳曼区的理由，应该指出社交界的万花筒的最近一次转动是由一系列丑闻引起的。人们原来放心大胆地与某些女人交往，而她们竟被揭露是妓女，是英国间谍。在一段时间内，人们首先（至少认为如此）要求他人的是牢靠和稳定……奥黛特代表的正是人们刚刚与之决裂又立刻拾起的东西（因为人们不可能在一夜之间彻底改变，他们在新制度下寻找旧制度的继续），当然它必须换一种形式，以掩人耳目，制造与危机前的社交界有所不同的假象。但奥黛特与那个社交界的替罪羊太相似了。其实，上流社会的人是高度近视眼。他们与原来认识的犹太女士断绝来往，正考虑如何填补空白，却看见一位仿佛被一夜风暴刮来的新女人，她也是犹太人，但由于新颖，便不像在她以前的女人那样使人联想起他们认为应该憎恶的东西。她不要求人们崇敬他们的上帝。人们便接纳了她。诚然，在

我初访奥黛特家时，反犹太主义问题尚未提出，但是奥黛特与当时人们唯恐避之不及的东西十分相似。

至于斯万，他仍然常去拜访旧日的、也就是属于最上层社会的朋友。当他谈到刚刚拜访过什么人时，我注意到在旧日的朋友中，他是有所取舍的，而选择的标准仍然是作为收藏家的半艺术半历史的鉴赏力。某位家道中落的贵妇引起他的兴趣，因她曾是李斯特的情妇，或者因为巴尔扎克曾将一本小说献给她的外祖母（正如他买一幅画是因为夏多布里昂描写过它）。这使我怀疑我们在贡布雷时莫非是从一个谬误过渡到另一个谬误，即最先认为斯万是一位从不涉足社交的资产者，后来又认为他是巴黎顶顶时髦的人物。成为巴黎伯爵的朋友，这不能说明任何问题。"王公的朋友"被排外倾向的沙龙拒之门外的，不是大有人在吗？王公们自知为王公，便不追求时髦，而且自认高居于非法王族血统者之上，大贵族和资产者统统在他们之下，并且（从高处看）几乎处在同一水平上。

此外，斯万在目前的社交圈子中（他重视过去所留下的、至今仍然可以见到的名字）所寻求的不仅仅是文人和艺术家的乐趣，将不同的成分交混起来，将不同的类型聚合起来，从而搭配成社会花束，这也是他的消遣（不那么高雅）。这些有趣的（或者斯万认为有趣的）社会实验在他妻子的每位女友身上并不产生——至少不是经常地——相同的反应。"我打算同时邀请戈达尔夫妇和旺多姆公爵夫人。"他笑着对邦当夫人说，好像一位贪吃的美食家想换换调味汁的成分，用圭亚那胡椒来替代丁子香花蕾。然而，这个似乎会使戈达尔感到有趣的计划却使邦当夫人大为恼火。她最近被斯万夫妇介绍认识旺多姆公爵夫人，认为这事既使人高兴又理所当然，而对戈达尔夫妇讲述它，加以吹嘘，这构成了她的愉快中饶有兴味的一部分因素。邦当夫人希望，在她以后，她那圈子里再没有任何人被介绍给公爵夫人，正好比被授勋者一得到勋章便立刻希望将十字勋章的水龙头关上。她暗暗诅咒斯万的低级鉴赏力，他为了实现一种无聊的、古怪的审美观，竟能在一瞬间将她对戈达尔夫妇谈论旺多姆公爵夫人时所散布的迷雾吹得一干二净。她怎敢对丈夫说教授夫妇也即将分享这个愉快（她曾吹嘘说它是独一无二的）呢？要是戈达尔夫妇明白这种邀请不是出自主人的诚心，而是为了解闷，那就好了！其实，邦当夫妇的被邀请难道不也如此吗？不过，斯万从贵族那里学到了永恒的堂皇作风，他有本领使两位微不足道的女人同时认为自己是真正的被爱者，因此，当他对邦当夫人提起旺多姆公爵夫人时，那口气仿佛邦当夫人和公爵夫人同桌进餐自然是不在话下的事。"是的，我们打算邀请公主和戈达尔夫妇，"斯万夫人在几星期后说道，"我丈夫认为这种集合可能产生有趣的东西。"如果说斯万夫人保留了"小核心"中维尔迪兰夫人所喜爱的某些习惯——例如高声说话好让所有的信徒听见——的话，那么她也使用盖尔芒特圈子所喜爱的某些语言（例如"集合"一词），她与盖尔芒特圈子并不接近，但却在远处、在不知不觉中受它吸引，正如大海被月亮吸引一样。"是的，戈达尔夫妇和旺多姆公爵夫人，您不觉得这很有趣吗？"斯万问道。"我看这会很糟，您会招来麻烦的，可别玩火。"邦当夫人气冲冲地回答。她和她丈夫，还有阿格里让特亲王

都受到邀请，而对这次宴会，邦当夫人和戈达尔各有各的说法，依问话人而定。有些人分别问邦当夫人和戈达尔，那天吃饭的除了旺多姆公主外，还有哪些客人，得到的回答都是漫不经心的两句话："只是阿格里让特亲王，这完全是熟朋友之间的便餐。"但另一些人可能更知情（有一次有人甚至问戈达尔："邦当夫妇不是也在场吗？""哦，我忘了。"戈达尔红着脸回答说，并从此将这个问话的笨蛋列入多嘴饶舌者之流）。对于这些人，邦当夫妇和戈达尔夫妇不谋而合地采取了大致相同的说法，只是将名字对换一下而已。戈达尔说："唉，只有主人，旺多姆公爵夫妇（自负地微微一笑），戈达尔教授夫妇，此外，对了，莫名其妙，还有邦当夫妇，他们可是有点杀风景。"邦当夫人讲的也完全一样，不同的是，邦当夫妇的名字位于旺多姆公爵夫人和阿格里让特亲王之间，并且受到得意扬扬的夸张，而她最后责怪所谓不请自来并且大杀风景的秃子，就是戈达尔夫妇。

斯万往往在晚饭前不久才从访问中归来。晚上六点钟，这时刻在往日曾使他痛苦，而如今却不然，他不再猜测奥黛特大概在做什么，是接待客人还是外出，他对这些都不在意。他有时回忆起多年以前，他有一次曾试图透过信封看奥黛特给福尔什维尔写了什么。但这个回忆并不愉快，他不愿加深羞愧感，只是撇了一下嘴角，必要时甚至摇摇头，意思是："这对我有什么关系呢？"从前他常常坚持一个假定，即奥黛特的生活是无邪的，只是他本人的嫉妒、猜测才使它蒙受耻辱罢了，但是现在，他认为这个假定（有益的假定，它减轻他在爱情病中的痛苦，因为它使他相信这痛苦是虚构的）是不正确的，而他的嫉妒心却看对了。如果说奥黛特对他的爱超过他的想象的话，那么，她对他的欺骗更超过他的想象。从前，当他痛苦万分时，曾发誓说有朝一日他不再爱奥黛特，不再害怕使她恼怒，不再害怕让她相信他热恋她时，他将满足夙愿——本着单纯的对真理的追求，并为了解释历史的疑点，与她一起澄清事实，弄清那天（即她写信给福尔什维尔，说来探望她的是一位叔叔）他按门铃敲窗子而她不开门时，她是否正和福尔什维尔睡觉。斯万从前等待嫉妒心的消失，好着手澄清这个饶有兴趣的问题。然而，如今他不再嫉妒了，这个问题在他眼中也失去了一切趣味。当然并不是立刻。他对奥黛特已经不再嫉妒，但是，那天下午他敲拉彼鲁兹街那座小房子的门而无人回答的情景却继续刺激着他的嫉妒心。在这一点上，嫉妒心与某些疾病相似：疾病的病灶和传染源不是某人，而是某个地点，某座房屋；嫉妒的对象似乎也不是奥黛特本人，而是斯万敲击奥黛特住所的每扇门窗的那已逝往日中的一天、一个时刻。可以说，只有那一天和那个时刻保留了斯万往日曾有过的爱情品格中的最后残片，而他也只能在那里找到它们。长期以来，他不在乎奥黛特是否曾欺骗他，是否仍然在欺骗他。但是，在几年里他一直寻找奥黛特从前的仆人，因为他仍然有一种痛苦的好奇心，想知道在如此遥远的那一天，在六点钟时，奥黛特是否在和福尔什维尔睡觉。后来连这种好奇心也消失了，但他的调查却未中止。他继续设法弄清这件不再使他感兴趣的事，因为他的忘我，虽然极度衰弱，仍然在机械地运转，而过去的焦虑已烟消云散。他甚至无法想象自己曾经感到如此强烈的焦虑，当时他以为永生也摆脱不了焦虑，以为只有他

所爱的女人的死亡（本书下文中将有一个残酷的反证，说明死亡丝毫不能减弱嫉妒的痛苦）才能打通他那完全堵塞的生活道路。

然而，有朝一日将奥黛特生活中使斯万痛苦的事弄个水落石出，这并不是斯万的唯一愿望。他还保留了另一个愿望，即当他不再爱奥黛特、不再害怕她时，他要为这些痛苦进行报复，而眼前恰恰出现了实现这第二个愿望的机会。斯万爱上了另一个女人，他没有任何理由嫉妒，却仍然嫉妒，因为他无力更新恋爱方式，他将往日与奥黛特的恋爱方式应用在另一个女人身上。她不必有任何不忠行为，只要由于某个原因离开他，比方说，参加晚会，而且似乎玩得很开心，这就足以使斯万妒火中烧，这就足以唤醒他身上那古老的焦虑——他的爱情的可悲而矛盾的赘疣。焦虑使斯万与真实的她保持距离，他必须努力才够得着她（了解这个年轻女人对他的真实感情，她每天的隐秘欲望和内心秘密）。焦虑在斯万和他所爱的女人中间放上了旧日冥顽不化的猜疑，猜疑的根源在奥黛特或者比奥黛特更早的某个女人身上，正是由于它，年老的情人只能通过"挑起嫉妒心的女人"这个古老的集体幻影来认识他今日的情妇，而且将新爱情也武断地置于这个幻影之中。然而，斯万经常谴责这种嫉妒心理，谴责它使自己相信某些实属虚幻的不忠行为，但是他记起当初也曾采取同样的观点替奥黛特辩解，而且是做错了。因此，当他和他所爱的年轻女人不在一起时，她的所作所为，在他眼中，便不再是清白无邪的。他曾起誓说，万一哪一天他不再爱这位当时未想到会与他结婚的女人，他将毫不留情地对她冷若冰霜（真正的冷若冰霜！），好为他长期受辱的自尊心进行报复，他现在可以毫无风险地（即使奥黛特把他的话当真，取消他从前梦寐以求的和她单独谈话，他也毫不在乎）进行报复了，但他却无意报复。爱情既已消逝，表示不再爱的愿望也随之消失。当他为奥黛特痛苦时，他多么盼望有一天让她看看他爱上了别的女人，而现在他可以做到这一点，却小心翼翼地不让妻子知道自己另有新欢。

从前，每到喝茶的钟点，我便闷闷不乐地看见希尔贝特离开我，提前回家，而现在，我也参加这些茶会。从前，当她和她母亲出门散步或看日场演出时，我便独自一人痴痴待在香榭丽舍的草坪边或木马旁，因为她来不了，而现在呢，斯万夫妇允许我和他们一起出门，他们的马车里有我的座位。有时他们甚至问我愿意去哪里，去看戏还是看希尔贝特一位同伴的舞蹈课，参加斯万夫人女友家的社交聚会（斯万夫人称为“小会”），还是去参观圣–德尼的国王墓。

每逢和斯万一家出门的日子，我便去他们家吃午饭，斯万夫人管它叫 lunch（午饭）。他们邀请我十二点半去，那时我父母在十一点一刻吃午饭，所以等他们离开餐桌后，我才朝斯万家的奢华街区走去。在这个街区里，行人向来稀少，何况在这个钟点谁都回了家。即使在严冬，如果天气晴朗，我便在马路上来回溜达，一直等到十二点二十七分。我一会儿扯扯从夏费商店买的那条精美领带的领带结，一会儿看看脚上那双高帮漆皮皮鞋是否弄脏了，我远远看见斯万家小花园里的光秃秃的树在阳光下像白霜一样晶莹闪光。当然，小花园里只有两株树。在这个反常的钟点，景物也焕然一新。与自然所给予的乐趣（习惯的改变，甚至饥饿使它更为强烈）相交织的是即将与斯万夫人同桌

进餐的激动，它并不削弱乐趣，而是控制它、奴役它，使之成为社交生活的陪衬。我似乎发现了往日在这个钟点所感觉不到的晴空、寒冷、冬日的阳光，它们好像是奶油鸡蛋的前奏曲，好像是斯万夫人之家这座神秘殿堂表层上的时间光泽、浅红的淡淡冷色，而在殿堂内部却有那么多温暖、芳香和鲜花。

十二点半，我终于下决心走进这座房子。它像圣诞节的大靴子一样将给我带来神奇的快乐（斯万夫人和希尔贝特都不知道圣诞节在法文里怎么说，所以总是用 Christmas 来代替，Christ-mas 布丁啊，收到什么 Christmas 礼品啊，在 Christmas 期间要去外地什么地方等，我感到不是滋味，回到家中也说 Christ-mas。认为说圣诞节有失体面，而父亲认为这种语言滑稽可笑）。

我最初只遇见一位跟班，他领我穿过好几间大客厅来到一间很小的客厅，那里没有人，从窗口射进来的下午的蓝光使它沉浸在梦幻之中。只有兰花、玫瑰花和紫罗兰陪伴我——它们像人一样待在你身边，但并不认识你。它们是有生命的，而这种特性使它们的沉默产生强烈的效果。它们畏惧寒冷，接受炽热炉火的温暖。那被珍贵地放在水晶挡板后面的炉火不时地将危险的红宝石散落在白色大理石的火盆中。

我已坐了下来，但听见开门声便赶紧站了起来，进来的是第二位仆人，跟着又是第三位仆人，而他们这种使我无谓激动的频繁往来仅仅是为了鸡毛蒜皮的事：往火中添一点儿煤或往花瓶里加一点水。他们走后，门又关上（斯万夫人最后总会将它打开的），我又独自一人。确实，魔术师的洞穴也不如这间小客厅那样使我眼花缭乱，炉火在我眼前千变万化，好似克林索[1]的实验室。又响起一阵脚步声，我没有站起来，大概又是仆人吧，不是，是斯万先生，"怎么？您一个人在这里真是没办法，我那可怜的妻子从来不知道钟点。一点差十分了。她每天都迟到。您一会儿看见她不慌不忙地进来，她还以为自己提前到哩。"斯万仍然患神经炎，而且变得可笑，这样一个不遵守时间的妻子（从布洛尼林园回来必晚，在裁缝店逗留必久，吃饭必迟到）虽然使他为肠胃担心，但却满足了他的自尊心。

他领我参观新近的收藏品，并且向我解释它们的价值，可是我过于兴奋，又由于在这个钟点我还破例地腹中空空，我心神不定，脑子里一片空白。虽然我还能够说话，但什么也听不进去了。何况，就斯万所拥有的收藏品而言，只要它们存在于他家，只要它们属于午餐前的美妙时刻，这对我就绰绰有余了。即使那里有《蒙娜丽莎》，它也不会比斯万夫人的便袍或嗅盐瓶更使我愉快。

我继续等侍，独自一人，或者和斯万一起，希尔贝特还常常来和我们做伴。斯万夫人既然以如此威严的仆人为先导，她的出现一定不同凡响。我屏息静听每一个声响。真正的教堂、风暴中的海涛、舞蹈家的跳跃往往比人们的想象要逊色。穿制服的仆人酷似戏剧中的配角，他们的连续出场为王后的最后显现作准备，同时也削弱显现的效果。在这些仆人之后是悄悄进来的斯万夫人，她身穿水獭皮小大衣，冻

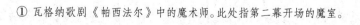

[1] 瓦格纳歌剧《帕西法尔》中的魔术师。此处指第二幕开场的魔室。

得发红的鼻子上盖着面纱，与我的想象力在我等候期间所慷慨臆造的形象何等不相似！

如果她整个上午都没有外出，那么她走进客厅时身穿一件浅色双绉晨衣，对我来说，它比一切衣袍都更雅致大方。

有时，斯万夫妇决定整个下午待在家里。吃完午饭天色已不早，这一天（我原以为它会和别的日子完全不同）的阳光正斜照在小花园的墙上。仆人们端来大大小小的、各式各样的灯，它们各自在蜗形脚桌、独脚圆桌、墙角柜或小桌这些固定祭坛上燃烧，仿佛在进行莫名其妙的祭祀。尽管如此，谈话平淡乏味，我败兴而返，像自童年起每次做完午夜弥撒以后那样大失所望。

然而这仅仅是思想上的失望。我在那座房子里是十分喜悦的，因为，如果希尔贝特尚未和我们在一起，那么她即将进来，而且即将将她的话语、她那专注而微笑的目光（正如我第一次在贡布雷所见到的那样）给予我（而且达数小时之久！）。当我看到她消失在通往宽大房间的内部楼梯上时，我至多稍稍感到嫉妒。我只能留在客厅里（就像一位女演员的恋人，他只能待在正厅前座，不安地臆想在后台、在演员休息室正发生什么事），我向斯万了解房屋的另一部分，我的问题被掩饰得很巧妙，但声调中仍流露出不安。她告诉我希尔贝特去的是衣物间，并自告奋勇要带我去看看，而且说以后希尔贝特去那里，她一定要她带我去。斯万的最后这句话使我如释重负，霎时间消除了那段使我们所爱的女人显得如此遥远的、可怕的内心距离。此刻，我对他的感情油然而生，似乎比我对希尔贝特的柔情更深。因为，他作为自己女儿的主人，将她给予我，而她本人却有时拒绝我。我对她的直接影响比不上我通过斯万而施于她的间接影响。此外，我爱的是她，每当我看见她时，我不禁感到心慌意乱，不禁渴望更多的东西，而这种情绪恰恰使我们在所爱的人面前失去了爱的感觉。

我们往往不待在家中，而是出门走一走。在换衣出门以前，偶尔，斯万夫人在钢琴前坐下，她从粉红色或白色的、总之色彩鲜艳的双绉丝便袍的袖中，伸出那双娇美的手，张开手指抚弹琴键，仍然是那种存在于她的目光中却不存在于她心中的忧郁。正是在这样的一天，她偶然为我弹奏《凡德伊奏鸣曲》，即斯万十分喜爱的那个小乐段。当我们头一次聆听稍微复杂的乐曲时，往往什么也没听出来。然而，等我后来听过两三遍《凡德伊奏鸣曲》以后，我感到对它很熟悉。看来，第一次听懂的说法是有道理的。如果第一遍没有真正听出什么东西，那么第二、第三遍仅仅是第一遍的重复，不可能在第十遍有新的感悟。这样看来，第一遍所缺乏的也许是记忆，而决不是理解，因为我们的记忆，与我们聆听时它所面临的复杂感受相比较，是极为微小、极为短暂的，好比一个人在睡眠中想到种种事情但立即忘在脑后，又好比一位老年痴呆症患者将别人一分钟前对他说的话忘得一干二净。这些复杂丰富的感受，我们的记忆力不可能立即向我们提供回忆。回忆是在记忆力中逐步形成的。当我们听过两、三遍作品以后，我们就像中学生（他们入睡前还反复复习，觉得尚未掌握）一样，第二天早上倒背如流。只是，我以前从未听过这支奏鸣曲，因此，斯万和他妻子所熟悉的那个乐段与我清晰的感知相距遥远，仿佛

是记不起来的名字。人们尽力回忆，但找到的是一片虚空，但是，一个小时以后，当人们不再去想时，最初寻而未得的那个音节却自动跳了出来。真正的稀世之作是难以立即被人们记住的，何况，就每个作品内部来说（例如《凡德伊奏鸣曲》之于我），人们最先感知的是最次要的部分。我错误地认为，既然斯万夫人已为我弹奏了那十分著名的乐段（在这一点上我和某些傻子一样，他们既然看过威尼斯圣马可教堂的圆顶的照片，便以为再没有什么新奇了），奏鸣曲不会给我任何新启示（因此在长时间中我不注意聆听它）。不仅如此，即使我从头到尾再听一遍，奏鸣曲的整体在我眼前仍然影影绰绰，就像是一座由于距离太远或浓雾迷漫而若隐若现的建筑物。因此，认识作品如同认识在时间中实现的事物一样，这个过程是令人忧郁的。当《凡德伊奏鸣曲》中最隐蔽的东西向我显露时，我最初所注意并喜爱的东西，在我的感觉所无法左右的习惯的支配下，开始逃走，离开我。既然我只能在相继的时间中喜爱奏鸣曲所给予我的一切，它便像生活一样，我永远也无法全部掌握它。然而，伟大的杰作并不像生活那样令人失望，它最初给予我们的并不是精华。在《凡德伊奏鸣曲》中，最先被人发现的美也是最快使人厌倦的美，而原因大概是这种美与人们已知的美最接近。然而当这种美远去以后，我们爱上某个片段，对它新颖的结构迷惑不解，我们无法识辨它，无法触及它一丝一毫。我们每日从它身边走过却毫不觉察，它自我保存得十分妥帖。在它本身的美的魔力下，它变得不可见，始终不可知，一直到最后它才走向我们，而我们最后离开的也是它。我们对它的爱比对其他一切的爱都长久，因为我们花了更长的时间才爱上它。一个人理解比较深刻的作品所需要的时间（如同我理解这个奏鸣曲），与公众爱上新的传世之作所需要的多少年甚至多少世纪相比，仅仅是缩影和象征。因此，天才为了躲避世人的忽视，对自己说，既然同时代人缺乏必要的时间距离，那么为后代写的作品就只能被后代读懂（仿佛图画一样，站得太近就无法欣赏）。但是实际上预防错误判断的一切怯懦行动都徒劳无益，因为错误判断是无法避免的。一部天才作品很难立刻受到赞扬，因为它的创作者卓越非凡、与众不同。但作品本身能够孕育出作者的知音（难能可贵的），而且人数越来越多。贝多芬的四重奏（第十二、十三、十四、十五）用了五十年之久才使它的听众诞生和壮大，它像任何杰作一样，使艺术家的价值——至少使知识界——实现跃进，因为，在作品诞生之初，有能力赞赏它的人凤毛麟角，而如今在知识界中却大有人在。所谓后代，其实就是作品的后代。作品本身（为了简明起见，此处不包括这种天才：它们在同一时期不是为自己，而是为其他天才培养未来的更佳公众）必须创造自己的后代。如果作品被封存起来，只是在后代面前才显现的话，那么，对作品来说，这个后代将不是后代，而是同代人，仅仅晚生活五十年罢了。因此，如果艺术家希望作品自辟道路的话，他必须——这正是凡德伊所做的——在有足够深度的地方抛出它，朝着遥远的真正未来抛过去。这个未来的时间是一部杰作的真正远景，蹩脚的鉴赏家的错误在于忽视这未来的时间，而高明的鉴赏家有时带着一种危险的苛求来考虑它。当然，如果从使远处事物显得朦胧不清的视觉出发，人们可能认为迄今为止的一切绘画

或音乐革命毕竟都遵循某些规则，而我们眼前的一切，如印象主义、对不谐调效果的追求、中间阶次的绝对化、立体主义、未来主义，都粗暴地有别于前者，这是因为我们在看待以前的事物时，没有想到它们经过长期的同化已经在我们眼中成为虽然各不相同，但根本上一致的材料（其中雨果与莫里哀十分相近）。试想一下，如果不考虑未来的时间及它所带来的变化，那么，我们在少年时代所亲耳听到的对我们成年时期的占卜会显得多么荒诞。占卜并不都准确，而既然在一部艺术作品的美的总数中必须加进时间因素，那么，判断就必然带上某种风险，因此也像预言一样失去真正的意义，因为，预言的不能实现并不意味着预卜家智力平庸，同样，使可能性成为现实，或者将它排除在现实之外，这并非天才的必然天职。一个人可以有天才，但却不相信铁路或飞机的发展，或者说，一个人可以是大心理学家，但却不相信情妇或朋友的不忠（而最平庸的人也会估计到他们的不忠）。

虽然我没有听懂奏鸣曲，我却对斯万夫人的演奏心醉神迷。她的弹奏，正如她的晨衣、她的楼梯上的芳香、她的大衣、她的菊花一样，属于一个特殊的、神秘的整体，它比起可以对天才进行理性分析的世界来，要高出千倍。斯万对我说："《凡德伊奏鸣曲》很美吧？当树影暗下来，小提琴的琴音使凉气泻落在大地的时刻，这支曲子很悦耳。月光的静止作用表达得淋漓尽致，这是主要部分。我妻子正采用光线疗法，月光能使树叶静止不动，那么光线能作用于肌肉也没有什么奇怪的了。这一点是乐段中最精采的，即得了瘫痪症的布洛尼林园。要是在海边就更妙，海浪在喃喃回答，我们对浪声听得更真切，因为其他一切都凝定不动。在巴黎却不然，我们充其量注意到那些建筑物上奇特的光线、那片仿佛被既无颜色又无危险的大火照亮的天空，那隐隐约约的闹市生活。然而在凡德伊的这个乐段，以及整个奏鸣曲中，没有这些，只有布洛尼林园，在回音中有一个清晰的声音在说：'几乎能读报了。'"斯万的这番话原可能将我对奏鸣曲的体会引入歧途，因为音乐不能绝对排斥别人对我们的诱导，然而，我从其他的话语中得知他正是在夜间茂密的树叶下（许多傍晚，在巴黎附近的许多餐馆中）聆听这个小乐段的。因此乐句带给他的不是他曾经常常要求的深邃含意，而是它四周那整齐的、缠绕的、着上颜色的叶丛（乐句使他渴望再见到叶丛，乐句仿佛是叶丛的内在灵魂），而是为他保留的整个春天，因为他从前焦躁而忧郁，没有闲情逸致来享受春天（正如为病人保留他吃不下的美食一样）。凡德伊的奏鸣曲使他重温布洛尼林园中的某些夜晚曾对他产生的魅力，而奥黛特对这种魅力却全然无知，虽然她当时和小乐段一起与他做伴。她仅仅在他身旁（不像凡德伊的主题那样在他身上），因此，即使她的理解力增加千倍，她也根本看不见我们所有人的身上所无法表露的东西（至少在长时间中我认为这个规律无一例外）。"这毕竟很美吧？"斯万说，"声音竟可以反射，像水，像镜子。还有，凡德伊的乐句让我看见从前所未注意的东西。至于我当时的烦恼，当时的爱情，它没有丝毫暗示，它采用的是另一种价值系统。""夏尔，你这样说对我似乎不太礼貌吧？""不礼貌！你们女人可真了不起！我只是想告诉这位年轻人，音乐所显示的——至少对我而言——决不是'意志本身'和'与无限共同感应'，而

109

是，比方说，动物园的棕榈温室中身穿礼服的维尔迪兰老爹。我虽然身在客厅，但这段小乐句却一次又一次地领我到阿尔默农维尔与他一同进餐。老天爷，至少这比和康布尔梅夫人同去要有趣得多。"斯万夫人笑了起来说："人家都说夏尔使这位夫人着了迷。"她的声调使我想起在这以前不久，她谈到弗美尔（她居然知道这位画家，我十分惊讶）时曾说："我可以告诉你，先生在追求我时对这位画家很感兴趣。对吧，亲爱的夏尔？"此时，斯万内心很得意，但是说："别瞎议论康布尔梅夫人了。""我不过在重复别人的话罢了。再说，她好像很聪明，虽然我不认识她。她很 pushing（有开拓性），这对聪明女人来说是难得的。所有的人都说她迷上了你，这样说也没有什么坏处呀？"斯万像聋子那样一言不发，这是认可也是自鸣得意的表示。

"既然我弹奏的曲子使你想起动物园，"斯万夫人假装愠怒地逗笑说，"我们不妨将动物园作为待会儿出去散步的目的地，要是这小伙子喜欢的话。天气多么好，你可以重温那些珍贵的感受了。说到动物园，你知道，这个年轻人原先以为我们很喜欢布拉当夫人呢，其实我尽量避着她。人们把她当做我们的朋友，这是很不体面的。你想想，从来不说人坏话的、好心肠的戈达尔先生居然也说她令人恶心。""讨厌的女人！她只有一个优点，就是像萨沃纳罗拉，巴多洛梅奥修士①画中的萨沃纳罗拉②。"斯万喜欢在绘画中寻找与人的相似

---

① 巴多洛梅奥修士（1472—1517）：意大利画家。
② 萨沃纳罗拉（1452—1498）：意大利教士，是巴多洛梅奥修士的老师，后被开除教籍并处死。

处，这种癖好是经得起反驳的，因为我们所称做的个体的表情其实属于普遍性的东西，并且在不同时期都可能出现（当人们恋爱并且希望相信个体的独一无二的现实时，这一点他们是难以接受的）。本诺佐·戈佐里[1]将梅第奇家族画进朝拜耶稣诞生的博士的行列之中已属年代谬误，更有甚者，斯万认为在这行列中还有一大群斯万的（而并非戈佐里的）同代人的肖像，也就是说，不仅有距耶稣诞生一千五百年以后的人，还有距画家本人四个世纪以后的人。照斯万的说法，巴黎的当代名人无一不在画上的行列之中，就好比在萨杜[2]所写的一出戏中，所有的巴黎名流、名医、政治家、律师，出于对作者和女主角的友谊，也出于时髦，每晚轮流登台跑龙套，并以此为乐。"可是她和动物园有什么关系呢？""关系可密切啦！""怎么，她的屁股也像猴子一样是天蓝色？""夏尔，真不成体统！不，我刚才想到僧伽罗人对她说的话。你讲给他听吧，真是妙语惊人。""一件蠢事。你知道布拉当夫人说话时，喜欢用一种她认为有礼的、其实是保护者的口吻。"

"我们在泰晤士河畔的芳邻们管这叫 patronizing（以保护者自居）。"奥黛特插嘴说。"她不久前去动物园，那里有黑人，我妻子说是僧伽罗人，当然对人种学她比我在行。""算了，夏尔，别嘲笑我。""这哪是嘲笑呢。总而言之，布拉当夫人对一位黑人说：'你好，黑种！'""其实这没什么。""那位黑人不喜欢这个词，他生

---

① 本诺佐·戈佐里（1420—1498）：意大利画家。

② 萨杜（1831—1908）：法国剧作家。

气地对布拉当夫人说：'我是黑种，你是骚种！'" "可真逗！我爱听这段小插曲，挺'妙'吧？布拉当那个老婆子当时就愣住了。'我是黑种，你是骚种！'"

我表示很愿意去看看那些僧伽罗人（其中一人曾称呼布拉当夫人为骚种），其实我对他们毫无兴趣。但是我想，洋槐道是去动物园的必经之路，我曾在那里欣赏过斯万夫人，我盼望那位黑白混血的朋友戈克兰[①]（我从来没有机会在他面前向斯万夫人打招呼）看见我和斯万夫人并排坐在马车里在洋槐道上驶过。

希尔贝特走出客厅去换衣服，斯万先生和夫人趁她不在的片刻高兴地向我揭示女儿身上难能可贵的品德。我所观察到的一切似乎都证明他们言之有理。正如她母亲所说的，我注意到她对朋友、仆人、穷人一概给予细致入微的、深思熟虑的关心，努力使他们高兴，唯恐使他们不快，而这往往通过小事（她却付出极大努力）表现出来。她曾经为香榭丽舍大街的那位女小贩缝了件什么东西，而且立刻冒着大雪给她送去。"你不知道她的心地有多好，但毫不外露。"她父亲说。希尔贝特年龄虽小，看上去却比父亲更懂事。每当斯万谈到他妻子的显赫朋友时，希尔贝特便转过头去一言不发，但神情中并无责怪之意，因为她觉得对父亲进行最轻微的批评也是不能容忍的。有一天，我们谈起凡德伊小姐，她对我说："我永远也不想认识她，原因之一在于据说她对父亲不好，让他伤心。这一点，你我都无法理解，对吧？你爸

---

① 戈克兰（1841—1909）：曾是法兰西喜剧院的著名演员。

爸要是死了，你会痛不欲生，我爸爸要是死了，我也会痛不欲生，这是很自然的。怎么能够忘记你从一开始就爱着的人呢？"

有一次她在斯万面前特别撒娇。斯万走开以后我和她谈起这一点。"是的，可怜的爸爸，这几天是他父亲去世的忌日。你能理解他的心情吧！你是能理解的，在这些事情上，我们的感觉是一样的。所以，我尽量比平时少淘气。""可他并不觉得你淘气，他觉得你很完美。""可怜的爸爸，这是因为他太好了。"

希尔贝特的父母不仅对我夸奖她的品德——这同一个希尔贝特，甚至在我真正看见她以前，曾在教堂前，在法兰西岛的景色中显现过；后来我在去梅塞格里斯的陡坡小路上，看见她站在玫瑰荆棘篱笆前，她唤醒的不再是我的梦想，而是我的回忆。我问斯万夫人，在希尔贝特的同伴中，她最喜欢的是谁。我尽力使语气冷淡，仿佛一位朋友仅仅对主人家孩子的爱好感到好奇而已。斯万夫人回答说："您对她的心思应该了解得比我多，您是她最喜爱的，英国人叫做crack（佼佼者）。"

当现实折过来严丝合缝地贴在我们长期的梦想上时，它盖住了梦想，与它混为一体，如同两个同样的图形重叠起来合而为一一样。其实，我们愿意让自己的欢乐保持其全部意义，我们愿意就在触摸这些愿望的同时——为了确信这的确是它们——让它们依旧保持不可触及的特征。但是，思想失去了活动空间，它甚至无力恢复最初状态以便与新状态作比较。我们所完成了的认识，我们对出乎意料的最初时刻的回忆，我们所听见的话语，它们一齐堵住了我们的意识，使我们更

113

多地使用记忆力而不是想象力。它们反作用于我们的过去——以致我们在看待过去时不能不受它们影响——它们甚至作用于我们尚未定形的未来。好几年以来，我一直认为拜访斯万夫人是我永远可望而不可即的朦胧的空想，然而在她家待上一刻钟以后，从前那段未相识的时期便变得朦胧而渺茫，仿佛是被实现了的可能性所摧毁的另一种可能性。我如何还能幻想饭厅是一个不可思议的地方呢？我在精神上每走一步都遇见我刚才吃下的美式龙虾所不断发射的、永不消失的光线，它甚至能照射到我最遥远的过去。斯万在自己身上一定看到同样的现象，可以说，他接待我的这套住宅是一个汇合点、重叠点，其中不仅有我的想象力所创造的理想住宅，还有斯万的嫉妒爱情（它和我的梦想一样富有想象力）经常向他描绘的住宅——他曾幻想与奥黛特所共有的、他和福尔什维尔去她那里喝橘子汁那天晚上他感到高不可攀的住宅。我们用餐的这间饭厅的布局已经容纳了那出人意外的天堂，那时他曾想象有一天当他对他们俩的膳食总管说"夫人准备好了吗？"时，他一定激动万分，而现在，他的语气却流露出轻微的不耐烦，并夹杂着自尊心的某种满足。我和斯万一样也无法体验我的幸福，连希尔贝特也颇有感触："当初谁会想到，你默默注视着玩捉人游戏的小姑娘会成为你随时可来看望的好朋友呢？"她谈到的这种变化，从外部来看我当然不得不承认，但我内心并不掌握它，因为它是两种状态组成的，而我无法同时想到它们又让它们各自保持特点。

然而，这个住宅既然是斯万的意志所强烈渴望的，肯定对他仍然具有吸引力，如果从我的角度来判断的话（因为它对我并未失去一切奥秘）。长久以来，在我的臆想中，斯万家被笼罩在一种奇特魔力之中，如今我走了进去，但并未将魔力全部逐出。我使魔力退缩，使已被我这个陌生人，我这个贱民——斯万小姐正优雅地递过一把美妙的、敌视的、愤慨的椅子请我坐下——所控制。至今，在我的记忆中，我还能感到当时在我周围的魔力。莫非是因为在斯万先生和夫人请我吃饭然后带我和希尔贝特一同外出的那些日子里，当我独自一人等候在那里时，铭刻在我脑中的念头（即斯万夫人、她丈夫和希尔贝特即将出现）通过我的目光刻印在地毯、安乐椅、蜗形脚桌、屏风和图画上了？莫非是自此以后，这些物品和斯万家庭一同生活在我的记忆中，并且最终具有他们的某些特点？莫非是因为既然我知道他们生活在这些物品中间，我便将物品一律看做是他们的私人生活和习惯的象征（我曾长期被排除在他们的习惯之外，因此，即使我受到优待而分享这些习惯时，它们对我来说仍旧是陌生的）？总之，每当我想到这间曾被斯万认为十分不协调（他的批评并不意味着对妻子的鉴赏力进行挑剔）的客厅时——因为它仍保留他俩初识时她的住宅的整体风格，即半温室半画室的风格，但其中许多如今被她认为是"不伦不类"的，"过时"的中国货却已去掉，取而代之的是一大堆蒙着路易十六或古式绸罩的小家具（还包括斯万从奥尔良码头的府邸带来的艺术珍品）——它在我的记忆中却毫不杂乱，而是和谐统一，发出特殊的魅力，而这种效果是年代久远的最完好的家具，或者带上某人烙印的最有生气的家具永远望尘莫及的。我们看见某些物品，相信它们有独立的生命，因此我们便赋予它们灵魂，它们保留这个灵魂，并在我们身上发展它。我

认为，斯万一家在这套住宅中所度过的时间不同于其他人的时间，这套住宅之与斯万一家每日生活中的时间犹如肉体之与灵魂，它应该体现灵魂的特殊性，而我这种种想法都分散于、混杂于家具的位置、地毯的厚薄、窗子的方向、仆人的服饰等之中——不论在何处，这些想法都同样令我惶惑及难以捉摸。饭后我们来到客厅的大窗①，在阳光下喝咖啡，这时斯万夫人问我咖啡里要几块糖，并推给我一个带丝套的小凳，它散发出希尔贝特的名字曾施加于我的——先是在玫瑰荆棘下，后是在月桂花丛旁——痛苦的魔力，以及她父母一度表示的敌意（小凳似乎理解并有同感），所以我觉得配不上它，又觉得将脚放在那毫无防卫的软垫上未免是懦弱的行为。独立的灵魂使小凳在暗中与下午两点钟的光线相连。这里的光线与别处的光线是不同的。在我们这个海湾中，它使金色波浪在我们脚前嬉戏，在波浪之中露出发蓝的长椅和朦胧的挂毯，犹如魔岛一般。就连挂在壁炉上方的鲁本斯的画也与斯万先生的系带高帮皮鞋及斗篷大衣一样，具有同一类型的并且同样强烈的魔力。我曾经想穿他那样的斗篷大衣，奥黛特却叫丈夫去换一件更讲究的大衣，好和我一同上街。她也去换衣服，虽然我再三说哪件"外出"服也远远比不上她吃饭时穿的，而且即将换下的那件十分漂亮的双绉便袍或丝便袍，它的颜色不断变化，深玫瑰色、樱桃色、蒂波洛②粉红色、白色、淡紫色、绿色、红色、净面或带花纹的黄色。我说她应该穿着便袍出门，她笑了，也许嘲笑我无知，也许

① 法文 baie，可作大窗或海湾解。
② 蒂波洛（1696—1770）：意大利画家，以色彩明快见长。

对我的恭维感到高兴。她抱歉地说便袍穿起来最舒服，所以她有那么多便袍，接着她便离开我们去换上一套令人肃然起敬的、雍容华贵的服装，有时还让我为她挑选我喜欢的一件。

到了动物园，我们下车，我走在斯万夫人旁边，扬扬得意！她漫步走着，悠然自得，大衣在空中飘动，我用赞赏的目光注视她，她卖弄风情地深深一笑，作为对我的回报。如果有希尔贝特的朋友——男孩或女孩——远远向我们打招呼，那么，在他们眼中，我成了当初被我羡慕已极的希尔贝特的朋友——他认识她的家庭并参与她生活中的另一部分，即香榭丽舍大街以外的那一部分。

在布洛尼林园或动物园的小径上，我们往往和斯万的朋友、某位贵妇相遇，她远远地向我们打招呼，斯万却没有看见，这时斯万夫人便说："夏尔，你没看见蒙莫朗西夫人吗？"于是斯万带着熟朋友的友好微笑，用他所特有的文雅风度，举帽向她深深致意。有时，那位贵妇停下来，高兴地向斯万夫人打招呼，这个举动不会导致任何后果，因为人们知道斯万夫人在丈夫的影响下已经习惯于谨慎从事，不会对这一礼节大加吹嘘的。斯万夫人已学会上流社会的派头，因此，不论那位贵妇如何雍容高贵，斯万夫人绝不甘拜下风。她在丈夫遇见的女友旁站立片刻，从容自如地将希尔贝特和我介绍给她，殷勤之中既大方又镇静，以致很难说在斯万的妻子和那位过路的贵族女人之间，究竟谁是贵妇。那天我们去看僧伽罗人，回家时迎面看见一位女士，她后面有两位太太相随，仿佛是跟班。这位女士年纪不小，但风韵犹存，身穿深色大衣，头戴小帽，两根帽带系在额下。"啊！这一位会

使您感兴趣。"斯万对我说。老妇人离我们只三步远,温柔动人地对我们微笑。斯万摘下帽子,斯万夫人行屈膝礼,并且想亲吻那位酷似温特哈特①肖像人物的女士的手,女士扶起她,并亲吻她。"瞧您,请戴上帽子吧。"她用稍稍不快的浊重声音对斯万说,仿佛是位亲密的朋友。"来,我把您介绍给公主殿下。"斯万夫人对我说。斯万夫人和殿下谈论天气和动物园新添的动物,这时斯万把我拉到一旁说:"这是马蒂尔德公主。您知道,她是福楼拜、圣伯夫、仲马的朋友。您想想,她是拿破仑一世的侄女,拿破仑第三和俄国皇帝曾经向她求婚。挺有意思吧?您去和她说说话。不过我可不愿意陪她站一个钟头。"接着他又对公主说:"那天我遇见泰纳,他说公主和他闹翻了。""他的行为像头猪,"她用粗嗓门儿说(在她口中,"猪"这个字与贞德同时代的主教②),"自从他写了那篇关于皇帝的文章,我给他留下一张名片,写着'特来告辞。'"我像翻开巴拉蒂娜公主即后来的奥尔良公爵夫人的通讯集一样感到惊异。的确,马蒂尔德公主充满了纯粹法国式的感情,她那直率而生硬的方式使人想起旧日的德意志,而这种直率大概来自她那位符腾堡的母亲。然而,只要她像意大利人那样娇弱地一笑,她那稍嫌粗野的、几乎是男性的直率便变得柔软了,而这一切都裹在她那身第二帝国式的装束里。她之所以采用这身装束大概仅仅为了保持她曾经喜爱的款式,但她也似乎有意避免历史色彩的差错,有意使期待她重现旧时代的人得到满足。我低声让斯万问她

---

① 温特哈特(1805—1873):德国画家,擅长画贵族人物肖像。
② 即皮埃尔·戈雄。戈雄与 Cochon(猪)仅一音之差。

是否认识缪塞。"很少交往，先生，"她佯作恼怒地说，她称斯万为先生确实是在开玩笑，因为她和他很熟，"我曾请他吃饭。说好七点钟，可七点半他还没有来，于是我们就开饭了。八点钟他才来，向我问好，坐下来，一言不发，吃完饭就走了，自始至终没有说话。他醉得半死。我大失所望，从此再没有请他。"斯万和我站得离她们稍远一点，斯万对我说："但愿这场接见别拖得太长了，我的脚掌发疼。真不明白我妻子为什么无话找话，等一会儿她会抱怨说累死了，我可忍受不了这种站立。"斯万夫人正将从邦当夫人那里听来的消息告诉公主，说政府终于意识到自己的态度未免失礼，因此决定在沙皇尼古拉后天参观荣军院之际，邀请公主上观礼台。然而，公主——每当她必须行动时——毕竟是拿破仑的侄女，虽然表面上看不出来，虽然和她交往的主要是艺术家和文学家，她说："是的，夫人，我今早收到请帖并立即退还给部长，他此刻应该收到了。我对他说，我去荣军院根本不需要被邀请。如果政府希望我去，那么，我的位置不在站台上，而在存放皇帝棺椁的墓穴里。我不需要请帖，我有钥匙，我想去就去。政府只需告诉我希望不希望我去。不过，如果我去，一定要去墓穴，否则就不去。"正在这时，一位年轻人向斯万夫人和我打招呼，并向她问好，但没有站住。这是布洛克，我不知道斯万夫人也认识他，我向她打听，于是她告诉我她是经邦当夫人介绍认识他的，他在部里秘书处任职（我原先不知道）。她并不经常见到他——或者她认为"布洛克"这个名字不够"帅"，所以不提——她说他叫莫勒尔先生。我告诉她弄错了，他叫布洛克。公主扯了扯垂曳在身后的拖裙。斯万夫人

赞赏地看着它。"这是俄国沙皇送给我的皮货,"公主说,"我刚去拜访他,所以穿去让他看看这也可以做成大衣。""听说路易亲王参加了俄国军队,他不在公主身边,公主会感到忧愁的。"斯万夫人说,对丈夫不耐烦的表情毫不觉察。"这对他有好处。我对他说过,'虽然家族中有过一位军人,你也可以照样当军人'。"公主的回答唐突而直率地影射拿破仑一世。斯万忍无可忍,说道:"夫人,现在由我扮演殿下吧!请您允许我们告辞。我妻子刚生过病,我不愿意让她站立太久。"斯万夫人行屈膝礼。公主对我们大家露出一个神圣的微笑——它仿佛被她从往昔、从青春时代的风韵和贡比涅宫堡的晚会中召唤而出,而且完美无缺地、甜蜜地盖在那张片刻前还忿忿不快的面孔上——然后走开去,身后跟着那两位女伴;她们刚才仿佛是译员、保姆或病人看护,在我们谈话时插进一些毫无意义的句子和徒劳无益的解释。"这个星期里,您挑一天去她府上写个名字",斯万夫人对我说,"对这些英国人所称做的皇族,还不能使用名片,不过,您留下名字的话,她会邀请您的。"

冬末春初,我们在散步之前,有时去参观正在举办的小展览会。斯万,作为杰出的收藏家,备受展览会上画商们的敬重。在那些寒气未消的日子里,展览厅唤醒了我想去南方和威尼斯的古老愿望,因为在大厅中,早到的春天和炎热的阳光使玫瑰色的阿尔比伊山闪着淡紫色的光亮,使大运河发出晶莹透明的深绿色。如果天气不好,我们就去音乐厅或剧场,然后去一家"茶室"吃点心。每当斯万夫人想告诉我什么事而又不愿意邻座或服侍我们的侍者听懂的时候,她便对我说英语，仿佛只有我们两人懂英语，其实人人都会英语，只有我还没有学会，我不得不提醒斯万夫人，让她别再议论喝茶的人或端茶的人，虽然我一个字也听不懂，但我猜到它绝非赞扬，而这番议论一字不漏地传进被议论者的耳朵。

有一次，在看日场演出的问题上，希尔贝特的态度使我吃惊。那天正是她曾提过的她祖父的忌日。她和我原来准备和她的家庭教师一道去听歌剧片段音乐会。她摆出无所谓的神态（不管我们要做什么，她总是表情冷淡，她说只要我高兴，只要她父母高兴，她做什么都无所谓），但是已经换好衣服准备去听音乐会。午饭前，她母亲将我们拉到一边，对她说这个日子去听音乐会会使父亲不高兴的。我觉得这话有理，希尔贝特无动于衷，但无法掩饰自己的愤怒，她脸色发白，一言不发。丈夫回来时，斯万夫人将他叫到客厅另一头低声耳语。于是他叫希尔贝特和他单独到隔壁房间去。我们听见哇啦哇啦的声音。我不敢相信一向顺从、温柔、文静的希尔贝特竟然在这样一个日子，为了这样一件小事而和父亲顶撞。最后斯万走了出来，对她说："我刚才说的你知道了，你自己看着办吧！"

饭桌上，希尔贝特始终板着脸。饭后我们去她房间，突然，她毫不犹豫（仿佛一分钟也没有犹豫过）地惊呼道："都两点钟了！你知道，音乐会两点半开始。"她催家庭教师赶紧动身。

"可是，"我对她说，"你父亲会不高兴吧？"

"绝对不会的。"

"不过，他恐怕认为这个日子不大合适吧？"

"别人怎么想和我有什么相干？在感情问题上管别人的闲事，真荒唐。我们是为自己感受，不是为公众感受的。小姐很少有娱乐的机会，这次兴高采烈地去听音乐会，我不能仅仅为了使公众高兴而让她扫兴。"

她拿起帽子。

"可是，希尔贝特，"我抓住她的胳膊说，"这不是为了使公众高兴，是为了使你父亲高兴。"

"希望你别来教训我。"她一面用力挣脱我，一面厉声喊道。

斯万夫妇除了带我去动物园或音乐厅以外，对我另有更为宝贵的厚待，即不将我排除在他们与贝戈特的友情之外，而当初正是这种友情使他们在我眼中具有魔力。我甚至在结识希尔贝特以前就认为，她与这位神圣长者的亲密关系会使她成为我最钟爱的女友，如果她对我的蔑视不致使我的希望（希望她有朝一日带我和贝戈特一同参观他所喜爱的城市）破灭的话。

有一天，斯万夫人请我参加一个盛大宴会，我不知道同桌的客人是谁。我到达时，在门厅里遇到的一件事使我胆怯和惶惑。

斯万夫人总是采用本季节中被认为最时髦的，但很快就因过时而被摒弃的礼节，例如，多年以前她曾有过 hansom cab（双轮双座马车），或者曾在吃饭请帖上印着这是与某某大小名人的会见。这些礼仪毫不神秘，不需传授便能入门。奥黛特采用了当时从英国进口的小小发明，让丈夫叫人印了一些名片，在夏尔·斯万的名字前冠以 Mr（先生）。我首次拜访斯万夫人以后，她曾来我家留下这样一张"纸片"（用她的话说）在这以前从来没有人给我留过名片，因此我无比得意、无比激动、无比感激，兴奋之余，我倾囊中所有订了一个十分漂亮的茶花花篮送给斯万夫人。我恳求父亲去她家留张名片，并且首先赶紧在名字前印上"Mr"，但他对这两项请求置若罔闻，我大为失望，不过几天以后我思索也许他这样做是对的。"Mr"尽管只是摆设，但含义一目了然，而吃饭那一天我见到的另一个礼仪却令人费解。我正要从候见室走进客厅时，膳食总管递给我一个写着我名字的细长信封。我在惊奇之中向他道谢，看看信封，不知该如何处置，就好比外国人面对中国宴席上分发的那些小工具一样不知如何是好。信封口是封着的，立刻拆开未免显得冒失，于是我带着心领神会的表情将它塞进衣袋。几天以前，斯万夫人写信邀我去她家和"几位熟人"一同吃饭，那天客人竟达十六位之多，而且我根本不知道其中还有贝戈特。斯万夫人先后向好几位客人为我"道名"（这是她的说法），突然，在我的名字以后，她不动声色地说出（仿佛我们仅仅是萍水相逢的客人）那位温柔的白发歌手的名字。"贝戈特"像射向我的枪弹，使我震惊，但是，为了表示沉着，我本能地向他鞠躬。在我面前答礼的是个相貌年轻的人，个子不高，身体粗壮、近视眼、长着一个蜗牛壳似的往上翘的红鼻子、黑色的山羊胡。他站在我面前，仿佛是位魔术师：他穿着礼服在枪击的硝烟中安然无恙，而从枪口飞出的竟是一只鸽子。我颓丧已极，因为刚才被炸为齑粉的不仅仅是那位瘦弱的老者（他已荡然无存），还有那些巨著中的美，我曾使它栖息在我特别为它营造（如殿堂一样）的衰弱而神圣的躯体之中，而我面前这位翘

鼻子和黑胡须的矮男人，他那粗壮的身体（充满了血管、骨骼、神经结）上哪会有美的栖息之处呢？我曾用贝戈特作品中的透明美来塑造贝戈特，缓慢地、细细地、像钟乳石一样一滴一滴地塑造他，可是顷刻之间，这个贝戈特毫无意义，因为我必须保留他那个翘鼻子和黑胡子，这就好比我们在做算术题时不看清全部数据，不考虑总数应该是什么而求题解一样，毫无意义。鼻子和胡子是无法避免的因素，它们使我十分为难，使我不得不重新塑造贝戈特这个人物，它们似乎意味着、产生着、不断分泌着某种入世和自满的精神，而这是不协调的，因为它与他那些为我所熟悉的、充满了平和而神圣的智慧的作品中气质毫无共同之处。从作品出发，我永远也到达不了那个翘鼻子。而从这个似乎毫不在意的、我行我素的、随兴所致的鼻子出发，我走上与贝戈特的作品完全相反的方向，我的精神状态仿佛像一位匆匆忙忙的工程师——当人们向他打招呼时，他不等别人问好，便理所当然地回答："谢谢，您呢？"如果别人说很高兴与他认识，他便采用他认为行之有效的、聪明的、时髦的省略句"彼此彼此"，以避免在毫无意义的寒暄上浪费宝贵时间。名字显然是位随兴所致的画家，它为人物地点所作的速写异想天开，因此当我们面对的不是想象的世界，而是可见世界时（它并非真实世界，因为我们的感官和想象力一样，不擅长于重现真实；看见的世界和想象的世界大不相同，我们对现实的略图也和看见的大相径庭），我们往往大吃一惊。就贝戈特而言，使我更窘迫的不是我对他的名字的先入之见，而是我对他的作品的了解。我不得不将蓄山羊胡子的男人系在这些作品上，仿佛系在气球上，忧心怦怦地唯恐气球无法升空。然而，我热爱的那些书，看来确实是他的作品，因为当斯万夫人按规矩对他说我钦佩他的某部作品时，他对这番为他而发的、而非为其他客人而发的赞词处之泰然，似乎毫不认为这是误会。他为这些宾客而身着礼服，礼服下是那个贪馋地等待进餐的身体，他的注意力集中于某些更为重要的现实，因此当我们提到他的作品时，他微微一笑，仿佛它们不过是他旧日生活的片段，仿佛我们提到的不过是他当年在化装舞会上扮作吉斯公爵这件区区小事。在这个微笑中，他的作品的价值在我眼前一落千丈（并且波及美、宇宙、生命的全部价值），而成为蓄山羊胡子的男人的拙劣消遣而已。我想他曾辛勤笔耕，其实，如果他生活在盛产珠母的小岛，那么，他不会笔耕，而会经营珍珠买卖。他的创作不再像以前一样是命中注定的。于是我怀疑独特性是否真能证明伟大作家是其特有王国中的神，抑或这一切纯属虚构，实际上作品之间的差异来自劳动，而非来自不同个性之间的本质区别。

此时我们入席就坐。我的盘子旁边放着一株用银纸裹着茎部的石竹花。它不像刚才在候见厅拿到的那个信封（而且我早已忘在脑后）使我如此困惑。这个礼仪虽说对我很新颖，但似乎不难理解，因为我看见所有的客人从餐具旁拿起同样的石竹花，插进礼服的扣眼中。我也如法炮制，神情自然，仿佛一位无神论者来到教堂，他不知弥撒是怎么回事，但是众人站起来他便跟着站起来，众人下跪他也跟着下跪。另一个陌生的，但转瞬即逝的礼仪令我很不愉快。在我的餐盘的另一边，有一个更小的盘子，里面装着黑糊糊的东西（我当时不知这

是鱼子酱），我不知道应该拿它怎么办，但我决心不碰它。贝戈特坐得离我不远，他的话语我听得十分清楚，我忽然理解德·诺布瓦先生为什么对他有那个印象。他的确有一个古怪的器官。最能改变声音的物质品质的，莫过于其中所包含的思想了。思想影响二合元音的强度、唇音的力度，以及声调。他的说话方式似乎和写作方式完全不同，就连他说的内容与写的内容也完全不同。他的声音来自一个面具，但它却不能使我们立刻认出面具后面那张我们在他的文笔中所亲眼见到的面孔。很久以后，我才发现他谈话中的某些片段（他所习惯的讲话方式只有在德·诺布瓦先生眼中才显得矫揉造作、令人不快）与他作品的某些部分完全对应，而作品中的形式变得如此富有诗意、富有音乐性。他认为自己的话语具有一种与词意无关的造型美。既然人的语言与心灵相通但又不像文体一样表达心灵，贝戈特的话语似乎是颠三倒四的，他拖长某些字，而且，如果他追求的是单独一个形象，他便将字串联在一起，形成一个单调得令人厌倦的连读音。因此，一种自命不凡的、夸张而单调的讲话方式正是他谈吐的美学品质的标志，正是他在作品中创造一系列和谐形象的能力在话语中的体现形式。我之所以煞费力气才意识到这一点，是因为他当时说的话，正由于它来自贝戈特本人，所以看上去不像是贝戈特的话。这些丰富而精确的思想，是许多专栏作家引为自诩的"贝戈特风格"中所缺乏的。这种不相似可能根源于事实的另一个侧面——在谈话中只能隐约看见它，好比隔着墨镜看画，即当你读一页贝戈特的作品时，你感到那是任何平庸的模仿者在任何时候都写不出来的，虽然他们在报纸书刊中用"贝戈特式"的形象和思想来大大美化自己的文字。文体上的这种区别在于"贝戈特风格"首先是挖掘，这位伟大作家运用天才，将隐藏在每件事物之中的宝贵而真实的因素挖掘出来，挖掘——而非"贝戈特风格"——才是这位温柔歌手的创作目的。事实，既然他是贝戈特，那么，不论他愿意与否，他都在实践这种风格。从这个意义上说，他作品中每一点新的美正是他从事物中所挖掘出来的每一点贝戈特。然而，如果说每一点美都与其他的美相关且易于识别的话，它仍然是具有特殊性，对它的挖掘也具有特殊性。美既然是新的，便有别于人们所谓的贝戈特风格，这种风格其实不过是贝戈特已经发现并撰写的各个贝戈特的泛泛综合罢了，它绝不可能帮助平庸者去预料在别处会发现什么。对一切伟大作家来说都是这样，他们的文字的美，如同尚未结识的女人的美一样，是无法预料的。这种美的创造，它附在他们所想到的——想到的不是自己——但尚未表达的某件外界事物之上。当今的回忆录作家，如果想模仿圣西门[1]而又不愿太露痕迹，可以像维拉尔画像中头一段那样写："这是一位身材高大的棕发男子……面貌生动、开朗、富有表情"，但是谁能担保他找到第二段开头的那句话"而且确实有点疯狂"呢？真正的多样性寓于丰富的、真实的、意想不到的因素之中，寓于那些已经缀满春天花朵的篱笆上出人意外地探出身来的蓝色的花枝之中，而对多样性（可以推广至其他所有的文体特点）的纯粹的形式模仿不过是空虚和呆板——与多样化最不相容的

---

① 圣西门（1675—1755）：法国作家；维拉尔是他回忆录中的一位权贵，法国元帅。

特点——罢了。只有那些对大师作品的多样性毫不理解的人，才会对模仿者产生多样性的幻觉或回忆。

贝戈特的话语，如果不是与他那正在发挥作用的、正在运转的思想紧密相连（这种紧密联系不可能立即被耳朵捕捉），那么它也许会令人倾倒。反言之，正因为贝戈特将思想精确地应用于他所喜爱的现实，因此他的语言才具有某种实在的、营养过了丰富的东西，从而使那些只期望他谈论"形式的永恒洪流"和"美的神秘战栗"的人大失所望。他作品中那些永远珍贵而新颖的品质，在谈话中转化为一种十分微妙的观察事物的方式。他忽略一切已知的侧面，仿佛从细枝末节着眼，陷于谬误之中，自相矛盾，因此他的思想看上去极其混乱，其实，我们所说的清晰思想只是其混乱程度与我们相同的思想罢了。此外，新颖有一个先决条件，即排除我们所习惯的、并且视作现实化身的陈词滥调，因此，任何新颖的谈话，如同一切具有独创性的绘画音乐一样，最初出现时总是过于雕琢，令人厌烦。新颖的谈话建立在我们所不习惯的修辞手段之上，说话者似乎只是采用隐喻这一手段，听者不免感到厌倦，感到缺乏真实性（其实，从前古老的语言形式也曾是难以理解的形象，如果听者尚未认识它们所描绘的世界的话。不过，长期以来，人们把这个世界当做真实的，因而信赖它）。因此，当贝戈特说戈达尔是一个寻找平衡的浮沉子时（这个比喻今天看来很简单），当他说布里肖"在发式上费的苦心超过斯万夫人，因为他有双重考虑：形象和声誉。他的发式必须使他既像狮子又像哲学家"时，听者很快就厌烦，他们希望能抓住所谓更具体的东西，其实就是更通常的东西。我眼前这个面具所发出的难以辨认的话语，的确应该属于我所敬佩的作家，当然它不可能像拼图游戏中的七巧板一样塞到书中，它具有另一种性质，要求转换。由于这种转换，有一天当我自言自语地重复我所听见的贝戈特的词句时，我突然发现它具有和他的文体相同的结构，在这个我原以为截然不同的口头语言中，我认出并确切看到他文体中的各个因素。

从次要的角度看，他说话时常用某些字、某些形容词，而且每每予以强调。他发这些音时，采取一种特殊的、过于精细和强烈的方式（突出所有的音节，拖长最后音节，例如总是用 visage 来代替 figure[①]，并且在 visage 中加上许多的"v，s，g"，它们仿佛从他此刻张开的手中爆炸出来），这种发音方式与他在文字中赋予这些他所喜爱的字眼的突出地位十分吻合。在这些字眼前面是空白，字眼按句子的总韵脚作一定的排列，因此，人们必须充分发挥它们的"长度"，否则会使节拍错乱。然而，在贝戈特的语言中找不到在他或其他某些作家作品中的那种往往使字眼改变外形的光线，这大概是因为他的语言来自最深层，它的光线照射不到我们的话语：因为当我们在谈话中向别人敞开心扉时，在某种意义上，我们却向自己关闭了内心世界。从这一点来看，他的作品比话语具有更多的音调变化，更多的语气。这语气独立于文体美之外，与作者最深沉的个性密不可分，因此他本人可能并不察觉。当贝戈特在作品中畅叙心怀时，正是这个语

①　在法语中，这两个字都为"面孔"。

调使他所写的、当时往往无足轻重的字眼获得了节奏。这些语调在作品中并未标明，也没有任何记号，然而，它们却自动地附在词句之上（词句只能以这种方式来诵读），它们是作者身上最短暂而又最深刻的东西，而且它们将成为作者本质的见证，以说明作者的温柔（尽管他往往出言不逊）和温情（尽管好色）。

　　贝戈特谈话中所显示的某些处于微弱状态的特点并非他所独有。我后来结识了他的兄弟姐妹，发现这些特点在他们身上更为突出。在快活的句子里，最后几个字总是包含某种突然的、沙哑的声音，而忧愁的句子总是以衰弱的、奄奄一息的声音作为结尾。斯万在这位大师年轻时便认识他，因此告诉我他当时常听见贝戈特和兄弟姐妹们发出这种可以说是家传的声调，时而是强烈欢乐的呼喊，时而是缓慢忧郁的低语，而且当他们一同在大厅玩耍时，在那时而震耳欲聋时而有气无力的合唱中，贝戈特的那一部分唱得最好。人们脱口而出的声音，不论多么独特，也是短暂的，与人同时消失，但贝戈特的家传发音则不然。如果说，即使就《工匠歌手》[①]而言，艺术家靠聆听鸟鸣来创作音乐就难以令人理解的话，那么，贝戈特也同样令人惊奇，因为他将自己拖长发音的方式转换并固定在文字之中，或是作为重复的欢叫声，或是作为缓慢而忧愁的叹息。在他的著作中，句尾的铿锵之声一再重复、延续，像歌剧序曲中的最后音符一样欲罢不能，只好一再重复，直到乐队指挥放下指挥棒。后来我发觉，这种句尾与贝

---

　　① 即瓦格纳的《纽伦堡的工匠歌手》。

戈特家族铜管乐般的发音相吻合。不过对贝戈特来说，自从他将铜管乐声转换到作品之中，他便不知不觉地不再在谈话中使用。从他开始写作的那一天起——更不用说我结识他的时候——他的声音中永远失去了铜管乐。

这些年轻的贝戈特——未来的作家及其兄弟姐妹并不比其他更为文雅、更富才智的青年优秀。在后者眼中，贝戈特这家人嘈杂喧闹，甚至有点庸俗，他们那令人不快的玩笑标志着他们的"派头"——既自命不凡又愚蠢可笑的派头。然而，天才，甚至最大的天才，主要不是来自比他人优越的智力因素和交际修养，而是来自对它们进行改造和转换的能力。如果用电灯泡来给液体加热，我们并不需要最强的灯泡，而是需要一个不再照明的、电能可以转换的、具有热度而非光度的灯泡。为了在空中漫游，我们需要的不是最强的发动机，而是能将平面速度转化为上升力的、另一种发动机（它不再在地面上跑，而是以垂直线取代原先的水平线）。与此相仿，天才作品的创作者并不是谈吐惊人、博学多才、生活在最高雅的气氛之中的人，而是那些突然间不再为自己而生存，而是将自己的个性变成一面镜子的人：镜子反映出他们的生活，尽管从社交角度，甚至在某种意义上从思想角度来看，这生活平庸无奇，但天才寓于所射力中，而并非寓于被反射物的本质之中。年轻的贝戈特能够向他的读者阶层展示他童年时生活过的、趣味平庸的沙龙，以及他和兄弟们的枯燥无味的谈话。此刻，他比他家的朋友上升得更高，虽然这些人更机智也更文雅。他们可以坐上漂亮的罗尔斯—罗伊斯牌汽车回家，一面对贝戈特家的庸俗趣味嗤

之以鼻，而他呢，他那简单的发动机终于"起飞"，他从上空俯视他们。

他的言谈的其他特点是他与同时代的某些作家（而不是与他的家庭成员）所共有。某些比他年轻的作家开始否认他，声称与他没有任何思想共性，而他们在无意之中却显示了这种共性，因为他们使用了他一再重复的副词和介词，他们采用了与他一样的句子结构，与他一样的减弱和放慢的口吻（这是对上一代人口若悬河的语言的反作用）。这些年轻人也许不认识贝戈特（我们将看到其中几位的确不认识），但他的想法已经被灌注到他们身上，并在那里促使句法和语调起变化，而这些变化与思想独特性具有必然联系。这种关系在下文中还需作进一步解释。如果说贝戈特在文体上并未师承任何人的话，他在谈吐上却师承了一位老同学，此人是出色的健谈家，对贝戈特颇有影响，因此贝戈特说起话来不知不觉地模仿他，但此人的才华不如贝戈特，从未写出真正优秀的作品。如果以谈吐不凡为标准，那么贝戈特只能归于弟子门生、转手作家一流，然而，在朋友谈吐的影响下，他却是具有独特性和创造性的作家。贝戈特一直想与喜好抽象概念和陈词滥调的上一代人有所区别，所以当他赞赏一本书时，他强调和引用的往往是某个有形象的场面，某个并无理性含义的图景。"啊！好！""妙！一位戴橘红色披巾的小姑娘，啊！好！"或者"啊！对，有一段关于军团穿过城市的描写，啊！对，很好！"从文体来看，他与时代不完全合拍（而且他完全属于他的国家，因为他讨厌托尔斯泰、乔治·艾略特、易卜生和陀思妥耶夫斯基）。他在夸奖某某文体时，常用"温和"一词。"是的，我喜欢夏多布里昂的《阿达拉》胜过《朗塞传》，我觉得前者更温和。"他说这话时很像一位医生：病人抱怨说牛奶使他的胃不舒服，医生回答说："牛奶可是温和的。"贝戈特的文笔中确实有某种和谐，它很像古人在演说家身上所赞赏的和谐，而这种性质的褒词在今天难以理解，因为我们习惯于现代语言，而现代语言追求的不是这种效果。

当人们赞美他的某些篇章时，他露出羞怯的微笑说："我觉得它比较真实、比较准确，大概有点用处吧。"但这仅仅是谦虚，正好比一位女人听到别人赞赏她的衣服或她的女儿时说："它很舒服。"或"她脾气好。"然而，建筑师的本能在贝戈特身上根深蒂固，因此他不可能不知道，只有欢乐，作品所赋予他的——首先赋予他，其次才赋予别人——欢乐才是他的建筑既有用又符合真实的确凿证据。可是，多年以后，他才华枯竭，每每写出自己不满意的作品，但他没有理所应当地将他们抹去，而是执意发表，为此他对自己说："无论如何，它还是相当准确的，对我的国家不会没有一点用处。"从前他在崇拜者面前这样说是出于狡黠的谦虚，后来他在内心深处这样说是出于自尊心所感到的不安。这同样的话语，在从前是贝戈特为最初作品的价值辩护的多余理由，在后来却似乎是他为最后的平庸作品所进行的毫无效果的自我安慰。

他具有严格的鉴赏力，他写的东西必须符合他的要求："这很温和"，因此，多年里他被看做是少产的、矫揉造作的、只有雕虫小技的艺术家，其实这严格的鉴赏力正是他力量的奥秘，因为习惯既培养作家的风格也培养作家人的性格。如果作家在思想表达方面一再地满

足于某种乐趣，那么，便为自己的才能划定了永久边界，同样，如果人常常顺从享乐、懒惰、畏惧、痛苦等情绪，那么他便在自己的性格上亲自勾画出（最后无法修改）自己恶习的图像和德行的限度。

我后来发现了作家和人的许多相通之处，但是，最初在斯万夫人家，我不相信站在我面前的就是贝戈特，就是众多神圣作品的作者，我之所以如此，并非毫无道理，因为贝戈特本人（这个词的真正含义）也不"相信"。他不相信这一点，所以才对与他相差万里的交际人物（虽然他并不附庸风雅）、文人记者大献殷勤。当然，他现在从别人的赞赏中得知自己有天才，而社会地位和官职与天才相比一文不值。他得知自己有天才，但他并不相信，因为他继续对平庸的作家装出毕恭毕敬的样子，为的是不久能当上法兰西学院院士，其实法兰西学院或圣日耳曼区与产生贝戈特作品的"永恒精神"毫不相干，正好比与因果规律、上帝的概念毫不相干一样。这一点他也知道，正如一位有偷窃癖的人明知偷窃不好，但无能为力一样。这位有山羊胡和翘鼻子的男人像偷窃刀叉的绅士一样施展伎俩，以接近他所盼望的院士宝座，以接近掌握多张选票的某位公爵夫人，但他努力不让自己的花招被谴责此类目的的人所识破，他只获得了一半成功。和我们说话的时而是真正的贝戈特，时而是自私自利、野心勃勃的贝戈特，他为了抬高自己的身价，大谈特谈有权有势、出身高贵或家财万贯的人，而当初那位真正的贝戈特却在作品中如此完美地描写了穷人那如泉水一般清澈的魅力。

至于德·诺布瓦先生所谈到的其他恶习，例如近乎乱伦的爱（据说还夹杂着金钱诈骗），它们显然与贝戈特的最新小说的倾向背道而驰。这些小说充满了对善良的追求，执著而痛苦的追求，主人公的任何一点欢乐都夹杂着阴影，就连读者也感到焦虑，而在这焦虑之中，最美满的生活也似乎无法忍受。尽管如此，即使贝戈特的恶习是确有其事，也不能说他的文学是欺骗，不能说他丰富的敏感性只是逢场作戏。在病理学中，某些现象表面上相似，起因却各不相等，有的是因为血压、分泌等过高过多，有的却因为不足，同样，恶习的起因可以是过度敏感，也可以是缺乏敏感。也许在真正的堕落生活中，道德问题的提出才具有令人焦虑的强度，而艺术家对这个问题的回答并不是从个人生活出发，而是属于一般性的文学性的答案——对他来说这才是真正的生活。教会的大圣师们往往在洁身自好的同时，接触人类的一切罪恶，并从中获得自己个人的神圣性。大艺术家也一样，他们往往在行恶的同时，利用自己的恶习来绘制对我们众人的道德标准。作家生活环境中的恶习（或者仅仅是弱点笑柄），轻率乏味的谈话，女儿令人反感的轻浮行径，妻子的不忠，以及作家本人的错误，这些都是作家在抨击中最经常谴责的东西，但他们并不因此而改变家庭生活的排场或者家中所充斥的庸俗情调。这种矛盾在从前不像在贝戈特时代这样令人吃惊，因为，一方面，社会的日益堕落使道德观念越来越净化；另一方面，公众比以前任何时候都更想了解作家的私生活。有几个晚上，在剧场中，人们相互指着这位我在贡布雷时如此敬佩的作家，他坐在包厢深处，他的伴侣们的身份就足以为他最近作品中的观点作注脚——或是对这观点的可笑或尖锐的讽刺，或是对它的无耻否

定。这些人或那些人对我说的话并不能使我对贝戈特的善良或邪恶知道得更多。某位好友提出证据，说他冷酷无情，某位陌生人又举一事为例（令人感动，因为贝戈特显然不愿声张），说明他很重感情。虽然他对妻子无情无义，但是，当他在乡村小店中借宿一夜时，他却守候在试图投水自尽的穷女人身旁，而且，当他不得不离开时，他给店主留下不少钱，让他别把可怜的女人赶走，让他照顾她。也许，随着大作家和蓄山羊胡的人在贝戈特身上的此涨彼落，他的个人生活越来越淹没在他所想象的各种人生的浪潮之中。他不必再履行实际义务。因为它已被想象的各种人生的这项义务所取代。同时，既然他想象别人的感情时如同自己的切身感受，所以，当形势要求他和一位不幸的人（至少暂时不幸）打交道时，他的观点不再是自己的，而是那位受苦者的；既然他从那个观点出发，于是，凡不顾他人痛苦、一心只打自己小算盘的人的语言便受到他的憎恶，因此，他在周围引起了理所当然的怨恨和永不磨灭的感激。

这个人内心深处真正喜欢的只是某些形象，只是用文字来构图和描绘（如同小盒底的袖珍画）。如果别人送他一点小东西，而这小东西能启发他编织形象的话，那么，他一谢再谢，但他对于一个昂贵的礼品却毫无感激之意。如果他出庭申辩，他斟酌字句时不会考虑它们对法官会产生什么效果，而会不由自主地强调形象——法官肯定没有看到的形象。

在希尔贝特家初次与贝戈特相遇的那天，我对他说不久前看了拉贝玛的《费德尔》。他告诉我有一个场面，拉贝玛静立着、手臂平举——正好是受到热烈鼓掌的那一幕——这是古典杰作在她高超技巧中的巧妙再现，而她大概从未见过这些杰作，例如奥林匹斯圣殿中楣间饰上的那一位赫斯珀里得斯[①]，以及古代埃雷克塞伊翁寺殿[②]上美丽的贞女。

"这可能是直觉，不过我想她肯定会去博物馆的。'判明'这一点将很有意义（'判明'是贝戈特的常用词，有些年轻人虽然从未见过他，但也借用他的词汇，通过所谓远距离启示而模仿他说话）。"

"您是指女像柱吧?"斯万问道。

"不，不，"贝戈特说，"当然，她向奥侬娜承认爱情时，那姿势很像凯拉米科斯的赫盖索方碑上的图[③]，但除此以外，她再现的是一种更为古老的艺术。我刚才提到古老的埃雷克塞伊翁寺的卡里阿蒂德群像，我承认它与拉辛的艺术没有丝毫相似之处，不过，《费德尔》内容那么丰富……再添一点又何妨……啊！再说，6 世纪的小费德尔的确很美，挺直的手臂，大理石雕像般的卷发，不错，她想出这些来真了不起。比起今年许多'古典'作品来，这出戏里的古典味要浓得多。"

贝戈特曾在一本书中对这些古老的雕像进行著名的朝谒，因此，他此刻的话在我听来清楚明了，使我更有理由对拉贝玛的演技感

① 法文复数的赫斯珀里得斯是希腊神话人物阿特拉斯（天的托持者）的三个女儿。

② 埃雷克塞伊翁是希腊雅典古卫城上的寺殿，上有著名的女像柱。

③ 凯拉米科斯：雅典城古区，该区墓园中有好几座公元前 4 世纪的墓碑，其中有赫盖索方碑，碑上一女奴向女主人献珠宝盒。

兴趣。我努力回忆，回忆我所记得的她平举手臂的场面，我还一面想：
"这就是奥林匹斯的赫斯珀里得斯，这就是雅典古卫城中美丽祈祷者
雕像中的一位姐妹，这就是高贵艺术。"然而，要想使拉贝玛的姿势
被这些思想所美化，贝戈特本该在演出以前向我提供思想。如果那样
的话，当女演员的姿势确确实实出现在我眼前时（也就是说，当正在
进行的事物仍然具有全部真实性时）。我就可以从中提取古雕塑的概
念。而现在，对于这出戏中的拉贝玛，我所保留的只是无法再更改的
回忆，它是一个单薄的图像，缺乏现在时所具有的深度，无法被人挖
掘，无法向人提供新东西。我们无法对这个图像追加新解释，因为这
种解释得不到客观现实的核对和认可。斯万夫人为了加入谈话，便问
我希尔贝特是否让我读了贝戈特论《费德尔》的文章。"我有一个十
分淘气的女儿。"她补充说。贝戈特谦虚地一笑，辩解说那篇文章没
什么价值。"哪里的话，这本小册子，妙极了！妙极了！"斯万夫人
说，以显示自己是好主妇，让人相信她读过这本书，她不但喜欢恭维
贝戈特，还喜欢赞扬他的某些作品，启发他。她的确以自己想象不到
的方式给他以启发。总之，斯万夫人沙龙的高雅气氛与贝戈特作品的
某个侧面，这两者之间存在着密切联系，对今天的老人来说，它们可
以互作注解。

我随兴所致地谈了谈观感，贝戈特并不同意，但任我讲下去。我
告诉他我喜欢费德尔举起手臂时的绿色灯光。"啊！布景师听您这样
说会很高兴的，他是位了不起的艺术家，我要把您的看法告诉他，他
为这个灯光设计正十分自豪呢。至于我嘛，说实话，我不大喜欢这种

灯光，它使一切都蒙在海蓝色的雾气之中，小费德尔站在那里就像水族馆缸底上的珊瑚枝。您会说这可以突出戏的宇宙性，确实如此。不过，如果剧情发生在海神的宫殿，那么，这种布景就更合适了。是的，当然，我知道这出戏里有海神的报复。不，我并不要求人们仅仅想到波尔罗亚尔，但是，拉辛讲的毕竟不是海神的爱情呀。话说回来。这是我朋友的主意，效果强烈，而且归根到底，相当漂亮。总之，您喜欢它，您理解它，对吧，我们对这一点的想法从根本上是一致的，他的主意有点荒诞，对吧，但毕竟别出心裁。"当贝戈特的意见与我相反时，他决不像德·诺布瓦先生所可能做的那样，使我无言以对，沉默不语，但这并不是说贝戈特不如大使有见解，恰恰相反。强大的思想往往使反驳者也从其中获得力量。这思想本身就是思想的永恒价值的一部分，它攀附、嫁接在它所驳斥的人的精神上，而后者利用某些毗邻的思想夺回少许优势，从而对最初的思想进行补充和修正，因此，最后结论可以算是两位争论者的共同作品。只有那些严格说来不算思想的思想，那些毫无根基、在对手的精神中找不到任何支撑点，任何毗邻关系的思想，才会使对手无言以对，因为他面对的是纯粹的空虚。德·诺布瓦先生的论点（关于艺术）是无法反驳的，因为它是空幻的。

既然贝戈特不排斥我的不同看法，我便告诉他德·诺布瓦先生曾对我嗤之以鼻。"这是个头脑简单的老头，"他说，"他啄您几下是因为他总以为面前是松糕或墨鱼。"斯万问我道："怎么，您认识诺布瓦?""啊，他像雨点一样令人厌烦。"他妻子插嘴说，她十分信

赖贝戈特的判断力，而且也可能害怕德·诺布瓦先生在我们面前说她的坏话，"饭后我想和他谈谈，可是，不知是由于年龄还是由于消化问题，他显得很迟钝，我看早该给他注射兴奋剂！"贝戈特接着她说："对，没错，他往往不得不保持沉默，以免不到散场就把他储存的、将衬衣前胸和白背心撑得鼓鼓的蠢话说光了。""我看贝戈特和我妻子未免太苛刻，"斯万说，他在家中充当通情达理的角色，"当然，诺布瓦不会引起您很大兴趣，但是从另一个角度来看（斯万喜欢收集'生活'中的美），他这个人相当古怪，是个古怪的情人，"他等希尔贝特确实听不见时才接着说，"他曾在罗马任秘书，那时他在巴黎有位情妇，他爱得发疯，千方百计每星期回来两次，仅仅和她呆上两小时。那女人既美丽又聪明，不过现在已经是老太太了。这期间他又有过许多情妇。要是我待在罗马，而我爱的女人住在巴黎，那我准会发疯。对于神经质的人来说，他们必须屈尊'下爱'（老百姓的说法），因为这样一来，他们所爱的女人就会考虑利害关系而迁就他们。"斯万突然发现我可以将这句格言应用于他和奥黛特的关系，便对我十分反感，因为，即使当优秀人物似乎和你一同翱翔于生活之上时，他们身上的自尊心仍然气度狭窄。斯万仅仅在不安的眼神中流露了这种反感，嘴上什么也没说。这毫不奇怪。据说（这种说法是捏造的，但其内容每日在巴黎生活中重复）拉辛对路易十六提到斯卡隆[①]

---

① 斯卡隆（1610—1660）：法国作家，他死后，路易十四与他的遗孀秘密结婚。

时，这位世上最强大的国王当晚没有对诗人说什么，然而第二天拉辛便失宠了。

理论要求得到充分的表述，因此，斯万在这片刻的不快并擦拭镜片以后，对思想进行补充，而在我后来的回忆中，他这番话仿佛是预先警告，只是我当时毫无察觉罢了。他说："然而，这种爱情的危险在于：女人的屈服可以暂时缓和男人的嫉妒，但同时也使这种嫉妒更为苛刻。男人甚至会使情妇像囚犯一样生活：无论白天黑夜都在灯光监视之下以防逃跑。而且这往往以悲剧告终。"

我又回到德·诺布瓦的话题上。"您可别相信他，他好讲人坏话。"斯万夫人说，那口气似乎说明德·诺布瓦先生讲过她的坏话，因为斯万用责备的眼光瞧着她，仿佛不要她往下讲。

希尔贝特已经两次被催促去更衣，准备出门，但她一直待在那里听我们谈话。她坐在母亲和父亲之间，而且撒娇地靠在父亲肩上。乍一看来，她和斯万夫人毫不相似，斯万夫人是褐色头发，而少女是红色头发，金色皮肤。但是片刻以后，你会在希尔贝特身上认出她母亲的面貌——例如被那位无形的、为好几代人捉刀的雕刻师所准确无误地猛然削直的鼻子——表情和动作。如果拿另一种艺术作比喻，可以说她是斯万夫人的画像，但并不十分相似，画家出于对色彩的一时爱好，仿佛让斯万夫人在摆姿势时装扮成赴"化装"宴会的威尼斯女人。不仅假发是金黄色的，一切深色元素都从她的身体上被排除了，而肉体既已脱去了褐色网纱，便显得更为赤裸，它仅仅被内心太阳所发射的光线所覆盖，因此，这种化装不仅是表面的，它已嵌入肉身。希

尔贝特仿佛是神话传奇动物或是装扮的神话人物。她那橙黄色的皮肤来自父亲，大自然当初在创造她时，似乎只需考虑如何一片一片地重现斯万夫人，而全部材料均来自斯万先生的皮肤。大自然将皮肤使用得完美无缺，好比木匠师傅想方设法让木材的纹理节疤露出来。在希尔贝特的面孔上，在那个维妙维肖的奥黛特的鼻子旁边，隆起的皮肤一丝不苟地重现了斯万先生那两颗美人痣。坐在斯万夫人旁边的是她的新品种，就好比在紫丁香花旁边的是白丁香花。但是不能认为在这两种相似之间有一条绝对清晰的分界线。有时，当希尔贝特微笑时，我们看见她那张酷似母亲的面孔上有着酷似父亲的椭圆形双颊，老天爷似乎有意将它们放在一起，以考察这种混合的效果。椭圆形越来越清晰，像胚胎一样逐渐成形，它斜着延伸膨胀鼓起，片刻以后又消失。希尔贝特的目光中有父亲的和善坦率的眼神。她给我那个玛瑙弹子并且说："拿着作为我们友情的纪念吧！"这时我看到这种眼神。可是，如果你对希尔贝特提问题，问她干了什么事，那么，你就会在这同一双眼睛中感到窘迫、犹豫、躲闪、忧愁，而那正是昔日奥黛特的眼神——斯万问她曾去什么地方而她撒谎。这种谎言当初曾使他这位情人伤心绝望，而如今他是位谨慎的丈夫，他不追究谎言，而是立刻改变话题。在香榭丽舍大街，我常常在希尔贝特身上看见这种眼神而深感不安，而在大多数情况下，我的不安毫无根据，因为她身上的这种眼神——至少就它而言——只是来自她母亲的纯粹生理性的遗迹，没有任何含义。当希尔贝特上完课，或者当她不得不回家做功课时，她的瞳孔闪动，就像奥黛特昔日害怕让人知道她白天曾接待情人或者急于去幽会时的眼神一样。就这样，我看见斯万先生和夫人的两种天性在这位梅吕西娜[1]的身体上波动、回涌、此起彼落。

谁都知道，一个孩子可以既像父亲又像母亲，但是他所继承的优点和缺点在配搭上却甚为奇特，以致父亲或母亲身上那似乎无法分开的两个优点，到了孩子身上只剩下一个，而且还伴之以双亲中另一位身上的缺点，而且此一缺点与彼一优点看上去有如水火互不相容。精神优点伴之以无法相容的生理缺点，这甚至是子女与父母相似的一个规律。在两姐妹中，一位将像父亲一样仪表堂堂，但同时也像母亲一样才智平庸，另一位充满了来自父亲的智慧，但却套上母亲的外壳，母亲的大鼻子、干瘪的胸部，甚至声音，都好比是天赋抛弃了原先的优美外表而另换上的衣服。因此，两姐妹中任何一位都可以理直气壮地说她最像父亲或母亲。希尔贝特是独生女，但至少有两个希尔贝特。父亲和母亲的两种特性不仅仅在她身上杂交，而且还争夺她，不过这样说不够确切，使人误以为有第三个希尔贝特以此争夺为苦，其实不然，希尔贝特轮流地是这一个她或者是那一个她，而在同时间里她只能是其中的一个，也就是说，当她是不好的希尔贝特时，她也不会痛苦，既然那个好希尔贝特暂时隐退，又怎能看见这种堕落呢？因此，两个希尔贝特中那个不好的希尔贝特便可以放心大胆地从事格调不高的娱乐。当另一个希尔贝特用父亲的胸襟说话时，她目光远大，你很乐于和她一道从事美好而有益的事业，你这样对她说，可是，当你们即

---

[1] 梅吕西娜：中世纪传奇中的人物，被罚每星期六变为半蛇半女。

将签约时，她母亲的气质又占了上风，回答你的是她，于是你失望、气馁，几乎困惑不解、仿佛面前是另一个人，因为此时此刻的希尔贝特正在怡然自得地发表平庸的思想，并伴之以狡猾的冷笑。有时，这两个希尔贝特相距万里，以致你不得不自问（虽属徒劳）你到底做了什么错事才使她完全翻脸。她曾要求和你约会，但她没有来，事后也没有道歉，而且，不论是什么原因使她改变主意，她事后的表现判若两人，以致你以为自己被相似的外表所欺骗（如同《孪生兄弟》①的主要情节），你面前这个人并非是当初如此热切要求和你见面的人。她有时表示愠怒，这说明她于心有愧又不愿意解释。

"好了，快去吧，不然我们又得等你了。"母亲对她说。

"在亲爱的爸爸身边有多舒服呀，我还想待一会儿。"希尔贝特回答说，一面将头钻在父亲的胳膊下，父亲用手指温柔地抚摸她那头金发。

斯万属于这种男人，他们长期生活在爱情幻想中，他们曾给予许多女人舒适的条件，使她们更为幸福，但却未得到她们任何感激或温情的表示，可是，他们认为在子女身上有一种与姓名镶嵌在一起的感情，这感情将使他们虽死犹生。当夏尔·斯万不再存在时，斯万小组，或者娘家姓斯万的某某夫人仍然存在，而且仍然爱着她死去的父亲。甚至爱得过分，斯万这样想，因为他回答希尔贝特说："你是个好女儿。"声音激动不安——当我们想到将来，在我们死后某人会继

---

① 古罗马喜剧作家普劳图斯的剧作。

续深深地爱我们，此刻我们便感到不安。斯万为了掩饰自己的激动，便加入我们关于拉贝玛的谈话。他采用一种超脱的、感到厌倦的语调，仿佛想与他说的话保持一定距离。他提醒我注意女演员对奥侬娜说："你早就知道!"时的声调是多么巧妙，多么惊人的准确。他说得有理，这个声调至少具有明确易懂的含义，它完全可以满足我那寻找赞赏拉贝玛的确切论据的愿望，然而，正因为它一目了然，它无法满足我的愿望。如此巧妙的声调，伴之以如此明确的意图和含义。它本身便可以独立存在，任何一位聪明的女演员都能学会它。这当然是高招，但是任何人在充分设想以后便能占有它。当然，拉贝玛的功劳在于发现了它，但是此处能用"发现"一词吗？既然就它而言，发现与接受并无区别，既然从本质上讲它并不来自你的天性，既然旁人完全能够复制它!

　　"天呀，您的在场使谈话升级了!"斯万对我说，仿佛向贝戈特表示歉意。斯万在盖尔芒特社交圈中养成了把大艺术家当做好友接待的习惯，只注意请他们品尝他们所喜欢的茶，请他们玩游戏，或者，如果在乡下，请他们从事他们所喜爱的运动。"看来我们确实在谈论艺术了。"斯万又说。"这挺好嘛，我喜欢这样。"斯万夫人说，一面用感激的眼光看我，她也许出于好心，也许由于仍然像往日一样对智力性谈话感兴趣。后来，贝戈特便和别人，特别是和希尔贝特交谈去了。我已经对他谈出了全部感想，而且毫无拘束（连我自己也吃惊），因为多年以来（在无数孤独和阅读的时刻，贝戈特似乎成为我身上最好的一部分），在与他的关系中，我已经习惯于诚恳、坦率、

信任，所以，他不像初次谈话的人那样使我胆怯。然而，出于同样的理由，我担心自己给他留下了不好的印象，因为我所假定的他对我思想的藐视不是自今日始，而是从久远的过去，从我在贡布雷花园中最初阅读他作品的时候就开始了。我也许应该提醒自己，既然我一方面对贝戈特的作品大为赞赏，另一方面又在剧院中感到莫名其妙的失望，而且都同样的真诚，同样的身不由己，那么，这两种驱使我的本能运动相互之间不应有很大区别，而是遵循同一规律。我在贝戈特书中所喜爱的思想不可能与我的失望（我无力说明这种失望）毫不相干，或者绝对对立，因为我的智力是一个整体，而且也许世上只存在唯一一种智力，每个人不过是它的参与者，每个人从自己具有个别性的身体深处向它投以目光，就好比在剧场中，每个人有自己的座位，但舞台却只有一个。当然，我所喜欢探索的思想并不一定是贝戈特在作品中所经常钻研的思想它、珍爱它、对它微笑，因为，不论我作出任何假定，他心灵的眼睛永远保留着与进入他作品的那部分智力。（我曾以此为根据来臆想他的全部精神世界）不同的另一部分智力。神父的心灵经验最为丰富，他们最能原谅他们本人所不会犯的罪孽，同样，天才具有最丰富的智力经验，最能理解与他们本人作品的基本思想最为对立的思想。这一切我本应该提醒自己，虽然这种想法并不令人十分愉快，因为出类拔萃者的善意所得到的后果往往是平庸者的不理解和敌意。大作家的和蔼（至少在作品中可以找到）所给予人的快乐远远不如女人的敌意（人们爱上她不是因为她聪明，而是因为她使人没法不爱）所给予人的快乐。我本应该提醒自己这一切，但我没有对自己说，我深信自己在贝戈特面前显得愚蠢，这时希尔贝特凑到我耳边低声说："我高兴极了，你赢得了我的好友贝戈特的赞赏。他对妈妈说他觉得你很聪明。"

"我们去哪里？"我问希贝尔特。

"啊！去哪里都行，我嘛，你知道，去这里或那里……"

自从在她祖父忌日发生的那件事以后，我怀疑她的性格并非如我的想象；她那种对一切都无所谓的态度，那种克制，那种沉静，那种始终不渝的温柔顺从，大概掩饰着十分炽热的欲望，只是受到她自尊心的约束罢了。只有当欲望偶然受到挫折时，她才猛然反击从而有所流露。

贝戈特和我父母住在同一街区，因此我们一同走。在车上，他提起我的健康："我们的朋友刚才告诉我说您曾经身体不适。我感到遗憾。不过，虽然如此，我也不过分遗憾，因为我看得出来您有智力乐趣，而对您和所有体验这种乐趣的人来说，这可能是最重要的。"

唉！我当时觉得他这番话对我多么不合适，我对任何高明的推理都无动于衷。只有当我在信步闲逛时，当我感到舒适时我才幸福。我清楚地感到我对生活的欲望纯粹是物质性的，我可以轻而易举地将智力抛在一边。我分辨不出乐趣的不同的来源、不同的深度、不同的持久性，因此，当我回答贝戈特时，我自认为喜欢的是这样一种生活：和盖尔芒特公爵夫人来往，像在香榭丽舍大街那间旧日税卡里一样感到能唤醒贡布雷回忆的凉气，而在这个我不敢向他吐露的生活理想里，智力乐趣无立锥之地。

147

"不，先生，智力乐趣对我毫无意义，我寻找的不是它，我甚至不知道我是否体验过它。"

"您真这么想？"他回答说，"那好，您听我说，真的，您最喜欢的肯定是它，我看得很清楚，我确信。"

当然他没有说服我，但是我感到快活些、开朗些了。德·诺布瓦先生的那番话曾使我认为我那些充满遐想、热情及自信的时刻是纯粹主观的，缺乏真实性。而贝戈特似乎理解我，他的想法正相反，认为我应该抛弃的是怀疑及自我厌恶情绪。他对德·诺布瓦先生的评价使后者对我的判决（我曾认为无法驳回）黯然失色。

"您在精心治病吗？"贝戈特问我，"谁给您看病？"我说戈达尔大夫来过，而且还要来。他说："他对您可不合适。我不知道他的医道如何，不过我在斯万夫人家见过他。这是个傻瓜，就算傻瓜也能当好大夫（我很难相信），但他毕竟不能给艺术家和聪明人看病。像您这样的人需要特殊的医生，甚至可以说需要特殊的食谱、特殊的药品。戈达尔会使您厌烦，而厌烦就是使他的治疗无效。对您的治疗和对任何其他人的治疗应该有所不同。聪明人的疾病四分之三是来自他们的智力，他们需要的医生至少应该了解他们的病。您怎能期望戈达尔治好您的病呢？他能估计酱汁不易消化，胃功能会发生障碍，但是他想不到莎士比亚的作品会产生什么效果……因此，他的估计应用到您身上便是谬误，平衡遭到破坏，小浮沉子又浮了上来。他会发现您胃扩张，其实他不用检查就知道，他眼中早就有这个，您也看得见，他的单片镜里就有反映。"这种说话方式使我感到很累，迂腐的常识使我想："戈达尔教授的眼镜里根本没有反映胃扩张，就如同德·诺布瓦先生的白背心下没藏着蠢话一样。"贝戈特又说："我向您推荐迪·布尔邦大夫，这是位很聪明的人。""想必是您的热情崇拜者吧。"我回答说。贝戈特显然知道这一点，于是我推论说同类相聚，真正的"陌生朋友"是很少见的。贝戈特对戈达尔的评论令我吃惊，与我的想法也绝然相反。我根本不在乎我的医生是否讨厌，我所期待于他的，是他借助一种我不知其奥妙的技艺对我的内脏进行试探，从而就我的健康发表毋庸置疑的旨谕。我并不要求他运用才智（这方面我可能胜过他）来试图理解我的才智。在我的想象中，智力本身并无价值，仅仅是达到外部真理的手段。聪明人所需要的治疗居然应该有别于傻瓜们的治疗，我对此深表怀疑，而且我完全准备接受傻瓜型的治疗。"有个人需要好大夫，就是我们的朋友斯万。"贝戈特说。我问难道斯万病了，他回答说："是的，他娶了一个妓女。拒绝接待她的女士们，和她睡过觉的男人们，每天让斯万强咽下多少条蛇呀！它们使他的嘴都变了形。您什么时候可以稍加注意，他回家看到有那些客人在座时，那眉头皱得多么紧。"贝戈特在生人面前如此恶言中伤长期与他过从甚密的老友，而当着斯万夫妇的面他却轻声细语，对我来说这都是新鲜事，因为他一再对斯万说的那些甜言蜜语，是我的姨祖母无论如何也说不出口的。姨祖母这个人即使对所爱的人也常常说些使人不愉快的话，可是，她决不背着他们说些见不得人的话。贡布雷的交际圈与上流社会截然不同。斯万的圈子已经是向上流社会的过渡，向上流社会中反复无常的浪涛的过渡，它还

不是大海，但已是环礁湖了。"这一切可别外传。"贝戈特在我家门口和我分手时说。要是在几年以后，我会这样回答："我不会说出去的。"这是交际界的俗套话，是对诽谤者的假保证。那一天我也应该对贝戈特这样回答，因为当你作为社会人物活动时，你讲的全部话语不可能都由你自己来创造，不过当时我还没有学会这句俗套话。此外，姨祖母如遇到类似情况，会说："你既然不愿我说出去，那何必告诉我呢？"她是位不好交际、好争爱斗的人。我不是这种人，所以我点点头，什么也没说。

我所钦佩的某些文人花了好几年工夫，煞费苦心地与贝戈特建立了联系（始终是在书房内部的、暗中的文学交往），而我却一下子，而且不费吹灰之力便与这位名作家交上了朋友。众人在排队，但只能买到坏票，而你，你从谢绝公众的暗门走了进去，并买到最好的座位。斯万为我们打开这扇暗门，大概也在情理之中，就好比国王邀请子女的朋友们去皇家包厢或登上皇家游艇。希尔贝特的父母也同样对女儿的朋友开放他们所拥有的珍贵物品，并且，尤为珍贵的是，将他看做家庭的知己。但是当时我认为（也许有道理），斯万的友好表示是间接针对我父母的。还在贡布雷时期，我仿佛听说过，他见我崇拜贝戈特，便自告奋勇要带我去他家吃饭，父母却不同意，说我太小、太神经质，不能"出门"。我父母在某些人（恰恰是我认为最卓越的人）眼中的形象完全不同于我对他们的看法，当初那位粉衣女士对父亲未免过奖，现在我希望父母对斯万表示感谢，因为我刚刚得到的礼物是无价之宝。慷慨而彬彬有礼的斯万将礼物送给我，或者说送给他们，而似乎并不意识到它价值连城，就好比是卢伊尼①壁画中那位迷人的、金发钩鼻的朝拜王一样。人们从前说斯万和画中人十分相似。

回家时，我来不及脱大衣便对父母宣布斯万对我的这番优待，希望在他们心中唤起与我相同的激情，促使他们对斯万夫妇作出重要而关键性的"答谢"，然而，很不幸，他们似乎不太欣赏这种优待。"斯万介绍你认识贝戈特了？多么了不起的朋友！多么迷人的交往！这算到头了！"父亲讽刺地大声说。不巧的是，我接着说贝戈特丝毫不欣赏德·诺布瓦先生。

"那还用说，"父亲说，"这恰好证明他是个假装聪明、不怀好意的人。我可怜的儿子，我看你连常识也没有了，居然和会断送你前程的人们为伍，我真难过。"

我对斯万家的拜访原来就已经使父母很不高兴。与贝戈特的相识，在他们看来，仿佛是第一个错误——他们的软弱让步（祖父会称之为"缺乏远见"）——的必然恶果。我感到，只要我再补充说这位对德·诺布瓦先生不抱好感的坏人认为我很聪明，那么，父母就会暴跳如雷。当父亲认为某人，例如我的一位同学误入歧途——好比此时此刻的我——时，如果他看到这位迷途者受到他所不齿的人的赞许，会更坚信自己的严厉判断是正确的，更认为对方恶劣。我似乎听见他在大喊："当然啦，这是一路货！"这句话使我万分恐惧，它仿佛宣布某些变化、某些十分模糊、十分庞大的变化将闯入我那安宁的

————————
① 卢伊尼（1480—1532）：意大利画家，达·芬奇的弟子。

生活之中。然而，即使我不说出贝戈特对我的评价，我也无法擦去父母已经得到的印象，因此，破罐子破摔。何况我认为他们极不公道，坚持错误。我不再希望，甚至可以说我不再想法让他们回到公正的立场上来。然而，当我开口时，我感到贝戈特对我的赏识会使我们惊慌失措——因为此人将聪明人当做蠢人，此人被高雅的绅士嗤之以鼻，此人对我的夸奖（我所羡慕的）会使我走上邪路——因此，我羞愧地，低声地最后带上一句："他对斯万夫妇说他认为我很聪明。"一条狗中了毒在田野上胡乱啃草，而这种草恰恰为它解了毒，我也一样，在不知不觉中我说出了世上唯一能克服父母对贝戈特的偏见的话——而我所能做的最好论证，所能说的一切赞同都无法消除这种偏见。顷刻之间，形势突变。

"啊！……他说你很聪明？"母亲说，"我很高兴，因为他是位颇有才气的人。"

"真的！这是他说的？"父亲接着说……"我丝毫不否定他的文学才能，这是有口皆碑的。可惜他生活不太检点，诺布瓦老头暗示过。"父亲这样说，他并未意识到我刚才出口的那句话具有神妙的至高威力，贝戈特的堕落习性和拙劣判断力在这威力面前败下阵来。

"啊！亲爱的，"母亲插嘴说，"有什么证据肯定这是真的呢？人们总爱瞎议论。再说，德·诺布瓦先生虽然为人和气，但并不永远与人为善，特别是对待和他不对路的人。"

"这倒也是，我也有所察觉。"父亲说。

"再说，既然贝戈特欣赏我可爱的乖儿子，许多地方我们应该原谅他。"母亲一面说,一面用手指抚摸我的头发,梦幻的眼光久久地凝视我。

在贝戈特的这个裁决以前,母亲早就对我说过,有朋友来时,我也可以邀请希尔贝特来吃午后点心。但是我不敢邀请她,这有两层原因,一是希尔贝特家从来只喝茶,而我们家却相反,除了茶以外,母亲坚持要朱古力,我害怕希尔贝特会认为这十分粗俗,从而极度蔑视我们。另一个原因就是我始终无法解决的礼节问题。每次我去斯万夫人家,她总是问我:"令堂大人可好?"

我向母亲提过,希尔贝特来她能不能也这样问,因为这一点好比是路易十四宫中"殿下"的称呼,至关重要。但是妈妈根本听不进我的话。

"不行,我不认识斯万夫人呀!"

"可她也不认识你。"

"我没说她认识我。不过我们不一定对一切事情采取同样的做法,我要用另一种方式来款待希尔贝特,和斯万夫人对你的接待方式不同。"

我并不信服,所以宁可不邀请希尔贝特。

我离开父母去换衣服,在掏衣袋时突然发现斯万家的膳食总管在领我进客厅时递给我的那个信封。我现在身边无人,便拆开来看,里面有一张卡片,上面写着我应该将胳膊伸给哪位女士,并领她去餐桌就坐。

就在这个时期,布洛克使我的世界观完全改变了,他向我展开了

新的幸福的可能性（后来变成痛苦的可能性），因为他告诉我女人最爱的莫过于交媾了——与我去梅塞格里斯散步时的想法相反。在这次开导以后，他又给我第二次开导（其价值我在很久以后才有所体会）：他领我头一次去妓院。以前他曾对我讲那里有许多美女供人占有，但她们在我的脑海中面目模糊，后来我去了妓院，才对她们具有了确切的印象。如果说我对布洛克——由于他的"福音"，即幸福和对美的占有并非可望不可即，甘心放弃实属愚蠢——充满感激的话（如同感激某位乐天派医生或哲学家使我们盼望人世间的长寿，盼望一个并非与人世完全隔绝的冥间），那么几年以后我所光顾的妓院对我大有益处，因为它们对我提供幸福的标本，使我往女性美上添加一个我们无法臆造的因素，它绝非仅仅是从前的美的综合，而是神妙的现在，我们所无法虚构的现在；它只能来自现实，超于我们智力的一切逻辑创造之上，这就是：个体魅力。我应该将这些妓院与另一些起源较近但效用相似的恩人们归为一类，这些恩人即带插图的绘画史、交响音乐会及《艺术城市画册》，因为在它们以前，我们只能通过别的画家、音乐家、城市来毫无激情地想象曼坦纳、瓦格纳和西埃内的魅力。不过，布洛克带领我去而他本人长久不去的那家妓院规格较低，人员平庸而且很少更新，因此我无法满足旧的好奇心，也产生不了新的好奇心。客人所点要的女人，妓院老鸨一概佯称不认识，而她提出的又尽是客人不想要的女人。她在我面前极力夸奖某一位，笑着说包我满意（仿佛这是稀有珍品和美味佳肴似的）："她是犹太人，您不感兴趣?"（可能由于这个原因，她叫她拉谢尔。)她愚蠢地、假惺惺地激动起来，想以此打动我，最后发出一种近乎肉欲快感的喘息声："你想想吧，小伙子，一个犹太女人，您肯定要神魂颠倒的，呃！"这位拉谢尔，我曾见过她一面，但她没有看见我。此人一头棕发、不算漂亮，但看上去不蠢，她用舌尖舔嘴唇，放肆地向被介绍给她的嫖客微笑。我听见她和他们谈了起来。在她那张窄窄的小脸两侧是卷曲的黑发，它们极不规则，仿佛是中国水墨画中的几条影线。老鸨一而再，再而三地推荐她，夸奖她聪明过人，并受过良好教育，我每次都答应一定专程来找拉谢尔（我给她起了个绰号："拉谢尔，当从天主"①）。然而，第一天晚上，我就曾听见拉谢尔临走时对老鸨说："那么说定了，明天我有空，要是有人来，您可别忘了叫我。"

这些话使我在她身上看到的不是个体，而是某一类型的女人，其共同习惯是晚上来看看能否赚一两个路易，她的区别只在于换个说法罢了："如果您需要我，或者如果您需要什么人。"

老鸨没有看过阿莱维的歌剧，不明白我为什么老说"拉谢尔，当从天主"。但是，不理解这个玩笑并不等于不觉得它可笑，因此她每次都开怀大笑地对我说："怎么，今晚还不是您和'拉谢尔，当从天主'结合的时辰？您是怎么说来着，'拉谢尔，当从天主'，啊，这可真妙！我要给你们俩配对。瞧着吧，您不会后悔的。"

有一次我差点儿下了决心，但她"正在接客"，另一次她又在接待一位"理发师"，此人是位老先生，他和女人在一起时，只是

① 这是法国作曲家阿莱维（1799—1862）的著名歌剧《犹太女人》第四幕中著名乐段的开始。

往她们散开的头发上倒油，然后进行梳理。我等得不耐烦，几位常来妓院的身份卑微的女人（她们自称女工，但始终无工作）走过来给我沏药茶，并和我长谈，她们那半裸或全裸的身体使严肃的话题变得简明有趣。我后来不再去这家妓院，在这以前，我看到老鸨需要家具，我想对她表示友好，便从莱奥妮姨母留给我的家具中挑了几件——特别是一张长沙发——送给她。原先我根本看不见它们，因为家里没有地方放，父母不让人把它们搬进来，于是它们只能堆在库房里。然而我在妓院又见到了它们，我看见那些女人在使用它们，于是，昔日充溢在贡布雷的那间姨母卧室的种种魔力再次显现，但却在磨难之中，因为我迫使它们手无寸铁地承受残酷的接触！我的痛苦甚于听任一位死去的女人遭人蹂躏。我不再去那位鸨母那里，我感到家具有生命，它们在哀求我，就像波斯神话故事一样：神话里的物品表面上似乎没有生命，但内部却隐藏着备受折磨、祈求解脱的灵魂。此外，由于记忆力向我提供的回忆往往不遵守时序，而仿佛是左右颠倒的反光，因此，我在很久以后才想起多年以前我曾在这同一张长沙发上头一次和一位表妹品尝爱情的乐趣，当时我不知道我们去哪里好，她便想出了这个相当冒险的主意：利用莱奥妮不在场的时机。

其他许多家具，特别是莱奥妮姨母那套古老而漂亮的银餐具，我都不顾父母的反对将它们卖了，为的是换钱，好给斯万夫人送更多的鲜花。她在接受巨大的兰花花篮时对我说："我要是令尊，一定给您找位指定监护人。"然而当时我怎会想到有一天我将特别怀念这套银器，怎会想到在对希尔贝特的父母献殷勤的乐趣（它可能完全消失）

之上我将有其他乐趣呢？同样，我决定不去驻外使馆，正是为了希尔贝特，正是为了不离开她。人往往在某种暂时情绪下作出最后决定。我很难想象希尔贝特身上那种奇异的物质，那种在她父母身上和住宅中闪烁从而使我对其他一切无动于衷的物质，会脱离她而转移到别人身上。这个物质确实未变，但后来在我身上产生了绝对不同的效果，因为，同一种疾病有不同的阶段，当心脏的耐力随着年龄而减弱时，它再也无法承受有损健康的美味食品。

父母希望贝戈特在我身上所发现的智慧能化为杰出的成就。在我还不认识斯万夫妇时，我以为我无心写作是因为我不能自由地和希尔贝特见面，是因为我焦灼不安。可是当他们向我敞开家门时，我在书桌前刚刚坐下便又起身向他们家跑去。我从他们家归来，独自一人，但这只是表象，我的思想仍无法抗拒话语的水流，因为在刚才几个小时里，我机械地听任自己被它冲卷。我独自一人，继续臆造可能使斯万夫妇高兴的话语，而且，为了使游戏更有趣，我扮演在场的对话者，我对自己提出虚构的问题，目的是使我的高见成为巧妙的回答。这个练习虽然在静默中进行，但它却是谈话，而不是沉思。我的孤独是一种精神沙龙，在这个沙龙中，控制我话语的不是我本人，而是想象的对话者。我表述的不是我认为真实的思想，而是信手拈来的、缺乏由表及里的反思的思想，因此我感到一种纯粹被动的乐趣，好比因消化不良而待着不动时所感到的被动乐趣。

如果我不是作长期写作打算的话，那我也许会急于动笔。既然我这个打算确定无疑，既然再过二十四小时（明天是一个空白的框

框，我还没有进去，所以框中的一切安排得井然有序），我的良好愿望便能轻易地付诸实现，那又何必挑一个写作情绪不佳的晚上来动笔呢？当然，遗憾的是，随后的几天也并非写作的吉日。既然已经等待了好几年，再多等三天又有何妨。我深信到了第三天，我一定能写出好几页，所以我对父母绝口不提我的打算。我宁愿再忍耐几个小时，然后将创作中的作品拿去给外祖母看，以安慰她，使她信服。可惜的是，第二天仍然不是我热切盼望的、广阔的、行动的一天。当这一天结束时，我的懒惰，我与内心障碍的艰苦斗争仅仅又多持续了二十四小时，几天以后，我的计划仍是纸上谈兵，我也就不再期望它能立即实现，而且也再没有勇气将这件事作为先决条件了。于是我又开始很晚睡觉，我不必再抱着明晨动笔的确切幻想早早躺下。在重新振作以前，我需要休息几天。有一天（唯一的一次），外祖母鼓起勇气，用失望的温柔口气责怪说："怎么，你这项写作，没有下文？"我怨恨她居然看不出我一旦决定决不更改。她的话使我将付诸实行的时间又往后推，而且也许推迟很久，这是因为她对我的不公正使我烦恼，而我也不愿意在烦恼的情绪下动手写作。她意识到她的怀疑盲目地干扰了我的意图，向我道歉，并亲吻我说："对不起，我再也不说了。"而且，为了不让我泄气，她说等我身体好了，写作会自然而然地开始。

　　"何况，"我心里想，"去斯万家消磨时光，我这不是和贝戈特一样吗？"我父母几乎认为，既然我和名作家同在一个沙龙，那么，在那里度过的时光一定能大大促进天才，虽然我十分懒惰。不从本人内部发挥天才，而从别人那里接受天才，何其荒谬！这就好比是一个根本不讲卫生、暴食暴饮的人仅仅依靠和医生经常共餐而居然保持健康！然而，这种幻想（它欺骗了我和我父母）的最大受害者是斯万夫人。当我对她说我来不了，我必须留在家里工作时，她那副神气仿佛认为我装腔作势，既愚蠢又自命不凡。

"可是贝戈特要来的。难道您认为他的作品不好？不久以后会更好的，"她接着说，"他给报纸写的文章更尖锐、更精练，不像他的书那样有点啰唆。我已经安排好，请他以后给《费加罗报》写社论，这才是'the right man in the right place'（最恰当的人在最恰当的位置上）。"

她又说："来吧，他最清楚您该怎么做。"

她正是为我的事业着想才叮嘱我第二天无论如何要去和贝戈特同桌吃饭（正好比志愿兵和上校见面），她似乎认为文学佳作是"通过交往"而产生的。

这样一来，无论是斯万夫妇，还是我父母——他们在不同时刻似乎应该阻止我——都再没有对我轻松的生活提出异议，这种生活使我能够尽情地，如果不是平静地至少是陶醉地和希尔贝特相见。在爱情中无平静可言，因为人们永远得寸进尺。从前我无法去她家，便把去她家当做高不可攀的幸福，哪里会想到在她家中将出现新的烦恼因素。当她父母不再执意反对，当问题终于得到解决时，烦恼又以新的形式出现。从这个意义上讲，可以说每天都开始一种新友谊。夜间归来，我总想到某些对我们的友谊至关重要的事，我必须和希尔贝特谈，这些事无穷无尽也永不相同。但我毕竟感到幸福，而且这幸福

不再受任何威胁。其实不然，威胁终于出现了，而且，遗憾的是，它来自我认为万无一失的方面，即希尔贝特和我。那些使我感到宽慰的事，那个我所认为的幸福，原本应该引起我的不安。我们在恋爱中往往处于一种反常状态，具有严重性。我们之所以感到幸福，是因为在我们心中有某种不稳定的东西，我们不断努力去维持它，而且，只要它未转移，我们就几乎不再觉察。确实，爱情包含持久的痛苦，只不过它被欢乐所冲淡，成为潜在的、被推迟的痛苦，但它随时可能剧烈地爆发出来（如果人们不是如愿以偿，那么这痛苦早就爆发了）。

有好几次我感到希尔贝特不愿我去得太勤。的确，她父母越来越深信我对她产生良好影响，我想和她见面时只需让他们邀请我就行了，因此我想道："这样一来，我的爱情再不会有任何危险。既然他们站在我这一边，他们对希尔贝特又很有权威，我又有什么可担心的呢？"然而，当她父亲在某种程度上违背她的心愿而邀请我时，她流露出不耐烦的情绪，这些表示使我产生疑问：我原先所认为的幸福的保障莫非恰恰是使幸福中断的秘密原因？

我最后一次去看希尔贝特时，下着雨。她被邀参加舞蹈训练，但她和那家人不熟，不能带我去。那天我比往常服用了更多的咖啡因以抵御潮湿。斯万夫人大概因为天气不好，或者因为对聚会的那家人有成见，所以在女儿出门时很生气地叫住了她："希尔贝待！"并且指指我，表示我是来看她的，她应该留在家里陪我。斯万夫人出于对我好意而发出——或者喊出——"希尔贝特"，但是希尔贝特一面放下衣物一面耸耸肩，我立刻意识到这位母亲在无意中加快了我和女友逐渐分手的过程，而在此以前，这个过程也许还可以阻止。"没有必要天天去跳舞。"奥黛特对女儿说，那副明哲的神气大概是她以前从斯万那里学来的。接着她又恢复奥黛特的常态，和女儿讲起英语来，立即，仿佛有一堵墙将希尔贝特的一部分遮盖起来，仿佛有一个邪恶的精灵将我的女友从我身边裹胁而去。对于我们所熟悉的语言，我们可以用透明的思想来替代不透明的声音，但是我们所不熟悉的语言却像一座门窗紧闭的宫殿，我们所爱的女人可以在那里与人调情，而我们被拒之门外，绝望已极却无能为力，什么也看不见，什么也阻止不了。这场英语谈话中常出现某些法语专有名词，它们仿佛是线索，使我更为不安。要是在一个月前，我会一笑了之，然而此刻，虽然她们一动不动地在咫尺之内谈话，我却感到这是残酷无情的劫持，剩下我孤苦伶仃。最后，斯万夫人总算走开了。这一天，也许因为希尔贝特埋怨我身不由己地阻碍她去跳舞，也许因为我故意比往日冷淡（我猜到她生我的气），她脸上没有一丝欢乐、干涩木然、闷闷不乐，仿佛整个下午都在怀念我的来访使她未能跳成的四步舞，仿佛整个下午都在责怪所有的人，当然首先是我，责怪我们竟不理解她如此钟情于波士顿舞的奥妙原因。她仅仅时不时地和我交换几句话，天气如何啦，雨愈下愈大啦，座钟走快了啦，中间还夹着沉默和单音节字。我做绝望挣扎，执意要糟蹋这些原本应该献给友谊和幸福的时刻。我们所说的一切都是那么生硬，那么空洞而荒谬，这一点倒使我得到安慰，因为希尔贝特不会将我平庸的思想和冷漠的语气当真的。尽管我说的是："从前这个钟仿佛走得慢。"她理解我的意思是："你真坏！"在这

个雨天，我顽强奋斗，延长这些没一丝阳光的话语，但一切努力均属枉然，我知道我的冷漠并非如佯装的那般凝固不变，希尔贝特一定感觉到，既然我已说了三遍"白天变短了，"如果我再贸然重复第四遍，那我一定难以自制，会泪如雨下。她现在的模样，眼中和脸上毫无笑意，忧愁的眼神和阴郁的脸色充满令人懊丧的单调。这张脸几乎变得丑陋，就像那单调枯燥的海滩，海水已经退得很远，它在那固定不变的封闭的地平线之内的闪光千篇一律，令人厌烦。最后，我看到希尔贝特仍然不像我好几个小时以来所期望的那样回心转意，便对她说她不够意思。"你才不够意思呢。"她回答说。"我怎么了？"我自问有什么地方做得不对，一无所获，便又问她。"当然啦，你认为自己很好！"说完后她笑了很久。于是我感到，我无法达到她的笑声所表达的另一层思想，另一层更难以捉摸的思想，这是多么痛苦的事。她的笑似乎意味着："不，不，我根本不信你的话。我知道你爱我，不过我无所谓，我不把你放在眼里。"然而我又提醒自己，笑毕竟不是一种明确的语言，我怎能肯定自己理解正确呢，何况希尔贝特的话还是富有感情的。"我什么地方不好？告诉我，我一定按你的话去做。""不，没必要，我没法和你解释。"刹那，我害怕她以为我不爱她，这是另一种同样强烈的痛苦，它要求另一种逻辑。"你要是知道使我多伤心，那你会告诉我了。"如果她怀疑我的爱情，那么我的伤心会使她高兴，但此刻却相反，她很生气。我意识到自己判断错误，决心不再相信她的话，随她说："我一直爱你，有一天你会明白的。"（罪人们往往说他们的清白无辜将大白于天下，然而，出于神秘的原因，这一天永远不会是他们受审的那一天。）我鼓起勇气，突然决定不再和她见面，但暂时不告诉她，因为她不会相信这话的。

你所爱的人可能给你带来辛酸的悲伤，即使当你被与她（他）无关的忧虑、事务、欢乐缠住而无暇顾及也罢。但是，如果这悲伤——例如我这次的悲伤——诞生于我们浸沉在与她见面的幸福之中时，那么，在我们那充满阳光的、稳定而宁静的心灵中便会产生急剧的低压，从而在我们身上掀起狂烈风暴，使我们没有信心与它抗争到底。此刻在我心中升起的风暴无比凶猛，我告辞出来，晕头转向，遍体鳞伤，同时感到只有再回去，随便找一个借口再回到希尔贝特身边去，我才能喘过气来。但是她会说："又是他！看来我对他可以为所欲为了。他总会回来的，走的时候越痛苦，回来时就越顺从。"我的思想以无法抗拒的力量将我拉回到她身边。当我到家时，这些变幻不定的风向，这种内心罗盘失调的现象依然存在，于是我动笔给希尔贝特写了些前后矛盾的信。

我即将经历艰难的处境，人在一生中往往会多次面临此种处境，而每一次，即在不同的年龄，人们所采取的态度也不相同，尽管他们的性格或天性并无改变（我们的天性创造了爱情，创造了我们所爱的女人，甚至她们的错误）。此时，我们的生命分裂为二，仿佛全部分放在相对的天平盘上。一个盘里是我们的愿望，即我们不要使我们所爱但不理解的人不高兴，但又不能过于谦卑，巧妙地稍稍冷落她们，别让她们感到她们是须臾不可缺少的人，因为这种感觉会使她们离开我们。另一个天平盘里是痛苦（并非确定的、部分的痛苦），它与前一

163

种状态相反，只有当我们不再试图讨好这个女人，不再让她相信她对我们可有可无，从而再去接近她时，这种痛苦才有所缓解。如果我们从装着自尊心的天平盘上拿去被年龄耗损的一部分毅力，往装着悲伤的天平盘里加进我们逐渐获得的、并任其发展的生理痛苦，那么天平所显示的将不是我们二十岁时的勇敢决定，而是我们年近半百时的决定——它十分沉重、缺乏平衡力，令人难以承受。何况，处境在不断重复中会有所变化，我们在中年或晚年时，可能乐于将某些习惯与爱情混为一谈（这对爱情是致命的），而青年时代却不承认这些习惯，它受到其他许多义务的约束，不能随意支配自己。

我给希尔贝特刚写了一封信来发泄怒火，但也故意安排了几句貌似偶然的话，女友可以抓住这些救命圈与我和解。但片刻以后，风向变了，我写下一些温情脉脉的句子，使用某些甜蜜而悲伤的短语，例如"永不再"之类。使用者认为这些词句感人肺腑，而那位读信的女人则会认为枯燥乏味，或者她觉得这统统是假话，将"永不再"解释为"今晚如果你需要我"，或者她相信这是真话，因此意味着永远分手（和我们所不爱的人分手何足为惜）。既然我们正在恋爱，我们便不可能像将来不再恋爱时那样行事，我们无法想象那女人真正的心理状态，因为，虽然明知她冷漠无情，但我们仍然遐想她以爱恋者的口吻说话（我们这样做是为了用美丽的幻想欺骗自己，或是为了解脱沉重的悲伤）。我们面对所爱的女人的思想举止，犹如古代最早的科学家面对大自然现象（科学尚未建立，未知事物尚未被解释），茫然失措，甚至更糟。我们看不到因果关系，看不到这个现象和那个现象之间的联系，我们眼中的世界像梦幻一般缥缈不定。当然，我试图克服这种紊乱，试图寻找原因。我甚至试图做到"客观"，认真考虑希尔贝特在我眼中的地位，我在她眼中的地位，以及她在别人眼中的地位，它们是多么悬殊！如果我看不到这种悬殊性，那么我就会把女友简单的殷勤看做炽热爱情的流露，把我自己滑稽可笑、有失体面的行为看做对美貌的简单优雅的倾爱。但是我也害怕走到另一个极端，以致把希尔贝特的不准时赴约和恶劣情绪看做是无法改变的敌意。我试图在这两种同样歪曲真相的观点中找出正确反映事物的第三种观点，我为此而作的种种计算稍稍缓和了我的痛苦。我决定第二天去斯万家（也许是服从于这些计算的结果，也许是计算表达了我的心愿），我很高兴，就像一个人本不愿旅行，并为此烦恼多时，最后来到车站才下决心取消旅行，于是高高兴兴回到家中解开行装。在人们犹豫不决时，采取某种决定的念头（除非不采取任何决定，从而使念头丧失生命力）像一粒富有生命力的种子，勾画出完成行动后所产生的激情的种种轮廓，因此，我对自己说，不再与她见面仅仅是想法而已，我却像实有其事那样感到痛苦，何其荒唐！再说，既然我最终会回到她身边，又何必作如此痛苦的决定和允诺呢？

　　然而，这种友好关系的恢复仅仅持续了片刻，即我去斯万家的路上。它的破灭并不是因为膳食总管（他很喜欢我）对我说希尔贝特不在家（当晚我从遇见她的人口中得知她确实不在家），而是他的说话方式："先生，小姐不在家，我向您担保她确实不在家。先生如果想打听清楚，我可以去叫小姐的随身女仆，先生尽可相信我会尽一切努

力使先生高兴的。小姐要是在家，我会立刻领先生去见她。"这番话的唯一重要意义在于它的自发性，因为它对矫饰的言语所掩盖的难以想象的现实进行了 X 光透视（至少是粗略的）。这番话证明，在希尔贝特身边的人眼中，我是个纠缠者。这些话刚从他口中说出来，便在我心中激起仇恨，当然，我乐于将他，而不是将希尔贝特，当做仇恨的对象。我将对她的全部愤怒集中倾泻在他身上，这样一来，我的爱情摆脱了愤怒，单独存留下来。然而，这番话也表明短期内我不应去找希尔贝特。她会写信向我道歉的。尽管如此，我不会马上去看她，我要向她证明没有她我照样可以活下去。再说，等我收到希尔贝特的信后，我能更轻易地忍受与她暂不见面之苦，因为只要我想见她便一定能见到。为了承受这故意设计的分离而不致过于痛苦，我的心必须摆脱可怕的疑虑，例如莫非我们从此绝交，莫非她与别人订婚走了，被劫走了。接下来的几天和新年的那个星期十分相似，因为当时我不得不在没有希尔贝特的情况下继续生活。不过，当时我很清楚，那个星期一结束，她便会回到香榭丽舍大街，我便会像以前一样见到她；另一方面，只要新年假不结束，我去香榭丽舍大街也没有用。因此，在那个已经遥远的、愁闷的星期中，我平静地忍受忧愁，既无恐惧也不抱希望。但现在却不然，这后一种感情，即希望，几乎像恐惧一样，使我痛苦得难以忍受。

当天晚上我没有收到希尔贝特的信，我归咎于她的疏忽和忙碌，深信第二天清晨的信件中肯定有她的来信。我每天都期待早上的信件，我的心在剧烈跳动，而当我收到的是别人的来信，而不是希尔贝特的来信时，我垂头丧气。有时我一封信也没有，这倒不见得更糟，因为另一个女人对我的友好表示会使希尔贝特的冷漠更为无情。我接着便寄望于下午的信件。即使在邮局送信的钟点以外，我也不出门，因为她很可能让人送信来。终于，天色已晚，邮递员或斯万家的仆人都不会登门了，于是我便将平静下来的希望转寄于第二天上午。我之所以这样做，是因为我认为我的痛苦不会持久，我必须不断地予以姑且说更新吧。悲伤依旧如前，但它不再像以前那样一成不变地延长最初的激情，而是每日多次地重新开始，激情的更新如此频繁，以至于它最后——它是纯粹物质的、暂时的状态——稳定在那里，因此，前一次期待所引起的惶惑还未平静下来，第二次期待便已出现，我每天无时无刻不处在焦虑之中（忍受一个小时也非易事）。这次的痛苦，比起从前那个新年假日来，要严峻百倍，因为这一次我并非完完全全接受痛苦，而是时时盼望结束痛苦。

最后我毕竟接受了痛苦，我明白这是决定性的，我将永远放弃希尔贝特，这也是为我的爱情着想，因为我决不愿意她在回忆中仍然蔑视我。从此刻起，当她给我订约会时，我甚至往往允诺，免得她认为我在为爱情赌气，但到最后一刻钟，我写信对她说我不能赴约，并一再表示遗憾，仿佛我在和某位我不想见的人打交道。我觉得，这些一般用于泛泛之交的表示歉意的客套话，比起对所爱的女人佯装的冷淡口气来，更能使希尔贝特相信我的冷漠。我不用言辞，而用不断重复的行动，便更好地说明我无意和她见面。等我真正做到这一点，她也许会重新对我感兴趣。可惜，这是空想。不再和她见面以便重新唤起

她和我见面的兴趣，这种办法等于永远失去她。因为，首先，当这个兴趣重新苏醒时，为了使它持久，我便不能立刻顺从它；其次，到那时最严酷的时刻已成过去，因为我最需要她的是此时此刻。我真想警告她，很快，这种分离的痛苦将大大减弱，我将不会像此时此刻那样，为了结束痛苦而想到投降、和解，重新和她相见。将来，等到希尔贝特恢复对我的兴趣，而我也可以毫无危险地向她表达我的兴趣时，这种兴趣经不起如此漫长的分离的考验，将不复存在。希尔贝特对我来说将成为可有可无的人。我很清楚这一点，但我没法对她讲。如果我告诉她长久不见面我不会再爱她，那么她会以为我的目的仅仅是让她赶快召唤我。在此期间，我总是挑希尔贝特不在家，她和女友外出不回家吃饭的日子去拜访斯万夫人（对我来说她又成为往日的她，当时我很少看见她女儿，少女不来香榭丽舍大街时，我便去槐树大街散步），好让希尔贝特明白，我之所以不见她，并非被别的事缠身，也并非身体欠佳，而是不愿意见面，尽管我作了相反的表白。这种办法使我比较顺利地坚持了分离。既然我能听见别人谈到希尔贝特，她肯定也听见人们谈到我，而且她会明白我并不依恋她。像所有处于痛苦中的人一样，我觉得自己的处境虽然不妙，但并不是最糟的，因为我可以随意进出希尔贝特的家（虽然我决不会利用这项特权）。如果痛苦过于剧烈，我可以使它中止。所以我的痛苦每天都是暂时的，这样说还不够，每小时中有多少次（但此刻已无决裂的最初几个星期里那种令人窒息的、焦虑的期待——在我回到斯万家以前），我对自己朗诵有一天希尔贝特将寄给我，或者亲自送来那封信！这个时时浮现在眼前的、想象的幸福，帮助我忍受了真正的幸福的毁灭。不管我们的女人犹如"失踪者"，尽管我们知道再无任何希望，我们却仍然期待，等待稍稍一点儿动静，稍稍一点儿声响。好比母亲虽然明知做危险勘察的儿子已葬身大海，但仍时时想象他会奇迹般地得救，而且即将身强体壮地走进门来。这种等待，根据回忆的强弱及器官的抗力，或者使母亲在多年以后承认这个事实，逐渐将儿子遗忘并生活下去，或者使母亲死去。另一方面，一想到我的悲伤有利于我的爱情，我便稍稍得到宽慰。我探望斯万夫人而不和希尔贝特见面，这种访问每次都是残酷的，但是我感到它会改善希尔贝特对我的看法。

每次去看斯万夫人以前，我总要打听清楚她女儿是不是确实不在家，我这样做不仅仅是因为我决心与她断交，也因为我仍希望和解，这个希望重叠在断交的意图之上（希望和意图很少是绝对的，至少并不总是绝对的，因为人的心灵有一条规律，它受突然涌现的不同回忆所左右，这规律即间断性），并且使我意识不到这个意图的残酷性。我很清楚希望极为渺茫。我像一个穷人，如果他在啃干面包时心想等一会儿也许有位陌生人会将全部家财赠给他，那么他就不会那么伤心落泪了。为了使现实变得可以忍受，我们往往不得不在心中保留某个小小的荒唐念头。因此，如果不和希尔贝特相遇，我的希望会更完好无损——虽然与此同时，我们的分离便成为现实。如果我在她母亲家与她迎面相遇，我们也许会交换几句无法弥补的话，那会使决裂成为永恒，使我的希望破灭，另一方面，它所产生的新焦虑会唤醒我的爱情，使我难以听天由命。

很久以前，早在我和她女儿决裂以前，斯万夫人就曾对我说：
"您来看希尔贝特，这很好，不过希望您有时也来看看我，但不要
在我的舒弗莱里①日来，客人很多，会使您厌烦，挑别的日子来，辰
光稍晚的时候我总在家。"因此，我的拜访仿佛仅仅是满足她很久以
前表达的愿望。我在时辰很晚、夜幕降临、我父母即将吃晚饭时出门
去斯万夫人家，我知道在访问中不会遇见希尔贝特，但我一心想的
仅仅是她。那时的巴黎不像今天这样灯火辉煌，即使市中心的马路也
无电灯，室内的电灯也少见，而在这个当时被认为偏僻的街区里，底
层或比底层略高的中二层（斯万夫人通常接待客人的房间就在这里）
的客厅射出明亮的灯光照亮街道，使路人抬眼观看。他自然将这灯
光，将这灯光的明显而隐晦的起因与大门口那几辆华丽马车联系起
来。当他看到一辆马车起动时，便颇有感触地认为奥秘的起因发生了
变化，其实只是车夫怕马匹着凉，因此让马匹来回溜达，这种走动
给人留下深刻印象，因为胶皮车轮静寂无声，它使马蹄声显得更清脆、
更鲜明。

在那些年代里，不论在哪条街上，只要住房离人行道不是太
高，从街上就能看见室内的"冬季花园"（如今只能在斯达尔②新
年礼品丛书的凹板照片中见到），这种花园与如今路易十六式客厅
的装饰——极少鲜花，长颈水晶玻璃瓶中只插着单独一枝玫瑰花或
日本蝴蝶花，再多一枝也插不进——恰恰相反，它拥有大量的、当

---

① 舒弗莱里：奥芬巴赫轻歌剧中的主人公，此处指正式接待日。
② 斯达尔（1814—1886）：法国文人及出版商。

时流行一时的室内装饰性植物，而且在安排上毫无讲究，它体现的不是女主人如何冷静地采用毫无生气的装饰，而是她如何热切地爱着活生生的植物。它更使人想到当时流行于公馆中的便携式微型花房。元月一日凌晨，人们将这种花房放在灯下——孩子们没有耐心等到天亮——放在新年礼品中间，而它是最美的礼品，因为人们可以用它培育植物，从而忘记光秃秃的冬天。冬季花园不仅和这种花房相似，还和花房旁边的那本精美书本上的花房图画相似，那幅画也是新年礼物，但不是赠给孩子们，而是赠给书中女主人公——莉莉小姐的，它使孩子们如此着迷，以致他们现在虽已老迈，但仍然认为那些幸运年代的冬天是最美好的季节。过路人踮起脚往往就能看见在这冬季花园的深处，在各式各样的乔木的内侧（从街上看进去，亮着灯的窗子仿佛是儿童花房——图画或实物——的玻璃罩），一位身着礼服、纽扣上插着一枝栀子花或石竹花的男人，正站在一位坐着的女士面前，两人的轮廓影影绰绰，如同一块黄玉中的两个凹雕，客厅充满了茶炊——当时是新进口货——的雾气，这种茶炊雾气今天仍然有，但人们习以为常，不再理会。斯万夫人很重视这种"茶"，她认为对男人说"您每天晚一点来，我总在家，您来喝茶"这句话既新颖又有魅力，她暂时用英国口音，并伴之以温柔甜蜜的微笑，因此对方十分认真，神情严肃地向她鞠躬，仿佛此事至关重要，奇异不凡，人们应该肃然起敬，决不可掉以轻心。

斯万夫人客厅里的鲜花不仅具有装饰性，除了上述原因以外，还有一个与时代无关，仅与奥黛特旧日生活有关的原因。她曾经是交际

171

花，大部分时间都和情人在一起，也就是说在她家中，因此她要安排好自己的家。在体面女人家里所看到的，并且被体面女人认为重要的东西，对交际花来说就更为重要。她每天的高峰时刻不是穿衣去给别人观赏，而是脱衣和男人幽会。她无论穿便袍还是穿睡衣，都必须像出门打扮一样风度翩翩。别的女人将珠宝炫耀于外，而她却将它藏于内室。这种类型的生活，要求并且使人习惯于一种隐秘的、几乎可以说是漫不经心的奢侈。斯万夫人的这种奢侈也扩及花草。在她的安乐椅旁总有一个硕大的水晶玻璃盆，里面全都是帕尔马蝴蝶花或是花瓣散落在水中的雏菊花。花盆似乎向来访者证明这是她所喜好的消遣——正如她喜欢独自喝茶一样，可惜被不速之客打断了。这种消遣甚至比喝茶更亲密，更神秘。因此，当来客看到展示在她身旁的鲜花时，会情不自禁地想向她道歉，仿佛他翻看了奥黛特尚未合上的书的标题，而标题会泄露她读的是什么，也就是说她此刻想的是什么。何况鲜花比书籍更有生命。人们走进客厅拜访她，发现她并非因为单独一人而惶惑不安；人们和她一同回家，看到客厅并非因为空寂而惶惑不安。这些鲜花在客厅中占有神秘的地位，它们与人所不知的女主人的生活密切相关。它们不是为来访者准备的，而是仿佛被奥黛特遗忘在那里。它们以前和现在都与奥黛特密谈，因此，人们害怕打扰它们，同时目不转睛地盯着那如稀释水彩般的、淡紫色的帕尔马蝴蝶花，徒劳地试图窥见其中的奥妙。从十月底起，奥黛特尽量按时回家喝茶，当时它仍然称做 "five o' clock tea" （五点钟的茶），因为奥黛特听说（并喜欢向别人重复）维尔迪兰夫人办沙龙正是为了告诉别人她这个钟点一定在家。奥黛特也想办一个沙龙，与维尔迪兰沙龙同一类型，但是更自由，用她的话说，senza rigore①。因此，她仿佛是德·莱斯比纳斯小姐，从小集团中的迪·德方②夫人那里夺来最讨人喜欢的男人，特别是斯万，好另立门户。按某种说法，在她的分裂活动和隐居生活中，斯万一直追随她，然而，尽管她能轻易地使不了解往事的新交相信她的话，她自己却并不信服。然而，当我们喜欢某些角色时，我们一再在众人面前扮演，又一再私下排练，因此想到的往往是它们虚幻的见证，而将真实几乎遗忘殆尽。斯万夫人整天在家时，穿着双绉丝便袍，它如初雪一般洁白纯净，有时穿着百褶薄纱长袍，上面撒满了粉色和白色的花瓣。今天，人们可能认为这身装束与冬天不相称，其实不然。这些轻盈的丝绸和柔和的色彩使她（那时的客厅挂有门帘，十分闷热，描写沙龙生活的小说家当时最高的褒词便是"舒舒服服地垫得厚厚的"。）像她身边那些仿佛冬去春来，裸露出肉红色的玫瑰花一样显得娇弱畏寒。地毯使脚步声难以觉察，女主人又隐坐在客厅一角，毫不觉察你的到来，因此，当你来到她面前时，她仍在埋头看书，这增加了浪漫性，增加了魅力——仿佛突然发现奥秘，至今我们记忆犹新。斯万夫人穿的便袍当时已不时兴，大概只有她还仍然穿着它们，因此仿佛是小说中的人物（只有亨利·格雷维③的小说

---

① 意大利文：无拘束。

② 德·莱斯比纳斯、迪·德方都是18世纪著名沙龙的女主人。

③ 亨利·格雷维（1842—1902）：法国女小说家，其作品情节曲折，以俄罗斯为背景。

中才见过这种便袍）。此刻是初冬，奥黛特客厅里硕大的菊花万紫千红，这是斯万从前未在她的寓所见过的。我赞赏它们——当我闷闷不乐地拜访斯万夫人时，我的失意使这位希尔贝特的母亲具有浓厚的神秘诗意，因为她第二天会对女儿说："你的朋友来看我了"——可能是由于那些菊花或是和路易十五式丝椅垫一样呈浅粉色，或是和她的双绉睡袍一样雪白，或是和她的茶炊具一样呈铜红色，它们给客厅的布置又加上一层装饰，这层装饰也同样艳丽高雅，但却具有生命，而且只能持续几天。使我尤为感动的是，与十一月黄昏薄雾中的夕阳所放射的绚丽的红色或深褐色相比，菊花的颜色并非转瞬即逝，它持续的时间更长。我看见阳光在空中暗淡下去，我跨进斯万夫人家，发现阳光再现，转移到菊花那火焰般的色彩上。这些菊花仿佛是高超的彩色画家从瞬息万变的大气和阳光中猎取来装点住宅的光彩一样，它们敦促我抛开深沉的忧郁，利用喝茶的这个小时去贪婪地享受十一月份短暂的乐趣（这乐趣闪烁在我身旁那亲切而神秘的菊花光辉之中）。可惜，我所听见的谈话并不能使我达到这光辉，谈话与光辉毫无共同之处。时光不早，但是斯万夫人温柔地对戈达尔夫人说："啊不，还早呢，别瞧钟，还不到时间，钟也不准。您有什么事要急着走呢？"同时又朝并未放下小皮夹的教授夫人递去一小块馅儿饼。

"要从这里出去可不容易。"邦当夫人对斯万夫人说。这句话表达了戈达尔夫人的感想，她惊奇地大声说："可不是，我的小脑瓜里也总是这么想的。"她的话得到赛马俱乐部先生们的赞成。当斯万夫人将他们介绍给这位毫不可爱、平庸无奇的矮女人时，他们仿佛受宠若惊，一再致敬，而戈达尔夫人对奥黛特显赫的朋友也十分谨慎，用她的话说是"严阵以待"（她喜欢用高雅的字句来表述最简单的事物）。"您瞧瞧，连着三个礼拜三您都失约。"斯万夫人对戈达尔夫人说。"可不是，奥黛特，有多少个世纪、多长的日子我们没见面了。我这不是认罪了吗？不过，您知道，"她用一种过分腼腆和含糊的神气说（虽然是医生的夫人，她谈起风湿病或肾绞痛来也不直截了当），"我遇到不少小麻烦，各人都有难念的经嘛！我的男仆中出了一场风波，其实我并不比别的女人更看重权威，但是，我不得不辞退膳食总管，以示警戒，他也正想找一个更赚钱的工作。他这一走几乎引起内阁全体辞职，连我的贴身侍女也不愿意留下，那场面可以和荷马媲美。不过，我终于掌稳了舵，这个教训使我获益匪浅。瞧，我用这些仆人们的琐事来使您厌烦。您也知道，不得已进行人员调整，这是多么伤脑筋的事。您那位漂亮女儿不在家？"她问道。"不，我那位漂亮女儿在女友家吃饭。"斯万夫人回答，同时转身对我说："我以为她给您写过信，让您明天来看她哩。"接着她又对教授夫人说："您的婴儿怎么样？"我长长地舒了一口气。斯万夫人的话向我证明，只要我愿意我就可以和希尔贝特见面，而这正是我前来寻找的安慰，正因为如此，我这段时期的访问成为必不可少的。"没有，我今晚给她写几个字。再说，希尔贝特和我再不能见面了。"我说话的语气仿佛将这分离归结为某个神秘原因，这样一来，我可以保持爱情的幻想，我谈到希尔贝特和她谈到我时的温柔口吻使这幻想不至于破灭。

　　"您知道她十分爱您，您明天真的不来？"斯万夫人说。一阵喜

悦突然使我飞了起来，我心里想："为什么不来呢？既然是她母亲亲自请我？"但我立刻堕入忧愁之中。我担心希尔贝特看到我时会认为我最近的冷淡是伪装的，因此我宁愿继续不见面。在个别交谈中，邦当夫人抱怨说她讨厌政治家的夫人们，并且装腔作势地说所有的人都可厌和可笑，她为她丈夫的地位感到遗憾。

"这么说，您可以一口气接待五十位医生夫人？"她对戈达尔夫人说，因为后者对谁都和蔼可亲，认真履行义务。"啊，您是有美德的人。我嘛，在部里，当然我必须接待。哎！那些官太太，您知道，真没办法，我没法不对她们伸舌头。我的外甥女阿尔贝蒂娜也和我一样。您不知道这小姑娘有多冒失。上星期我的接待日那天，来了一位财政部次长的夫人，她说她对烹调一窍不通。我那位外甥女露出最美妙的微笑回答说：'可是，夫人，您肯定知道烹调是怎么回事，因为令尊大人刷过盘子。'"

"啊！我真喜欢这故事，妙极了！"斯万夫人说，接着又向戈达尔夫人建议道："医生出诊的日子，您至少能享受一下可爱的家和花草书本及您喜欢的东西做伴吧。"

"就这样，她直截了当地给了那位女士两下，砰，砰，她可不含糊。事先一点风也不透，这个小坏蛋，像猴子一样机灵。您是幸运者，您能克制自己，我特别羡慕那些善于掩饰思想的人。"

"我并不需要这样做，夫人，我这人很随和。"戈达尔夫人轻声说，"首先，我没有您这样的特权地位。"她略略提高声音。每当她在谈话中塞进微妙的殷勤和灵巧的恭维，以博得好感并有益于丈夫的事业时，她总是这样略略抬高声音以增强效果的，"其次，我对教授是鞠躬尽瘁的。"

"不过，夫人，问题不在于愿意不愿意，而在于能够不能够。您大概不属于神经质的人。而我，一看见国防部部长夫人装模作样，我就禁不住模仿她。我这脾气真糟糕。"

"啊！对了，"戈达尔夫人说，"听说她有抽搐的毛病。我丈夫还认识一位地位很高的人，当然，这些先生们私下议论起来……"

"对了，夫人，正像那位驼背的礼宾司司长。他每次来，不到五分钟我必定要碰碰他的驼背。我丈夫说我会让他丢了差事，有什么办法呢，让他的部见鬼去吧！对，让他的部见鬼去吧！我该把这句话印在信纸上作为座右铭。我这样说一定使您听着刺耳吧，您是位和气的人，而我，我承认，我喜欢小小的恶作剧，不然生活就太单调了。"

她一个劲地谈论丈夫的部，仿佛它曾是奥林匹斯似的。为了转移话题，斯万夫人转身对戈达尔夫人说："您看上去真漂亮，是勒德弗商店做的？"

"不，您知道，我是罗德尼兹商店的信徒，再说，这是改的。"

"是吗，挺有派头！"

"您猜多少钱？……不，第一位数不对。"

"怎么，这么便宜，简直是白给的。人家告诉我的比这要贵三倍。"

"人们就是这样写历史的。"医生的妻子回答说。接着她指着斯万夫人送她的围脖缎带说道："您瞧，奥黛特，您还认得吗？"

门帘掀开了一半，伸进一个脑袋，他毕恭毕敬、彬彬有礼、戏谑

地假装唯恐打扰众人，这是斯万。"奥黛特，阿格里让特亲王正在我的书房，他问能不能来看看你。我该怎样回答他呢？""我很乐意。"奥黛特显然满意地说，但脸色平静。这很自然，因为她曾接待过高雅人士（即使在她当交际花的时期）。斯万将这个批准令带去给亲王。如果不是在这个空隙里维尔迪兰夫人走了进来，他就要领着亲王回到妻子身边。

斯万和奥黛特结婚时，曾要求她不再和那个小集团来往（他这样做当然有许多理由，而且，即使没有理由，他也会这样做，因为忘恩负义是一条规律，它容不得例外，它更证明了这一点：所有牵线搭桥的中间人不是缺乏远见就是毫无私心）。他只允许奥黛特和维尔迪兰夫人每年互访两次。"女主人"的某些信徒十分气愤，认为这未免太过分，为她鸣不平，因为多年以来，奥黛特，甚至斯万，一直被她视为上宾。小集团中诚然有虚情假意的兄弟，他们不去维尔迪兰夫人家，而是偷偷地赴奥黛特的约会，而且，万一事情泄露，他们便借口说想见见贝戈特（尽管"女主人"说贝戈特不去斯万家，又说他毫无才华可言，但她仍然想方设法——用她的话说——吸引他）。但小集团中也有"过激分子"，他们对妥善的个别处理方式（它往往使当事人避免采取极端态度来对待某人）一窍不通，而是盼望维尔迪兰夫人与奥黛特一刀两断（这个愿望当然落空），使奥黛特从此再不能得意扬扬地笑着说："自从分裂出来，我们很少去'女主人'家。我丈夫还是单身汉时，去她家比较容易，可是结婚以后就不那么容易了……说老实话，斯万先生受不了维尔迪兰大妈，所以他也不愿意我和她经常来往。而我呢，作为忠实的妻子……"斯万陪同妻子出席维尔迪兰家的晚会，但是当维尔迪兰来看奥黛特时，他往往回避。因此，如果"女主人"在座，他就让阿格里让特亲王一个人进去。奥黛特单独将亲王介绍给维尔迪兰夫人，她不愿意维尔迪兰夫人在这里听见默默无闻的姓氏，而愿意让她看到许多陌生面孔，从而自认为置身于贵族名流之中。奥黛特的这番算计十分奏效，维尔迪兰夫人当晚便带着鄙夷的神气对丈夫说："她的朋友们真可爱，的确是反动势力的精华！"

奥黛特对维尔迪兰夫人也抱着相反的幻觉。这个沙龙当时并未具有后来的雏形，维尔迪兰夫人甚至还不到孵化期——在此期间停止大聚会，因为新近赢得的、为数可观的名流会被众多无名小卒所淹没，因此宁可等待，等到被吸引来的十位体面人物繁殖七十倍！如同奥黛特即将做的那样，维尔迪兰夫人也将"上流社会"作为目标，但她的进攻范围仍然窄狭，而且与奥黛特的进攻区相距甚远（奥黛特有可能达到同样目标，有可能进行突破），因此，奥黛特对"女主人"所拟定的战略计划一无所知。当人们对奥黛特说维尔迪兰夫人是赶时髦的女人时，奥黛特笑了起来，真心诚意地说："恰恰相反。首先她不具备赶时髦的条件，她谁也不认识；其次，说句公道话，她觉得现在就很好。不，她喜欢的是星期三的聚会，愉快的谈话。"她暗暗羡慕维尔迪兰夫人作为"女主人"所强调的艺术（奥黛特在这所杰出学校中也学到了这门艺术），那就是（对女主人而言），善于"聚集"，善于"组织""发挥""隐退"的艺术，虽然这些艺术仅仅

充当"桥梁"的艺术，是为空虚涂上色彩，对空虚进行雕琢，确切地说是虚无的艺术。

斯万夫人的女友们看到维尔迪兰夫人来访十分诧异，因为在她们的想象中，维尔迪兰夫人与她高朋满座（永远是小集团）的客厅是无法分开的，而此刻她们惊奇地看到，在这位作为客人的"女主人"身上，在她那张安乐椅上，竟重现、凝聚、浓缩了整个小集团，她裹在一件和这间客厅墙上挂的白色皮毛同样毛茸茸的鼯皮大衣里，仿佛是客厅中的客厅。胆怯的女客唯恐打扰主人，起身告辞，并且用复数人称说："奥黛特，我们先走了。"就仿佛人们在探视刚能行走的病人时采用复数人称说话，以暗示别让病人过度疲劳。人们羡慕戈达尔夫人，因为"女主人"称呼她的名字。"我带您一起走？"维尔迪兰夫人问戈达尔夫人，她怎能忍受一位信徒不追随她而独自留下呢？"这位夫人已经好意要我坐她的车了。"戈达尔夫人回答，她不愿意让人以为她为了讨好有名气的人而将答应乘邦当夫人的三色标志马车一事忘在脑后："我真谢谢你们这些朋友。你们要我乘你们的车，对我这个没车夫的人来说，真是运气。""特别是，""女主人"回答说（她不敢说得太多，因为她对邦当夫人略有了解，而且刚刚邀请她参加每星期三的聚会），"您住得离克雷西夫人那么远。啊，我的天，我永远也不习惯说斯万夫人。"对小集团这些才智平庸者来说，佯装不习惯称斯万夫人，这也是一种玩笑。维尔迪兰夫人又说："我一向习惯于称克雷西夫人，刚才差一点又说漏嘴。"其实她是在对奥黛特说话时故意说错，而决非差一点说漏嘴了。"奥黛特，您住的地方这样偏辟，不害怕吗？晚上回家我会提心吊胆的。再说，这里又潮湿，对您丈夫的湿疹十分不利。总不至于有耗子吧？""没有！多可怕呀！""那就好，这是别人对我说的。我很高兴这是谣传，我这人特别害怕老鼠，都不敢来看您了。再见，亲爱的，回头见，您知道我多么高兴见到您。您不会摆弄菊花。"她一面往外走一面说，斯万夫人起身送她，"这是日本菊花，您得照日本方式插花。"当"女主人"走了以后，戈达尔夫人大声说："我可不同意维尔迪兰夫人的看法，虽然在一切问题上我都把她当做戒律和先知。奥黛特，只有您能找到这么漂亮的菊花，用时兴的说法，漂亮应用阳性形容词。"斯万夫人轻声回答说："亲爱的维尔迪兰夫人对别人的花有时不够友好。"戈达尔夫人为了打断对"女主人"的批评，便问道："您去哪家花店？勒梅特尔？那天在勒梅特尔花店前有一株很大的粉色灌木，于是我便做了一件大蠢事。"但她不好意思说出那株灌木的精确价格，只是说"不易上火"的教授也暴跳如雷，说她瞎花钱。"不，不，除了德巴克以外，我没有固定的花店。"戈达尔夫人说："我也一样，不过我承认我偶尔对它不忠，去拉肖姆花店。""哈！您抛弃德巴克花店而去拉肖姆花店，我可要去告密了。"奥黛特回答说，尽量显得风趣，好引导谈话。她在自己家中比在小集团中要轻松自如得多，她又笑着补充说："再说，拉肖姆花店的价格惊人，未免太贵了，我觉得实在不像话。"

　　邦当夫人曾不止一百次地说过她不愿意去维尔迪兰家，此刻却因受到星期三聚会的邀请而兴奋不已，而且盘算着如何才能尽量多去几次。首先，她不知道维尔迪兰夫人是容不得任何一次缺席的。其

次，邦当夫人属于那种人们不乐于与之交往的女人，这种女人被邀请参加"系列"聚会时往往不是干脆地赴约（她们不像那些稍稍有空便愿意出门的人那样使主人高兴），而是相反地强制自己不去参加第一次和第三次晚会，希望自己的缺席会引起注意。她们只出席第二次和第四次晚会，但如果别人告诉她们第三次晚会将十分精彩，那么她们便将秩序颠倒一下，借口说"很可惜，上一次她们没有空"。邦当夫人既是这种人，便盘算在复活节前还有几个星斯三，她怎样才能多去一次，而无强加于人之嫌。她想在和戈达尔夫人一同回家的路上得到稍许启示。"啊！邦当夫人，您站起来了，这种逃跑的信号可真不好。您上星期四没有来，应该给我补偿……来，再坐下，就一会儿。晚饭以前，您总不会再拜访别人吧！真的，您不想尝尝？"斯万夫人一面递过点心，一面说："您知道，虽然看上去不怎么样，您尝尝，这些小玩意儿味道不坏，您一定会喜欢的。"戈达尔夫人说："不，看上去就好吃。奥黛特，您家里的食品可真丰富。我不用问是在哪里买的，我知道您总是去雷巴特商店。我得承认，我不像您那样专一，我常去布内博内商店买小点心和糖果，那里的冰激凌可实在不好，而雷巴特商店对冰冻食品，不论是冷冻甜点还是果汁冰糕，都很拿手，我丈夫说，'nec plus cultra'①。""不过，这些点心是自己家里做的，您真的不要？"邦当夫人说："不，要不我就吃不下饭了。不过我再坐片刻，您知道，和您这样聪明的女人谈天是件快事。""您会觉得我

---

① 拉丁文，意为：世界的尽头；好得不能更好了。

多管闲事，奥黛特，不过我很想知道您对特龙贝夫人那顶大帽子的评价。当然大帽子是目前流行的款式，但是，是不是稍稍过分了？刚才她那顶帽子比起前几天她来我家戴的帽子，还是小巫见大巫哩！""哪里，我可不聪明，"奥黛特带着理当如此的神气说，"其实我这人很容易轻信别人，人家说什么我都相信，常常为一点小事伤心发愁。"她影射的是最初因嫁给斯万这样的人而痛苦不安，斯万有自己的生活并和别的女人来往。阿格里让特亲王听见她说"我可不聪明"，立刻认为应该加以否定，但却缺乏敏捷的反应能力。"您胡说什么呀！"邦当夫人高声说，"您还不聪明？"亲王赶紧抓住这根救命稻草说："这是什么话？大概耳朵在骗我吧？"奥黛特说："真的，我不骗你们，我确实是小市民，容易大惊小怪，满脑子偏见，坐井观天，十分无知，"接着她打听夏吕斯男爵的近况："您见到亲爱的男爵了吗？""您算无知？"邦当夫人惊呼道，"那么，那些官员们，那些只会谈论衣着服饰的殿下夫人们又算什么呢！……对了，夫人，就在上个礼拜，我还和公共教育部部长夫人谈到《洛亨格林》①。她说：'啊，《洛亨格林》，对了，这是牧羊女游乐场上一次的表演，据说逗人笑得直不起腰。'我听了真想给她一记耳光，您瞧瞧，夫人，有什么办法，这种话怎不叫人发火。我是个偏犟的人，您是知道的，"接着她又转脸对我说，"您说呢，先生，我的话有理吧？""依我说，"戈达尔夫人说，"这情有可原，我们常常被突然的问题弄得措手不及，所以答非所问，这

---

① 《洛亨格林》是瓦格纳的三幕歌剧。

一点我略有体会，因为维尔迪兰夫人经常这样让我们出洋相。""谈到维尔迪兰夫人，"邦当夫人问戈达尔夫人，"您知道下星期三她家有哪些客人？……我记起来了，对，我们接受了邀请，下星期三去她家。您是不是先到我家吃晚饭？然后我们一同去她家。我独自去有点胆怯，也不知为什么，这位尊贵的女士一直使我害怕。""我可以告诉您，"戈达尔夫人说，"使您害怕的是她的嗓音，这没办法，哪会人人都有斯万夫人那样好听的声音呢？不过，'女主人'这话很对，只要你开口说话，冰雪立刻融化，维尔迪兰夫人确实很好客，当然我理解您此刻的心情，第一次去陌生地方总是不太自在的。"

"您也来和我们一道吃饭吧，"邦当夫人对斯万夫人说，"饭后我们一同去维尔迪兰家，玩维尔迪兰游戏，到那里以后我们三人待在一边自己交谈，'女主人'会对我瞪眼睛，从此不再邀请我，不过我不在乎。那会使我大大开心咧。"她这番话似乎不太真实，因为她接着又问："您知道下星期三她家会有哪些客人？聚会都干些什么？客人总不至于太多吧？""我肯定不会去，"奥黛特说，"我们只能在最后那个星期三露露面。如果您愿意等到那时……"然而，邦当夫人对这个延期的建议似乎毫无兴趣。

一个沙龙的才智价值往往与风雅成反比，然而，既然斯万认为邦当夫人讨人喜欢，那就是说一个人沉沦而被迫与另一类人为伍时，他对他们不再苛求，对他们的才智及其他不再挑剔。如果这一点是真的，那么，个人和民族一样，在失去独立性的同时也失去自己的文化修养，甚至语言。这种容忍态度的后果之一，便是从某个年龄开始，人们越来越喜欢听别人赞扬和鼓励自己的才智和气质，例如，大艺术家不再和具有独特性的天才交往，而只和学生来往，后者和他的唯一共同语言是他的教条，他们对他唯命是从、顶礼膜拜，又例如，在聚会中某位唯爱情至上的、卓越的男士或女士会认为，那位虽然才智平庸，但话语之间对风流韵事表示理解和赞同的人才是最聪明的人，因为他的话使情人或情妇的情欲本能感到愉快。再以斯万为例。邦当夫人说："有些沙龙只接待公爵夫人们，真是岂有此理！"此时，作为奥黛特的丈夫的斯万便点头称是，要是往日在维尔迪兰家中，他会对邦当夫人不以为然，而此刻却说她是个好女人，既风趣，又不附庸风雅。他也乐于给她讲一些有趣的事，使她"乐得直不起腰"，她没听说过这些事，但一点就"通"，她喜欢讨人欢心，喜欢取乐。

"这么说，医生不像您那么酷爱花？"斯万夫人问戈达尔夫人。"啊！您知道，我丈夫是圣人，中庸之道。不过他倒是有一个嗜好。"邦当夫人眼中闪着狡黠、欢乐和好奇，问道："什么嗜好，夫人？"戈达尔简单明了地说："看书。""这种嗜好可没什么让妻子担心的。"邦当夫人惊呼道，一面克制邪恶的微笑，"您知道，医生完全钻到书里去了！""那好呀，您不用担心害怕……""哪里，我担心……他的眼睛。我得回去了，奥黛特，下次再来敲府上的门。说到视力，您听说维尔迪兰夫人要在新买的房子里装电灯吗？这消息不是我的私人密探告诉我的，是从另一条渠道，电工米尔德那里听说的。您瞧我对消息来源毫不隐瞒。连卧室也要装电灯，配上灯罩使光线柔和，多么美妙的奢侈！我们的同代人总是追求新玩意，哪怕是世上独一无二的

玩意儿。我一位朋友的嫂嫂在家里装了电话，不用出门就能向供应商订货。我承认我略施小技让她同意我哪天去对着电话机谈话。电话对我很有诱惑力，不过我宁肯去朋友家打电话，而不愿自己装电话。新鲜劲一过，电话会完完全全成为累赘的。好了，奥黛特，我走了，别再挽留邦当夫人，她要送我回家，我必须走，您这下子可让我闯祸了：我丈夫比我先到家！"

　　我也一样应该告辞回家了，虽然还没有品尝菊花这些鲜艳斑斓的外壳所蕴藏的冬天的乐趣。乐趣尚未来到，而斯万夫人似乎不再等待什么了。她任仆人收拾茶具，仿佛在宣布："关门了！"她终于开口说："真的，您也要走？那好吧，再见。"即使我留下来，也就未必能体会到这陌生的乐趣，而原因不仅仅在于我的忧郁，也就是说这种乐趣并不存在于迅速导致告辞时刻的那条时间的老路上，而是存在于我所不知的一条小路上，我本该拐弯进去才对。不过，我的拜访至少已经达到目的，希尔贝特会知道她不在家时我来看过她父母，还会知道，用戈达尔夫人的话说，"我一上来，从一开始就征服了维尔迪兰夫人"（医生夫人从未见过维尔迪兰夫人如此"殷勤讨好"，还说"你们大概天生有缘分"）。希尔贝特将知道我曾恰如其分地、怀着深情谈起她，她将知道我们不见面我仍然能生活下去，而她最近对我的厌嫌，在我看来，正是因为她认为我没有这个能力。我曾对斯万夫人说我不能再见希尔贝特。我这样说，仿佛我决心永远不再见她。我要给她写的信也表达同样的意思。但是，为了给自己鼓气，我要求自己作最后的、短暂几天的努力。我对自己说："我这是最后一次拒绝她的约会。我将接受下一次约会。"为了减少这种分离的痛苦，我不把它看做是永久分离，虽然我感到它将是永久的。

这一年的元旦对我十分痛苦。当您不幸时，无论是有意义的日子还是纪念日，一切都会令你痛苦。然而，如果你失去了亲爱者，那么，痛苦仅仅来源于强烈的今昔对比，而我的痛苦则不然，它夹杂着未表明的希望：希尔贝特其实只盼着我主动和解。见我没有采取主动，她便利用元旦给我写信："到底是怎么回事？我爱上你了，你来吧，我们可以开诚布公地谈谈，见不到你我简直无法生活。"从旧年的岁末起，我就认为这样一封信完全可能，也许并非如此，但是我对它的渴望和需要足以使我认为它完全可能。士兵在被打死以前，小偷在被抓获以前，或者一般来说，人在死前，都相信自己还有一段可以无限延长的时间，它好比是护身符，使个人——有时是民族——避免对危险的恐惧（而并非避免危险），实际上使他们不相信确实存在危险，因此，在某些情况下，他们不需要勇气便能面对危险。这同一类型的毫无根据的信念支持着恋人，使他寄希望于和解，寄希望于来信。其实，只要我不再盼望信，我就不会再等待了。尽管你知道你还爱着的女人对你无动于衷，你却仍然赋予她一系列想法——即使是冷淡的想法——赋予她表达这些想法的意图，赋予她复杂的内心生活（你在她的内心中时时引起反感，但时时引起注意）。对希尔贝特在元旦这一天的感觉，我在后来几年的元旦都有切身体会，那时，我根本不理睬她对我是专注还是沉默，是热情还是冷淡，我不会想，甚至不可能想到去寻求对我不复存在的问题的答案。我们恋爱时，爱情如此庞大以

187

致我们自己容纳不了，它向被爱者辐射，触及她的表层，被截阻，被迫返回到起点，我们本人感情的这种回弹被我们误认为是对对方的感情，回弹比发射更令我们着迷，因为我们看不出这爱情来自我们本人。

元旦一小时一小时地过去，希尔贝特的信没有来。那几天我收到几张迟发的或者被繁忙的邮局延误的贺年卡，所以在元月三号和四号，我仍然盼望她的信，不过希望越来越微弱。后来几天里，我哭了许多次。这是因为，我放弃希尔贝特并不如我想象的那样出自真心诚意，我一直盼望在新年收到她的信，眼前这个希望破灭了，而我又来不及准备另一个希望，我像服完了一小瓶吗啡而手头又没有第二瓶吗啡的病人一样痛苦异常。但是也可以有另一种解释，而这两种解释并不相互排斥，因为同一种感情有时包括相反的因素，那就是在我的内心中，对希尔贝特来信所抱的希望曾使她的形象离我更近，当初我急于见她，我如何见到她，她如何待我，凡此种种所引起的激情曾再次涌上心头。立即和解的可能性否定了顺从——其巨大力量往往不被我们察觉。人们对神经衰弱的病人说，只要他们躺在床上不看信不读报，他们便会逐渐安静下来，然而病人却不相信，他们认为这种生活方式只会更刺激他们的神经。同样，恋人们从相反的心理状态来观察"放弃"，在未真正付诸实际行动以前，他们也不会相信"放弃"会具有裨益身心的威力。

由于我心跳过速，人们叫我减少咖啡因的剂量，我减量以后，剧烈心跳果然停止，于是我开始怀疑：与希尔贝特近乎绝交时我所感到的焦虑莫非是由咖啡因所引起的？而每当这种焦虑重现时，我总以为是因为我看不见希尔贝特，或者是因为（偶尔与她相遇）看见她冷冷的面孔而感到痛苦。不过，如果说这药才是痛苦的根源，而我的想象力却进行了错误解释的话（这也不必大惊小怪，因为情人们最沉重的精神痛苦往往是由和他们同居的女人的生理习惯所引起的），那么它仿佛是使特里斯多和绮瑟①饮后长久相爱的药酒。咖啡因的减量虽然立即使我身体好转，但并未消除我的忧郁。如果说这带毒性的药没有创造忧郁，至少它曾使忧郁变得更为尖锐。

　　快到一月中旬，我对新年来信的希望破灭，失望所引起的附加的痛苦稍稍有所缓解，然而，"节日"前的悲伤又卷土重来。它之所以十分残酷，是因为我就是这个悲伤的制造者，有意识的、自愿的、无情的、有耐心的制造者。希尔贝特和我的关系是我唯一珍惜的东西，而我却不遗余力地破坏它，用长期不来往的办法逐渐制造我的冷漠（并非她的冷漠，但实际上是一回事）。我不断地、竭尽全力地对我身上爱恋希尔贝特的那个我进行残酷的慢性自杀，而我清楚地意识到我此刻的行为及将来的后果。我不仅知道再过一段时间我将不再爱希尔贝特，我还知道她将为此感到遗憾，她会想方设法和我见面，但都和今天一样不能如愿以偿，并不是因为我太爱她，而是因为我肯定会爱上另一个女人，我将长时间地渴望她、等待她，不肯腾出一秒钟来和希尔贝特见面，因为希尔贝特对我将毫无意义。毫无疑问，就在此刻（我已决心不见她，除非她正式要求解释，或者

───────────────
　　① 特里斯多和绮瑟：12世纪法国民间传奇中的两个人物，他俩因误喝药酒永生相爱，并受迫害。

189

表白全部爱情，而这是决不会发生的），我已失去希尔贝特，但我却更爱她（我比去年更强烈地感到她对我是多么重要，去年的每天下午，我都能如愿以偿地和她在一起，以为我们的友谊不受任何威胁）。毫无疑问，此刻我憎恶这个念头：有一天我会对另一个女人产生同样的感情。这念头从我这里夺去的不仅仅是希尔贝特，还有我的爱情和痛苦，而我是在爱情和痛苦之中，在眼泪中努力确定希尔贝特的意义的，现在却必须承认这爱情和痛苦并非她所专有，它们迟早会献给另一个女人。因此——这至少是我当时的想法——我们永远超然于具体对象之外，当我们恋爱时，我们感到爱情上并未刻着具体对象的名字，它在将来，在过去，都可能为另一个女人（而不是这个女人）诞生，而当我们不恋爱时，我们以明哲的态度对待爱情中的矛盾，我们随兴所至地高谈阔论，但我们并不体验爱情，因此我们并不认识它。因为对爱情的认识具有间歇性，感情一出现，认识即消亡。我将不再爱希尔贝特，我的痛苦让我隐约窥见我的想象力所看不到的未来，当然，此刻还来得及向希尔贝特发出警告，告诉她这个未来正逐渐成形，告诉她它的来临是迫近的，甚至无法避免的——如果她希尔贝特不来协助我对那尚在萌芽状态的未来的冷漠进行摧毁的话。多少次我想象给希尔贝特写信，或者跑去对她说："请注意，我已作出决定。此刻是我最后一次努力。这是我们最后一次见面。很快我就不再爱你了！"可这又何必呢？我有什么权利责备希尔贝特无动于衷呢？我自己不是对除她以外的一切无动于衷，而并不引咎自责吗？最后一次！对我来说，这是天大的事，因为我爱希尔贝特。但是对她来说，这就好像是友人在移居国外以前写信要求来访一样，而我们往往予以拒绝（仿佛拒绝爱我们的讨厌女人），因为我们在盼望快乐。我们每天所支配的时间具有弹性，我们所体验的热情使它膨胀，我们所引起的热情使它收缩，而习惯将它填满。

此外，即使我对希尔贝特讲，她也听不懂。我们说话时，总以为听话者是我们自己的耳朵，自己的脑子。我的话语仿佛穿过暴雨的活动水帘才到达希尔贝特那里，拐弯抹角，面目全非，仅仅是可笑的声音，而再无任何含义。人们借话语所表达的真理并不具有不可抗拒的确凿性，它不能立即使人信服，必须经过一段时间真理才能在话语中完全成形。例如，在论战中，某人不顾种种论据证据，将对立面的理论斥为叛逆，但是后来他却皈依了这个最初被他憎恶的信念，而原先徒劳传播这个信念的人却不再相信它。又例如一部杰作，对于高声朗诵的崇拜者来说，它当然是传世之作，无须证明，而听者却认为它毫无意义或者平庸无奇，但后来听者也承认这是杰作，可惜为时太晚，作者已无法知道。同样，在爱情上，不论你做什么，障碍决不会被绝望者从外部摧毁；只有当你对它们不再感兴趣时，它们才会从另一方面，被不爱你的女人的内心力量所推倒，昔日你试图推倒但总不成功，如今它却突然倒塌，但对你已毫无意义。如果我将自己未来的冷漠及其防止办法告诉希尔贝特，她会以为我这样做表明我对她的爱情和需求超过她的估计，因此她会更讨厌和我见面。确实，正是爱情使我比她更清楚地预见到了这个爱情的结果，因为我连续处于前后矛盾的精神状态。我本来可以通过写信或见面对希尔贝特发出这个警

191

告，因为这段时间说明我并非须臾离不了她，并且向她证明没有她我也能活下去。不巧的是，某些人，不知出于好意还是恶意，向她说起我，而那口气使她认为是我央求他们这样做的。每当我得知戈达尔、我母亲甚至诺布瓦先生用笨拙的话语破坏我刚刚作出的牺牲，践踏我的克制态度所获得的结果时（他们使她误认为我不再保持克制），我感到双倍的气恼。首先，我那用心良苦又卓有成效的回避必须从头开始，因为那些讨厌的人在我背后破坏了我的努力，使我前功尽弃。不仅如此，我和希尔贝特见面的愉快也会减色，因为她不再认为我在体面地顺从，而会认为我暗中活动，以谋求她不屑于赏赐的会晤。我诅咒人们这种无聊已极的闲言碎语，他们往往在关键时刻深深地伤害我们，而并无使坏或帮忙之意。他们什么也不想，为说话而说话。有时是因为我们未能对他们保持沉默，而他们的嘴又不紧（和我们一样）。当然，在摧毁爱情的这项残酷工程中，他们的作用远远比不上两个人——这两人往往在一切即将圆满解决时使一切付之东流，其中一人出于过度的善意，另一人出于过度的恶意，而我们并不像怨恨不识时务的戈达尔之流一样怨恨这两个人，因为第二位是我们所爱的人，第一位是我们自己。

每次拜访斯万夫人，她总邀请我和她女儿一道喝午茶，而且叫我直接给她女儿回信，因此，我常常给希尔贝特写信，在信中我没有选用我认为最有说服力的词句，而仅为我的眼泪寻找最温柔的河床，因为遗憾和欲望一样，并不试图自我分析，只要求自我满足。当一个人恋爱时，他的时间不是用来弄明白他的爱情是怎么回事，而是用来促成明天的约会。当他放弃爱情时，他不试图理解自己的悲伤，而是试图向引起这种悲伤的女人献上他认为最动人的话语。他说的是他认为有必要讲的，而对方不会理解的话，他在为自己说话。我写道："我原先以为这决不可能，唉！看来这并非十分困难。"我还说："也许我再也不见你了。"我的话避免冷淡（她会认为那是矫揉造作），但当我写下这些话时，我在流泪，因为我感到它们表达的不是我可能相信的事，而是实际上即将发生的事。下一次她托人要求和我见面时，我也会像这次一样鼓足勇气不让步，这样一来，经过一次又一次的拒绝，我会逐渐达到因长久不见面而不想见面的状态。我流泪，但是我有勇气（而且感到愉快）牺牲和她相会的幸福，以求有朝一日吸引她，然而，到了那一天，吸引不吸引她对我来说已无关紧要了。我假定——尽管不太可能——此刻她在爱我，正如我最后那次拜访她时她说的那样，我假定她的厌倦情绪不是出于对我的厌烦，而是出于嫉妒的敏感性，出于和我相似的虚假的冷漠，这种假定仅仅使我的决定不那么残酷。我想象在几年以后，当我们彼此相忘时，我回顾往事，对她说我此刻写的信没有一个字是真的，她会回答："怎么，你当时爱着我？你知道我多么盼望这封信，多么盼望和你见面，这封信使我哭得多伤心！"我从她母亲家一回来便动手写信，虽然我想到我可能正在制造误会，但这个想法，由于它带来的忧愁，也由于它带来的愉快（我想象希尔贝特爱着我），促使我把信写下去。

当斯万夫人的"茶会"结束，客人们告辞时，我脑子里想的是如何给她女儿写信，而戈达尔夫人想的却完全是另一种事情。她"巡

视"一番，毫无例外地向斯万夫人赞扬客厅的新家具，醒目的新"添置品"，在其中发现奥黛特在拉贝鲁丝街的前寓所里某几件东西（虽然为数极少），特别是她的吉祥物——宝石雕成的动物。

斯万夫人从一位受她敬重的朋友那里学到了"过时"一词，它打开了新的眼界，因为它所指的恰恰是几年以前她认为"时髦"的东西，因此这些东西便统统隐退，与曾作为菊花支撑的金色格子架、许多希鲁商店的糖果盒，以及印有花饰的信纸堆在一起（还不算装饰壁炉板的硬纸钱币，早在她认识斯万以前，一位颇有修养的男人就劝她将它们收起来）。此外，在这些暗色墙壁（与斯万夫人稍后的白色客厅完全不同）的房间中，在这种艺术气质的紊乱和画室般的杂乱中，远东风格在 18 世纪风格的进逼下节节败退，斯万夫人为了使我更"舒服"而拍打的椅凳上绣的是路易十五式的花束，而不再是中国龙。她经常待在房间里，她说："我很喜欢这间房，常常使用它。我不能生活在怀有敌意的、陈腐的东西中间，在这里我才能工作。"（她并未说明是画画还是写书。当时那些不愿无所事事，想有点作为的女人开始对写书感兴趣）。她的周围都是萨克森瓷器（她说这个字时带英国音，她喜欢这种瓷器，甚至不论谈到什么都说："这真漂亮，就像萨克森瓷器上的花"）。她爱惜它们，胜过往日的瓷雕像和瓷花盆，唯恐无知的仆人碰坏它们。他们那无知的手常使她惶惶不安，使她大发雷霆，而斯万这位如此温顺和彬彬有礼的主人，竟目睹妻子吵吵嚷嚷而毫无反感。清醒地看到缺点，这丝毫无损于爱情，而是相反，使缺点更为可爱。如今，奥黛特在接待熟朋友时不再穿日本睡袍了，而是穿色彩鲜艳的绉丝浴袍，她用手抚摸胸前那花纹图案中的泡沫，她浸泡在其中，悠然自得，随心嬉戏，她的皮肤如此清凉，呼吸如此深沉，仿佛丝袍在她眼中并非是像布景一样的装饰品，而是满足她对容貌和卫生的苛求的，如 tub（澡盆）和 footing（散步）一样的必需品。她常说她宁可没有面包，也不能没有艺术和清洁，她常说，如果《蒙娜丽莎》被烧毁，那会比"大量"朋友被烧死使她更为悲痛。这些理论在她的朋友们看来似乎荒谬绝伦，但却使她显得出众，因而引起比利时大臣每周一次的来访。如果以她为太阳的这个小世界的人们得知她在别处，例如在维尔迪兰家，被认为是蠢女人的话，一定会大惊失色。由于头脑灵活，斯万夫人更喜欢和男人来往，而不大喜欢和女人来往。当她评论女人时，总是从风流女人的角度出发，挑剔她们身上不受男人欣赏的地方，体型粗笨哪，面色难看哪，尽写错字哪，腿上汗毛太重哪，气味难闻哪，眉毛是假的哪，不一而足。相反，对曾宽厚待她的某个女人，她便不那么尖刻，特别是当这女人生活不幸时。她巧妙地为这女人辩护说："人们对她未免太不公平了。我敢保证她是个好人。"

　　如果戈达尔夫人以及克雷西夫人旧日的朋友长时间没见到奥黛特，那么他们一定很难认出奥黛特客厅的摆设，甚至很难认出奥黛特本人。她看上去比以前年轻许多！当然，这一方面是因为她发胖了，既然身体更健康，显得那么神色安祥，精神饱满、容光焕发。另一方面是由于她的新发型，光滑平整的头发增加了面部的宽度，玫瑰色的粉使脸更有神采，昔日那棱角过于鲜明的眼睑和侧面现在似乎柔和多了。这种变化的另一个原因如下：奥黛特到了中年，终于发现或者说

195

发明她自己的独特面貌，某种永恒的"性格"，某种"美的类型"，于是她在那不协调的面部轮廓上——它曾被飘忽不定、软弱无能的肉体所左右，最轻微的疲劳使它在霎那之间长了好几岁，仿佛是暂时的衰老，因此，长久以来，它根据她的心情和面色而向她提供一个零散的、易变的、无定形的、迷人的脸——贴上这个固定的脸式，仿佛是永不衰退的青春。

斯万的房间里没有别人给他妻子拍的那些漂亮照片，尽管她在照片上的穿戴各不相同，但那神秘和胜利的表情仍能使人们认出她那扬扬得意的身影和面庞。他房间里只有一幅十分简单的老式照片，它摄于奥黛特贴上固定脸式以前，因此她的青春和美貌似乎尚未存在，尚未被她发现。然而，斯万忠实于另一种观念，或者说他恢复原有的观念，他在这位处于走动和静止之间的、脸色疲惫、目光沉思的瘦弱少妇身上所欣赏到的，是波提切利式的美。确实，他仍然喜欢在妻子身上看到波提切利的画中人。奥黛特却相反，她不是极力突出，而是弥补和掩饰她身上那些她所不喜欢的东西，它们在艺术家看来可能正是她的"性格"，而她作为女人，认为这是缺点，甚至不愿意别人提起这位画家。斯万有一条精美的、蓝色和粉红色相间的东方披巾，当初他买下来是因为《圣母赞歌》①中的圣母也戴着这样一条披巾，但是斯万夫人从不肯戴它。只有一次她听任丈夫为她订做一套衣服，上面饰满了雏菊、矢车菊、勿忘草、风铃草，和《春》②一模一样。有时，傍

---

① 波提切利的作品。
② 波提切利的壁画。

晚时分她感到疲乏，斯万便低声叫我看她那双沉思的手，它们那无意识的姿势就像圣母在圣书上写字（那里已经写着《圣母赞歌》）以前往天使端着的墨水瓶里蘸墨水的姿势一样灵巧而稍稍不安。但是斯万接着说："您千万别告诉她，她要知道了准会改变姿势。"

　　除了斯万情不自禁地试图在奥黛特身上发现波提切利的忧郁节奏以外，在其他时刻，奥黛特的身体是一个统一体，她全部被"线条"圈住，线条勾划出这个女人的轮廓，而对旧款式的崎岖线路、矫饰的凸角和凹角、网络以及分散杂乱的小玩意统统删去，而且，凡当身体在理想线条内侧或外侧显出错误和不必要的弯曲时，这条线便大胆纠正大自然的错误，并且在整整一段路程上，弥补肉体和织物的缺陷。那些衬垫、奇丑无比的"腰垫"已经消失，带垂尾的上衣也无影无踪，以前，这种上衣盖过裙子，并且由僵硬的鲸须撑着，一直给奥黛特一个假腹部，使她仿佛是一堆七拼八凑的、零散的构件。如今，流苏的垂直线和褶裥饰边的弧线已被身体的曲线所取代，身体使丝绸起伏。仿佛美人鱼在拍水击浪，贝克林纱也具有了人性，身体从过时款式那长长的、混沌和模糊的包膜中挣脱出来，成为有机的、活生生的形式。然而，斯万夫人喜欢并善于在新款式中保留旧款式的某些痕迹。有时，我晚上无心工作，又知道希尔贝特和女友们看戏去了，便临时决定去拜访她父母。斯万夫人通常身着漂亮的便服，裙子是一种好看的深色（深红色或橘红色），它不是流行色，因而似乎另有含义，裙子上斜绣着一条宽宽的、镂空的黑丝带，使人想到旧日的镶褶。在我和她女儿绝交以前，有一天，春寒料峭，斯万夫人邀我去动物园。她走热

了便或多或少地敞开外衣，露出衬衣的齿状饰边，仿佛是她几年以前常穿而如今不再穿的背心上轻微的齿形贴边。她的领带——她忠实于"苏格兰花呢"，但是颜色柔和得多（红色变为粉红色，蓝色变为淡紫色），以致人们几乎以为这是最流行的闪色塔夫绸——以特有的方式系在领下，人们看不出它在哪里打结，并不由自主地回忆起如今不再流行的帽"带"。如果她再"坚持"一段时间，那么，年轻人在试图解释她的服饰时会说："斯万夫人本人就是整整一个时代，对吧？"优美的文体在于将各种不同形式重叠起来，暗藏在其中的传统使它更臻优美，斯万夫人的服饰也一样。对背心及圆结的朦胧回忆，加上立即被克制的"划船服"①趋向，甚至加上对"跟我来，年轻人"②的遥远而模糊的影射，这一切使古老的形式——重现（不完全的重现）在眼前的具体形式之中，那些古老形式是不可能让裁缝或妇女服装商真正制作出来的，但它却牵动人们的思绪。因此，斯万夫人被蒙上了一层高贵色彩，而这也许是因为这些装饰既然毫无用处，那么它应该有一种比实利更高的目的，也许是因为它是过去岁月留下的痕迹或者这个女人所特有的衣着上的个性，总之，这种高贵色彩使她千姿百态的装束神态如一。人们感到她的穿着不仅仅是为了身体的舒适或装饰。她的衣着仿佛是整个文明的精致而精神化的体系，将她团团裹住。

　　一般来说，每逢她母亲的接待日，希尔贝特往往会请朋友来喝茶，有时却不然，她不在家，我便趁机赴斯万夫人的"午后茶会"。她

---

① 划船式的短上衣。
② 此处指女帽上的花结，飘带披在身后。

在少女花影下

198

总是穿得漂漂亮亮的，塔夫绸、双绉、丝绒、绫罗绸缎，她的衣着不像平日居家的便服那样随便，而是精心配色，仿佛准备外出。在这样一个下午，她那居家的闲散中又增添了某种灵敏与活跃。衣服的式样既大胆又简单，与她的身段动作十分贴合，而衣袖仿佛具有象征性，因日子不同而变换颜色。蓝丝绒表达的是突然的决心，白塔夫绸表达的是愉快的心情，而为了显示伸臂动作中所包含的雍容高贵的审慎，她采取了闪烁着巨大牺牲的微笑的形式——黑色双绉。与此同时，既无实际效益又无明显理由的"装饰"给色彩艳丽的袍衣增添了几分超脱、几分沉思、几分奥秘，而这与她一向的忧郁，至少与她的黑眼圈和手指节所蕴涵的忧郁是完全一致的。蓝宝石吉祥物、珐琅质的四瓣小叶三叶草、银质纪念章、金颈饰、绿松石护身符、红宝石细链、黄玉栗子，在这大量的珠宝首饰下面，袍衣本身具有彩色图案，它越过镶贴部分而贯彻始终，还有一排建设的、无法解开的、小小的缎子纽扣，以及富有微妙暗示的、既精致又含蓄的饰带。衣服上的这一切，和珠宝首饰一样，似乎——此外不可能有任何理由——泄露了某种意图，构成爱情的保证，保守隐情、遵守迷信，似乎是对痊愈、誓愿、爱情或双仁核游戏的纪念。有时，蓝丝绒胸衣上隐隐约约出现亨利二世式样的缝叉；黑缎袍上有轻微隆起处，它或是在靠近肩头的袖子上，使人想起一八三〇年的"灯笼袖"，或是在裙子上，使人想起路易十五的"裙环"。袍衣因而显得微妙，仿佛是化装服，它让对往日的朦胧回忆渗入到眼前生活之中，从而赋予斯万夫人某种历史人物或小说人物的魅力。如果我向她提到这一点，她便说："我不像许多女

友一样玩高尔夫球，我没有任何理由像她们那样穿毛线衫。"斯万夫人送客回来，或者端起点心请客人品尝而从我身边经过时，趁混乱之际将我拉到一边说："希尔贝特特别叫我请您后天来吃饭。我原先不知道能不能见到您。您要是不来我正要给您写信呢！"我继续反抗，这种反抗对我来说越来越不费劲，因为，虽然你仍然喜爱对你有害的毒品，但是既然你在一段时间内由于某种必要性而不再服用，你就不能不珍视这种恬静（你以前曾失去），这种既无激动又无痛苦的状态。你对自己说永不再见你所爱的女人，如果这话不完全属实，那么，你说愿意再见她也不全是真话。人们之所以能忍受和所爱的人分离，正是因为他们相信这只是短暂的分离，他们想到的是重聚的那一天，然而，另一方面，他们深深感到，会见可能导致嫉妒，它比每日对团聚（即将实现但却一再延期！）的遐想更痛苦，因此，即将与所爱的女人相见的消息会引起不愉快的激动。人们一天天地拖延，他们并非不希望结束分离所引起的难以容忍的焦虑，但他们害怕那毫无出路的激情东山再起。人们喜欢回忆而不喜欢这种会见，回忆是驯良的，人们可以随心所欲地往回忆中加进幻想，因此那位在现实生活中不爱你的女人却可以在你的幻想中对你倾诉衷肠！人们逐渐将愿望掺进回忆，使回忆变得十分甜蜜。既然它比会见更令人愉快，会见便被一再推迟，因为在会见中你再无法使对方说出你爱听的话，你必须忍受对方新的冷淡和意外的粗暴。当我们不再恋爱时，我们都知道，不如意的爱情要比遗忘或模糊的回忆痛苦得多。尽管我没向自己承认，但我盼望的正是这种遗忘所带来的安详的平静。

此外，这种精神超脱和孤独疗法所引起的痛苦，由于另一种原因而日益减弱。此疗法在治愈爱情这个固执念头以前，先使它削弱。我的爱情仍然炽烈，坚持要在希尔贝特眼中赢回我的全部威望。我认为既然我有意不和希尔贝特见面，那么我的威望似乎应该与日俱增，因此，那些接踵而至的、连续不断的、无限期的日子（如果没有讨厌鬼干预的话），每天都是赢得的、而非输掉的一天。也许赢得毫无意义，即使不久以后我就会被宣布痊愈。顺从，作为一种习惯方式，使某些力量无限增长。在和希尔贝特闹僵的第一个晚上，我承受悲哀的力量十分微弱，如今它却变得无法估量的强大。不过，维持现状的倾向偶尔被突然的冲动所打断，而我们毫不在意地听任冲动的支配，因为我们知道在多少天、多少月里我们曾经做到、并仍将做到放弃它。在积蓄的钱袋即将装满时，人们突然将它倒空。当人们已经适应于某种疗法时，却不等它生效而突然中断，有一天，斯万夫人像往常一样对我说希尔贝特见到我会多么愉快，这话仿佛将我长久以来已经放弃的幸福又置于我伸手可及的地方，我震惊地意识到，要品尝这种快乐，当时还不算太晚，于是我急切地等待第二天，我要在晚饭前出其不意地去看希尔贝特。

这整整一天，我耐心等待，因为我正在策划一件事，既然往事一笔勾销，既然我们要重归于好，我要以情人的身份和她见面。我每天将送给她世上最美的鲜花。如果斯万夫人（尽管她无权当过分严厉的母亲）不允许我送花，那么我每隔一段时间就将送些更为珍贵的礼品。父母给我的钱是不够买礼品的，所以我想到了那个中国古瓷瓶，它

201

是莱奥妮姨母给我的礼物，母亲每天都预言弗朗索瓦丝会来对她说："它都散架了。"既然如此，卖掉它岂不更好？那样一来，我就有条件使希尔贝特高兴了。它大概可以卖到足足一千法郎吧。我让仆人把它包了起来。由于习惯，我一向不注意这个瓷瓶，它的易手至少能产生这样一个效果——让我认识它。我带上它出门，我将斯万的地址告诉车夫，让他从香榭丽舍大街走，因为那条街的拐角处有一家我父亲常去的大的中国古玩店。使我万分惊奇的是，店主立刻出价一万法郎，而不是一千法郎，我兴高彩烈地接下这一叠钞票，整整一年我都有钱每天买玫瑰花和丁香花送给希尔贝特了。我走出商店坐上马车，由于斯万家离布洛尼林园很近，车夫没有走往常那条路，而是顺着香榭丽舍大街走。当车驶过贝里街的拐角时，在暮色中，我隐约看见在斯万家附近，希尔贝特正朝相反的方向走去，她步履坚定，但走得很慢，正和身旁的一位青年男子交谈，那人的面孔我看不见。我在车上直起身来，想让车夫停车，但又迟疑。这时，两位散步者已走远了，他们那悠闲的步伐所勾画出的两条柔和对称的线很快就消失在了香榭丽舍的阴影之中。我随即到达希尔贝特家门前，斯万夫人接待我说："啊！她会后悔的。不知怎么回事她不在家，刚才她上课时感到很热，对我说她想和女友出去换换空气。""我在香榭丽舍大街上看见的可能是她。""不会吧！总之，别对她父亲讲，他不喜欢她在这个钟点出门。Good evening（晚安）。"我告辞，叫车夫从原路返回，但没有找到那两位散步人。他们到哪里去了？黄昏中，他们神情诡秘地在谈什么呢？

我回到家，绝望地想着那意想不到的一万法郎，它们本该使我有能力时时让希尔贝特高兴，而现在，我却决心不再见她。在中国古玩店的停留曾使我充满喜悦，因为我期望从今以后女友见到我时会感到满意和感激。但是，如果没有这次停留，如果马车没有经过香榭丽舍大街，那么我就不会遇见希尔贝特和那青年男子了。因此，从同一件事上长出了截然对立的枝丫，它此刻产生的不幸使它曾经产生的幸福化为乌有。我这次的遭遇和通常发生的事恰恰相反，人们企望欢乐，却缺乏达到欢乐的物质手段。拉布吕耶尔说过："无万贯家财而恋爱是可悲的。"于是人们只好一点一点地、努力使自己对欢乐的期望熄灭。我的情况却相反，物质手段已经具备，然而，就在同时，出于第一个成功的必然后果，至少出于它的偶然后果，欢乐却消失了。这样看来，我们的欢乐就该永远无法实现。当然，一般说来，欢乐的消失并不发生在我们获得实现欢乐的手段的同一天晚上。最常见的情况是我们继续努力、继续抱有希望（在一段时间内），但是幸福永远不会实现。当外界因素被克服时，天性便将斗争从外部转移到内部，逐步使我们变心，使我们期望别的东西，而不再是我们即将占有的东西。如果形势急转直下，我们的心尚来不及改变，那么，天性也绝不放弃对我们的征服，当然它得稍稍推迟，但更为巧妙，同样见效。于是，在最后一刹那，对幸福的占有从我们身边被夺走，或者说，由于天性的邪恶诡计，这种占有本身竟毁灭了幸福。当天性在事件和生活的一切领域中失败时，它便创造了最后一种不可能性，即幸福心理的不可能性。幸福现象或是无法实现或可产生最辛酸的心理反应。

203

我捏着一万法郎，但它们对我毫无用处。我很快就花光了，比每日给希尔贝特送花还要快。每当暮色降临，我心中苦闷，在家里待不住，便去找我不爱的女人，在她们怀中痛哭。连使希尔贝特高兴一下的愿望也消失殆尽，如今去希尔贝特家只会使我增加痛苦。头一天我还认为，重见希尔贝特是世上最美的事，现在我却认为这远远不够，因为当她不在我身边时，她使我担心害怕。一个女人正是这样在不知不觉中，通过她给我们带来的新痛苦而增加她对我们的威力，但同时也增加我们对她的要求。她使我们痛苦，越来越缩小对我们的围困，增加对我们的枷锁，但同时也使我们在原先认为万无一失的枷锁之外增加了对她的束缚。就在头一天，如果我不害怕使希尔贝特厌烦，我会要求少数几次会晤，而现在我不能以此为满足，我会提出其他许多条件，因为，爱情和战争相反，你越是被打败，你提的条件就越苛刻、越严厉，如果你还有能力向对方提条件的话。但是我没有这个能力，所以我首先决定不再去她母亲家。我心中仍想：我早已知道希尔贝特不爱我，我如愿意可以去看她，如不愿意便可逐渐将她忘记。然而，这个想法犹如对某些疾病无效的药物，它对时时出现在我眼前的那两条平行线——希尔贝特和那位年轻男子在香榭丽舍大街上漫步远去——无能为力。这是一种新痛苦，有一天它会耗尽，有一天当这个形象出现在我脑海中时会完全失去它的毒汁，就好比我们摆弄剧毒而毫无危险，就好比我们用少许火药点烟而不用害怕爆炸。此时，我身上正有另一种力量与有害力量——再重现希尔贝特在暮色中散步的情景——相搏斗。我的想象力朝相反的方向作有效的活动，以粉碎记忆力的反复进攻。在这两股力量中，前一种力量当然继续向我显示香榭丽舍大街上的那两位漫步者，而且还提供取自往日的、另一些令人不快的形象，例如，当希尔贝特的母亲要求她留下陪我时她耸肩的形象。但是第二种力量按照我的希望所编织的蓝图，勾画出未来的图景，它比起如此狭小而可怜的过去来，更令人高兴，更充实。如果说，阴郁不快的希尔贝特在我眼前重现了一分钟的话，那么在多少分钟里我设想的是将来，她会想办法和我言归于好，也许还会促使我们订婚！当然想象力施展于未来的这种力量，毕竟来自过去。随着我对希尔贝特耸肩所感到的恼怒逐渐减弱，我对她的魅力的回忆也会减弱，而正是回忆使我盼望她回到我身边。过去还远远没有死亡，我仍然爱着我自以为憎恶的女人。每当人们夸奖我的发型或气色时，我总希望她也在场。当时不少人表示愿意接待我，我十分不快，一概拒绝，甚至在家中引起争吵，因为我不肯陪父亲出席一个正式宴会，而那里有邦当夫妇及他们的侄女阿尔贝蒂娜——几乎还是个孩子。我们生活中的不同时期就是这样相互重叠的。你为了今天所爱的、有一天会认为可有可无的东西，而轻蔑地拒绝去会见你今天认为可有可无，而明天将爱上的东西。如果你答应去看它，那么你也许会早些爱上它，它会缩短你目前的痛苦，当然，用另一些痛苦取而代之。我的痛苦在不断变化。我惊奇地发现，在我心中，今天是这种感情，明天又是那种感情，而它们往往和希尔贝特所引起的希望或恐惧有关。这里指的是我身上的希尔贝特。我本该告诫自己，另一个希尔贝特，真正的希尔贝特，也许与这个希尔贝特截然不同，她根本没有我所赋予她的惋惜之情，她

大概很少想到我，不仅比我对她的思念要少很多，而且比我臆想中她对我的思念也要少得多（我想象和希尔贝特幽会，探寻她对我的真实感情，幻想她思念我，一直钟情于我）。

在这种时期，悲伤虽然日益减弱，但仍然存在，一种悲伤来自对某人的日日夜夜的思念，另一种来自某些回忆，对某一句恶意的话、对来信中某个动词的回忆。其他形形色色的悲伤，留到下文的爱情中再作描写，在此只声明在上述两种悲伤中，第二种比第一种残酷许多倍，这是因为我们对所爱的人的概念始终活在我们心中，它戴上我们立即归还的光环而无比美丽，它充满频繁产生的甜蜜希望，或者（至少）永久的宁静忧伤（还应该指出，使我们痛苦的某人的形象，与它所引起的日益严重、不断延伸、难以治愈的爱情忧伤极不相称，就好比在某些疾病中，病因与连续发烧及缓慢痊愈极不相称一样）。如果说我们对所爱的人的概念蒙上了往往乐观的精神反光的话，那么，对具体细节的回忆，恶言，充满敌意的信（我从希尔贝特那里只收到一封这样的信）却是另外一回事，可以说我们所爱的人恰恰活在这些零散片段之中，而且具有比在我们对她的整体概念中更为强大的威力。这是因为我们读信时，一目十行，怀着对意外不幸的可怕焦虑，而并非像凝视我们所爱的人那样怀着宁静而忧郁的惋惜。这种悲伤是以另一种方式形成的，它来自外部，沿着最深沉的、痛苦的这条路一直深入我们的心灵。我们以为女友的形象是古老的、真实的，其实这形象一再被我们更新，而残酷的回忆却早于这个更新的形象。它属于另一个时期，是极端可怕的过去的见证人（少有的见证人）。过去仍然存在，但我们除外，因为我们喜欢抹掉它而代之以美好的黄金时代，代之以重归于好的天堂，而这些回忆，这些信件却将我们拉回到现实，对我们迎头痛击，使我们感到我们日夜等待的那种毫无根据的希望离现实多么遥远。这并不是说这个现实应该永远不变（虽然有时的确不变），在我们的生活中有过许多女人，我们从不希望与她们相见，而她们当然以沉默来回答我们决非敌意的沉默。既然我们不爱她们，我们便不算计与她们分离了多少年头，这是个反例，但当我们论证分离的效果时却忽略了它，好比相信预感的人忽略预感落空的时候一样。

然而，分离毕竟可以起作用。重新相见的欲望和兴趣最终会在此刻蔑视我们的心中重新燃起。但是需要时间，而我们对时间的要求与心对变化的要求同样苛刻。首先，时间是我们极不愿意给予的东西，因为我们急于结束如此沉重的痛苦。其次，另一颗心需要时间来完成变化，但与此同时，我们的心也会利用时间来进行变化，以致当我们原定的目标即将实现时，它却不再是目标了。目标是可以达到的，幸福是最终可以获得的（当它已不再是幸福时），这个想法本身只包含一部分真理。当我们对幸福变得冷漠时，它降临在我们身上。正是这种冷漠使我们变得不大苛求，使我们认为它如果出现在往日会使我们心满意足（其实当时我们会觉得这幸福并不圆满）。人们对于漠不关心的事不太苛求，也缺乏判断。我们所不再爱恋的人对我们所表示的殷勤，与我们的冷漠相比，似乎绰绰有余，但对我们的爱情而言，却远远不足。甜言蜜语和幽会使我们想到的只是它可能带来的乐趣，我们忘记了当初我们会希望其他一系列的情侣幽会，而正由于这种贪婪

207

的渴望，我们会使幽会无法实现。因此，当幸福姗姗来迟、我们再无法享受它、我们不再爱恋时，这个迟到的幸福是否是我们从前苦苦期待的幸福呢？只有一个人知道，当时的我，但它又不复存在，而且，只要它再出现，幸福——无论相同或不相同——便烟消云散。

我等待梦想——我将不再依恋它——的实现，我像当初不太认识希尔贝特时一样任意臆想她的话语和信，她请求我宽恕，她承认除了我以外从未爱过任何人，并且要求嫁给我。由于这些想象，一系列不断更新的温柔形象终于在我的思想中占据了很大地盘，压倒了希尔贝特和青年男子的幻象，因为幻象缺乏补给。要不是做了一个梦，此刻我会再次拜访斯万夫人。我梦见一位朋友，究竟是谁难以确定，他对我背信弃义，并且认为我对他也无情无义，这个梦使我痛苦得猝然惊醒，醒来后痛苦未减，于是我重新想这位朋友，试图回忆起这位梦中人是谁，他的西班牙名字已经朦胧不清，我开始释梦，仿佛既是约瑟又是古埃及法老①。我知道在许多梦中，人物的外表是不足信的，因为他们可以伪装，可以交换面孔，正好比无知的考古学者在修复大教堂中被损毁的圣像时，将此像的脑袋放在彼像的身躯上，而且使特性与名称混淆不清。因此，梦中人的特性与姓名可能使我们上当。我们只能根据痛苦的剧烈程度来认出我们所爱的人，而我的痛苦告诉我，梦中使我痛苦的那位忘恩负义的青年男子正是希尔贝特。于是我回忆起最后一次相见的情景。那天她母亲不许她去看舞蹈，她一面古怪地微

——————————

① 指《圣经·创世记》中法老做了两个梦及圣约瑟释梦这段故事。

笑，一面说她不相信我对她真心诚意，她这话也许出自真心，也许是瞎编的。这个回忆使我又联想起另一个回忆。在那以前很久，斯万不相信我是诚恳的人，不相信我能成为希尔贝特的良友。我给他写信也无济于事，希尔贝特将信交还给我，脸上露出同样的难以捉摸的微笑，她并没有立即把信给我。月桂树丛后面的那整个场面，我记忆犹新。一个人痛苦时就具有了道德感。希尔贝特此刻对我的反感似乎是生活对我那天行为的惩罚。惩罚，人们以为在穿过马路时留心车辆，避免危险，就能逃过惩罚，其实还有来自内部的惩罚。事故来自未曾预料的方面，来自内部，来自心灵。我厌恶希尔贝特的话，"你要是愿意，咱们就继续搏斗吧"，我想象她和陪她在香榭丽舍大街散步的青年男子单独待在家中的内衣间时，大概也是这样。前一段时间，我以为自己安安稳稳地栖息在幸福之中，如今我放弃了幸福，又以为我至少获得了平静，并能保持下去，这都同样地荒谬，因为，只要我们心中永远藏着另一个人的形象，那么，随时会被摧毁的不仅仅是幸福。当幸福消逝，当我们的痛苦得到平息时，此刻的平静与先前的幸福一样具有欺骗性，并且脆弱不堪。我终于恢复平静，那借助梦境而进入我们身上的，改变我们的精神和欲望的东西也必然逐渐消失，因为任何事物，甚至包括痛苦，都不能持久和永恒。此外，为爱情而痛苦的人，像某些病人一样，是自己的医生。既然他们只能从使他们痛苦的人那里得到安慰，而这痛苦又是那人的挥发物，那么，他们最终只能从痛苦中求得解脱。时刻一到，痛苦本身会向他们揭示良方，因为，随着他们的心灵将痛苦来回摆弄，痛苦便显示出那位被思念者的另一个

侧面，这个侧面有时如此可憎，以致人们甚至不愿再见到她，因为在与她欢聚以前先得使她痛苦。这个侧面有时又如此可爱，以致人们将臆想的温柔变作她的优点并以此作为希望的根据。在我身上重新苏醒的痛苦终于平息了下来，但我愿意尽量少拜访斯万夫人。这首先是因为，在仍然爱恋但遭遗弃的人身上，作为生活支柱的等待——即使是暗中的等待——自然而然地发生感情变化，尽管表面上一切如初，但第一种情绪已经为第二种相反的情绪所取代。第一种情绪是使我们惶惑不安的痛苦事件的后果或者反映。此时我们恐惧地等待可能发生的事，尤其是当从我们所爱的人那里没有传来任何新信息，我们更渴望有所行动，但我们不知道某个办法的成功率是多少，而在那个办法以后我们再不可能有所作为。然而，正如刚才所说的，等待虽然在继续，但很快便不再被我们所经历的过去的回忆所左右，而是对想象中的未来充满希望。自此刻起，等待几乎成为愉快的事。何况，第一种等待，稍稍持续以后，也使我们习惯于生活在期望之中。我在最后几次幽会中所感到的痛苦仍然存在于我们身上，但已昏昏欲睡。我们并不急于重温痛苦，何况我们并不太清楚此刻我们要求的是什么。我们在自己所爱的女人身上所占的地盘越多，（哪怕稍稍多一点），我们就越觉得未被占领的部分对我们多么重要，而且它永远是不可得的，因为新的满足产生了新的需要。

后来，除了上述原因以外，还有一个原因使我完全停止对斯万夫人的访问。这个后来出现的原因不是因为我忘记了希尔贝特，而是我试图尽快忘记她。我的巨大痛苦结束了，但仍然忧伤，这时，对斯万夫人的拜访又如当初那样成为珍贵的镇静剂和消遣。但是既然对希尔贝特的回忆与这些拜访紧密相连，镇静剂的效应无助于我散心。要想散心，我就必须激励自己身上与希尔贝特毫无关联的思想、兴趣和热情与我的感情（由于和希尔贝特的分离而不再与日俱增）相抗衡。这种与我们所爱的人毫无关联的思绪会占据地盘，它虽然最初很小，但也是从原先占领我们整个心灵的爱情那里夺取过来的。我们必须发展这些思绪，使之壮大，与此同时，感情不断衰退，仅仅成为回忆，这样一来，进入我们精神中的新因素与感情展开争夺，夺得的地盘越来越大，最后整个心灵被夺了过来。我意识到这是消灭爱情的唯一办法，我还年轻，有勇气这样做，有勇气承受最残酷的痛苦，我相信不论付出多大的时间代价，我最终会成功。我在信中对希尔贝特说，我之所以不见她，是由于我们之间的某个神秘的误会，纯粹是莫须有的误会，我这样说是希望希尔贝特要求我解释清楚。然而，即使在极其一般的交往中，当读信人知道对方故意用一句隐晦、虚假、指责的话作为试探时，他高兴地感到自己掌握——而且保留——行动的控制权和主动权，他决不会要求对方解释。在亲密关系中更是如此，爱情口若悬河，而冷漠缺乏好奇心。希尔贝特既然不怀疑有误会，也不打听是什么误会，那么，对我来说，误会便成为真实的，我每封信都提到它。这种虚假的处境和矫饰的冷漠，具有一种魔力，使你不能自拔。我写道："自从我们的心分开以后……"好让希尔贝特回信说："可它们并未分开呀，咱们谈谈吧。"但我一而再、再而三地重复，最终我自己也相信我们的心确实分开了。我写道："对我们来说，生活改变

了，但它抹杀不了我们曾经有过的感情。"为的是让她说："可什么也没有改变呀，这感情比任何时候都强烈。"然而，在再三重复下，我也认为生活确实改变了，我们所回忆的感情不复存在，正好比神经过敏者假装生病，久而久之，真正成为病人，如今我每次给希尔贝特写信，都必然提到这个臆想的变化，她在回信中只字不提，无异于默认，于是变化便存在于我们之间。后来希尔贝特不再保持沉默，而采纳我的观点，就好比在正式祝词中，受款待的国家元首和东道国的国家元首几乎说同样的话。每次我在信中写道："生活纵然将我们分开，但我们对相聚时光的回忆却永存于心。"她肯定在回信中说："生活纵然将我们分开，却无法使我们忘记那美好时光，它将永远是珍贵的。"（我们很难说明为什么"生活"使我们分开，究竟发生了什么变化）我的痛苦减轻了许多。然而有一天，我在信中说香榭丽舍大街那位我们所熟悉的卖麦芽糖的老妇人死了，我写道："我想这会使你难过，它唤醒了我的许多回忆。"刚一写完，我便泪如雨下，因为我发现我谈到爱情时用的是过去时，仿佛它是一位几乎被遗忘的死者，其实，我不自觉地始终认为这爱情仍然活着，至少可以复活。不愿相见的朋友之间的书信最温柔动人。希尔贝特的信像我给陌生人的信一样，温柔文雅，充满表面上的热情，但对我来说，从她那里得到这种表示已极其甜蜜。

此外，逐渐地，拒绝和她见面不再使我难过。既然她不再像往日那般珍贵，我那痛苦的回忆在不停的再现中失去了威力，无法摧毁佛罗伦萨和威尼斯在我眼前日益增长的魅力。此刻我后悔放弃了外交职业而选择了一种定居的生活，当初这样做是为了一位姑娘，但我将再也见不到她，并且几乎忘了她。我们为某人而设计我们的生活，但是，当我们终于能够在其中接待她时，她却不来，接着她从我们的视线中消失，而我们成为为她建造的生活中的囚徒。我父母似乎认为威尼斯太远，气候也太热（对我而言），去巴尔贝克可避免旅途劳顿，因此切实可行。不过如此必须离开巴黎，放弃对斯万夫人的拜访。这些拜访虽然并不频繁，但我偶尔可以听斯万夫人谈起女儿。我开始从中感到某种乐趣，而它与希尔贝特毫不相干。

春天临近，天气骤然变冷。在冰冻的大斋期和冷雨夹雪的复活节前一周，斯万夫人怕冷，便常常裹在皮裘里接待客人，双手和双肩抖瑟地缩在硕大的长方形手笼和洁白发亮的皮毛披肩下。手笼和披肩都是白鼬皮的，她从外面回来并不将它们摘下，因此，它们仿佛是比其他白雪更为持久的残留冬雪，无论是热的炉火还是季节的转换都未能使它们融化。然而，在这间我后来不再光顾的客厅里，这几个虽然冰冷但已经绽开鲜花的星期的全部真理已在我眼前显露，而它通过的是另一种令人醉倒的白色，例如"雪球花"——它那高高的、赤裸的茎干像拉斐尔前派画家①作品中的直线型小灌木，茎干顶端是既分瓣又合拢的球形花，它像报信天使一样洁白无瑕，并向四周散发柠檬的芳香。当松维尔城堡的这位女主人知道，在四月份，即使天寒地冻，也不可能没有鲜花，她知道春夏秋冬绝不像城里人所想象的那样泾渭分明（城里人直到初夏时还仍然以为世上只有将房屋淋得透湿的淫

---

① 此派绘画藐视约定俗成的规则，其风景画中常有开满白花的灌木。

雨）。斯万夫人是否只满足于贡布雷的花匠送来的这些花，而不从"特约"花店买来地中海岸的早春花以弥补这尚嫌不足的春之呼唤呢？我不敢肯定，何况当时我根本不在意。在斯万夫人手笼的晶冰旁，摆着那些雪球花（在女主人的思想中，它们可能只是按照贝戈特的建议而组成一部与摆设和服饰相协调的《白色大调交响乐①》），这就足以使我思念乡村，因为它们使我想到《帕西法尔②》中《耶稣受难节的魔力》的音乐其实就是大自然的奇迹的象征（而如果我们稍稍理智一些，每年都可以亲眼目睹奇迹），因为它们夹杂着另一种花朵的酸酸的、令人心醉的芳香，我不知道那种花的名字，但我在贡布雷散步时频频停下来欣赏，因此，斯万夫人的客厅像当松维尔的小斜坡地那样纯净、那样花满枝头（虽无一片绿叶）、那样充溢着浓郁而纯正的芳香。然而我不该回忆往事，它很可能使我身上残存的对希尔贝特的爱情持久不灭。因此，尽管这些拜访不再使我感到任何痛苦，我还是一再减少拜访的次数，尽量少见斯万夫人。在我未离开巴黎以前，我最多答应和她散步几次。阳光明媚的日子终于到来，天气转暖。我知道斯万夫人在午饭前必出门一个小时，在林园大道，星形广场及当时称做"穷光蛋俱乐部"（因为他们总是聚在那里观看他们听说过的有钱人）的附近散步，因此我请求父母允许我在星期日——因为平时我有事——晚一点吃午饭，先去散步到一点一刻时再吃饭。五月份希尔贝特去乡间友人家了，所以每星期日我都去散步。快到正午时我来到凯旋

---

① 法国诗人戈蒂埃（1811—1872）的一首诗。
② 瓦格纳的歌剧，此处指最后部分。

门，我在林园大道路口等待，眼睛紧盯着斯万夫人即将出现的那条小街，她的家离街口只有几米远。在这个钟点，散步者大都回家了，剩下的人寥寥无几，而且多半衣着入时。突然，在沙土小径上出现了斯万夫人，她姗姗来迟、不慌不忙，充满了生机，仿佛是只在正午开放的最美丽的花朵。她的衣裳向四周撒开，它们永远是不同的颜色，但我记得主要是淡紫色，她全身光耀照人，接着她举起长长的伞柄，撑开一把大阳伞的丝绸伞面，丝绸的颜色和衣服上的落花一样。整整一班人马簇拥着她，其中有斯万，还有五六位早上去探望她或与她相遇的俱乐部的男子。他们这一堆灰色或黑色的人顺从地做着几乎机械性的动作，像无生命的框架将奥黛特围在中央。你觉得这个唯一的、目光炯炯有神的女人在注视前方，越过这堆男人而注视前方，她仿佛站在窗前凝神远眺，在自己那裸露的柔和色彩中显得纤弱而无所畏惧，她似乎属于另一个种族、陌生的种族，具有战争威力，因此她一个人就足以应付那众多的随从。她微笑着，对美好的天气，对尚未妨碍她的阳光感到满意，像完成作品以后再无一丝顾虑的创作者一样安祥而自信，她确信自己的装束——即使不为某些过路的庸人所欣赏——是高雅中之最高雅的，这是为了她自己，也是为了朋友，当然，她并不过分重视，但也不是无动于衷。她让胸衣和裙子上的小花结在她身前轻轻飘舞，仿佛这是些小生灵，只要它们能跟上她的步伐，她便慷慨地听任它们按自己的节奏尽情嬉戏。她出现时手中的阳伞往往还未撑开，她朝这把淡紫色的阳伞投去幸福和温柔的目光，仿佛这是一束帕尔玛紫罗兰，这目光如此温柔，即使当它不是投向一位朋友，而是投向无生命的物体时，似乎也洋溢着微笑。就这

样，她为自己的衣裳保留了，或者说占据了一片高雅的空间，而与她亲
热交谈的男人们也不得不尊重这片空间，当然他们像门外汉那样显出某
种程度的敬畏，自愧不如，承认这位女友有能力和权利决定自己的衣
着，正如承认病人有能力和权利决定自己吃什么特效药，母亲有能力和
权利决定如何教育子女一样。斯万夫人在这么晚的钟点出现，又被那批
奉承者簇拥（他们对行人视而不见），人们不免联想到她的住所——
她刚刚在那里度过漫长的上午，并即将回去进餐。她从容安详地走着，仿
佛在自家花园中散步，这似乎表明她的家近在咫尺，也可以说她身上携
带着住所内的清凉阴影，而正是由于这一切，她的到来使我感觉到户外
的空气和热度。再说，我深信，她的衣着，按照她所擅长的礼仪，通过
一根必然的、独一无二的纽带，与季节和钟点紧紧相连，因此，她那柔
软草帽上的花朵，在裙衣上的小花结，像花园和田野的鲜花一样，自然
而然地诞生在五月。为了感受季节带来的新的变化，我的眼光只需抬到
她那把阳伞的高度，它张得大大的，仿佛是另一个更近的天空，圆圆的、
仁慈的、活动的、蓝色的天空。如果说这些礼仪是至高无上的话，它们
却在清晨、春天、阳光前屈尊俯就，并以此为荣（斯万夫人也以此为
荣），而清晨、春天、阳光却并不因为受到如此高雅的女士的青睐而感
激涕零。她为它们穿上一件鲜艳轻薄的裙衣，宽松的衣领和衣袖使我想
到微微发湿的颈部和手腕，总之，她为它们打扮自己，就好比一位高贵
夫人愉快地答应去拜访乡村人家，虽然谁都认识她，连最卑俗的人也认
识她，她却执意在这一天做村姑打扮。我等斯万夫人一到便向她问好，她
让我站住，微笑着说 "good morning"（早上好）。我们一同走了几步。于

是我明白她遵守衣着法规是为了自己，仿佛遵守的是最高智慧（而她是掌握这种智慧的大祭司），因为，当她觉得太热时，便可以将扣着的外衣敞开，或者干脆脱下来交给我，于是我在她的衬衣上发现了上千条缝纽制作的细节，它们幸运地未曾被人觉察，就好比作曲家精心构思而永远不能达到公众耳中的乐队乐谱一样。她那件搭在我臂上的外衣也露出衣袖中的某些精美饰件，我出于乐趣或者出于殷勤而久久地注视它，它和衣服正面一样做工精细，但往往不被人看见，它或者是一条色彩艳丽的带子，或者是一片淡紫色的衬缎，它们就像是大都堂中离地八十英尺高的栏杆内侧所暗藏哥德式雕塑一样，它们可以和大门廊上的浮雕比美，但是从来没有人见到它们，直到一位艺术家偶然出游到此，登上教堂顶端以俯瞰全村，才在半空中，在两个塔楼之间发现了它们。

斯万夫人在林园大道上散步仿佛在自家花园的小径上散步，人们——他们不知她有"footing"的习惯——之所以有这种印象是因为她是走着来的，后面没有跟着马车。因为从五月份起，人们经常看见她像女神一样娇弱无力而雍容高贵地端坐在有八条弹簧的宽大的敞篷马车里，徐徐地在温暖的空气中驶过。她的马是巴黎最健美的，仆役的制服也是巴黎最讲究的。而此刻，斯万夫人却以步代车，而且由于天热步履缓慢，因此看上去似乎出于好奇心，想优雅地藐视礼仪规矩，就好比出席盛大晚会的君主自做主张地突然从包厢来到普通观众的休息室，随从们既赞叹又骇然，但不敢提出任何异议。斯万夫人和群众的关系也是这样。群众感到在他们之间隔着这种由某种财富筑成的壁垒，而它似乎是无法逾越的。当然，圣日耳曼区也有它的壁垒，但

是对"穷光蛋"的眼睛和想象力却不大富有刺激性。那里的贵妇人朴实无华，与普通市民相似，平易近人，不像斯万夫人那样使"穷光蛋"自惭形秽，甚至自感一钱不值。当然斯万夫人这样的女人不会对自己那充满珠光宝气的生活感到惊奇，她们甚至不再觉察，因为已经习以为常，也就是说她们认为这一切理所当然、合情合理，并且以这种奢侈习惯作为判断他人的标准，因此，如果说这种女人（既然她们在本人身上所显示的并没有在他人身上所发现的崇高，却具有纯粹的物质性，因而容易被人看见，但需很长时间才能被获取，并且万一消失就难以补偿）将路人置于最低贱的地位，那么反过来，她在路人眼前一出现便立刻不容辩驳地显得至高无上。这个特殊的社会阶层当时包括与贵族女人交往的伊斯拉埃尔夫人以及将要与贵族女人交往的斯万夫人，这个中间阶层低于它所奉承的圣日耳曼区，却高于除圣日耳曼区以外的其他一切。这个阶层的特点在于它已脱离富人社会，但却是财富的象征，而这种财富变得柔软，服从于一种艺术目的，艺术思想，好比是具有可塑性的、刻着诗意图案的、会微笑的金币。这个阶层如今可能不复存在，至少失去了原有的性格和魅力。何况当时组成这个阶层的女士们已人老珠黄，失去了旧日统治的先决条件。言归正传，此刻斯万夫人正走在林园大道上，雍容庄重、满脸微笑、和蔼可亲，仿佛从她那高贵财富的顶端，她那芳香扑鼻的成熟夏季的光荣之巅走下来，像伊帕蒂阿①一样看到天体在她缓慢的步履下旋转。过路

① 伊帕蒂阿：公元4世纪希腊女哲学家及数学家，以美貌博学著称。此处指法国一诗人关于她的诗句："……天体仍在她那白色的脚下旋转……"

的年轻人也不安地瞧着她，不知能否凭着泛泛之交而向她问好（何况他们和斯万仅一面之交，所以怕他认不出他们来）。他们抱着不知后果如何的忐忑心情决定一试，谁知这具有挑衅性和亵渎性的冒失举动是否会损伤那个阶层不可触犯的至高权威，从而招来滔天大祸或者神灵的惩罚呢！然而，这个举动好比给座钟上了发条，引起奥黛特四周那些小人们一连贯的答礼，首先是斯万，他举起镶着绿皮的大礼帽，笑容可掬，这笑容是他从圣日耳曼区学来的，但已失去往日所可能有的冷漠，取而代之的（也许因为他在某种程度上充满了奥黛特的偏见）既是厌烦——他得向衣冠不整的人答礼，又是满意——妻子的交游如此广泛。这种复杂的感情使他对身旁衣冠楚楚的朋友说："又是一位！我发誓，真不知道奥黛特从哪里弄来这么多人！"她朝那位惶恐不安的行人点点头，现在他已经走远了，但他的心脏仍然突突直跳。接着她转脸对我说："这么说，结束了？您永远不会再来看希尔贝特了？您对我另眼看待，我很高兴，您不完全'drop'（丢弃）我。我很喜欢看见您。从前我也喜欢您对我女儿产生的影响，我想她也会很遗憾的。总之，我不愿强人所难，否则您就不愿意再和我见面了。""奥黛特，萨冈在向你打招呼。"斯万提醒妻子说。果然，亲王（仿佛在戏剧或马戏的高潮场面中，或者在古画中）正拨转马头，对着奥黛特摘下帽子深深致意，这个举动富有戏剧性，也可以说富有象征性，它表达了这位大贵人在女人面前毕恭毕敬的骑士风度，哪怕这位女性的代表是他的母亲和姊妹所不屑于交往的女人。斯万夫人浸沉在阳伞所投下的如流体一般透明又蒙上一层清亮光泽的阴影中，迟迟归来的最

219

后一批骑手认出了她，并向她致意。他们在大道的耀眼阳光下飞驰而过，就像在摄影机前一样。这是赛马俱乐部的成员，是公众熟知的人物——安托万·德·卡斯特兰、阿达贝尔·德·蒙莫朗西以及其他许多人——也是斯万夫人熟悉的朋友。既然对诗意感觉的回忆比对心灵痛苦的回忆寿命更长（相对地长寿），我当初为希尔贝特所感到的忧伤如今早已消逝。但每当我仿佛在日晷上看到五月份从中午十二点一刻到一点钟这段时间时，我仍然心情愉快，斯万夫人站定在宛如紫藤绿廊的阳伞下，站在斑驳光影中与我谈话的情景又浮现在眼前。

图书在版编目（CIP）数据

在少女花影下/（法）普鲁斯特著；桂裕芳译. —北京：北京联合出版公司，2014.10（2018.9重印）

ISBN 978-7-5502-3333-1

Ⅰ．①在⋯ Ⅱ．①普⋯ ②桂⋯ Ⅲ．①长篇小说－法国－现代 Ⅳ．①I565.45

中国版本图书馆CIP数据核字（2014）第159856号

在少女花影下

出版统筹：新华先锋

责任编辑：王　巍
　　　　　赵晓秋

特约编辑：李　珊

封面设计：杨祎妹

版式设计：朱明月

北京联合出版公司出版

（北京市西城区德外大街83号楼9层　100088）

三河市嘉科万达彩色印刷有限公司印刷　新华书店经销

字数145千字　620毫米×889毫米　1/16　14印张

2018年9月第2版　2018年9月第2次印刷

ISBN 978-7-5502-3333-1

定价：49.00元